परतों के बीच

[यात्रा-संस्मरण]

राधाकृष्ण द्वारा प्रकाशित
लेखक की अन्य रचनाएँ

- धीर समीरे (उपन्यास)
- पाँच आँगनोंवाला घर (उपन्यास)
- आसमान कितना नीला (कहानी)
- ओ प्रकृति माँ (कविता)
- झूलती जड़ें [यात्रा-संस्मरण]

परतों के बीच

गोविन्द मिश्र

राधाकृष्ण प्रकाशन

ISBN : 978-81-7119-292-2

परतों के बीच (यात्रा-संस्मरण)

प्रथम संस्करण : 1997
पहली आवृत्ति : 2024

मूल्य : ₹495

प्रकाशक
राधाकृष्ण प्रकाशन प्राइवेट लिमिटेड
जी-17, जगतपुरी, दिल्ली-110 051
शाखाएँ : अशोक राजपथ, साइंस कॉलेज के सामने, पटना-800 006
पहली मंजिल, दरबारी बिल्डिंग, महात्मा गांधी मार्ग, प्रयागराज-211 001
1, अनमोल सोराबजी संतुक लेन, धोबी तलाव, मरीन लाइंस, मुम्बई-400 002
वेबसाइट : www.radhakrishnaprakashan.com
ई-मेल : info@radhakrishnaprakashan.com

मुद्रक
राजकमल प्रेस
नई दिल्ली-110 002

PARTON KE BEECH
by Govind Mishra

क्रम

परतों के बीच

तीन परतों के बीच—हम्पी

होस्पेट में समकालीन साहित्य सम्मेलन का ग्यारहवाँ अधिवेशन था। मेरे साथ पत्नी और मनु भी हो लिये थे।

गुन्तकल स्टेशन पर साढ़े सात बजे शाम इन्तजार करते महेन्द्र कार्तिकेय और उनकी एक सहकर्मी महिला। गुन्तकल से होस्पेट एक सौ दस किलोमीटर करीब दूर है। छोटी लाइन की ट्रेन है, जिससे चलते तो रात बारह के आसपास पहुँचते। इसलिए महेन्द्र ने टैक्सी का इन्तजाम किया था—दो घण्टे में होस्पेट। टैक्सी भी एक नहीं, दो थीं। एक काफी होती...मैं सोच रहा था।

सामान रखते ही दोनों ड्राइवर फुर्ती से आये। हमारी टैक्सी का ड्राइवर एक छोकरा-सा, शायद हाल ही में टैक्सी चलाना सीखी थी, इसलिए उत्साह से भरा। दूसरा—जो छोकरे का गुरु लगता था—अधेड़, काले रंग का, चेहरा थोड़ा खुतैला। वह सीनियर होने के वजन को महसूस करते हुए चलता था। फुर्तीले दोनों थे। हमारी टैक्सी स्टार्ट होने से इन्कार कर रही थी तो छोकरे ने हमें भरोसा दिलाया और अपने साथी को पुकारा। दोनों ने कार को आगे-पीछे, हिला-डुलाकर स्टार्ट किया। हम चल पड़े—आगे हमारी टैक्सी, पीछेवाली में महेन्द्र और उसकी मित्र। टैक्सी डीजल एम्बेसेडर की थी, ऊपर से खटारा...हैलीकौप्टर-जैसी आवाज कर रही थी। बीस किलोमीटर चलकर ही बैठ गयी। सीनियर ड्राइवर सिगरेट पी-पीकर उसे ठीक करता रहा, आखिर हमारी जिद पर वह बड़े बेमन से गाड़ी वहीं छोड़ने को तैयार हुआ। इत्तफाक से टैक्सी गाँव में ही बिगड़ी थी।

हम सब अब महेन्द्रवाली टैक्सी में आ गये। यह कार भी रेस देने पर हैलीकौप्टर जैसी आवाज करती थी। आवाज की वजह से स्पीड से

बहुत ज्यादा तेज चलती महसूस होती। मुझे कान में रुई डालनी पड़ी।

दस बजे करीब बेलारी पहुँचे। बड़ा कस्बा लग रहा था क्योंकि सड़कों पर इतनी रात को भी रोशनी और चलाफिरी थी। खाना खाकर चले तो बेलारी कस्बे के आखिरी छोर पर ही कोई तार टूट गया और कार की रोशनी गायब। सिगरेट जलाकर अपने असिस्टेंट के साथ अधेड़ ड्राइवर गाड़ी दुरुस्त करने में जुट गया। गाड़ी सुधारने में वह इस तरह तल्लीन हो जाता था जैसे कोई वैज्ञानिक अपनी लैब में काम कर रहा हो...साथ में उसका असिस्टेंट। दोनों जैसे भूल जाते थे कि उन्हें कहीं जाना है और साथ में सवारियाँ भी हैं। उनके सामने मुश्किलें कई थीं। पहली यह कि उनमें जितनी तल्लीनता थी, उतनी ही लियाकत कम। ऊपर से बीच-बीच में मेरी टोकाटाकी, खीज...उनकी तल्लीनता टूट जाती जो उन्हें अच्छा नहीं लगता था। तेलगू में बात करते हुए वे मुझे दरकिनार कर कार सुधारने में जुट जाते। जब गाड़ी सुधरती नजर नहीं आई तो अधेड़ बोला—ऐसे ही चले चलते हैं बिना लाइट के, साठ मील ही तो है...मैं उनके आत्मविश्वास पर चकरा गया।

हमें ले जाने में उनकी कमाई भी जुड़ी हुई थी जिसे वे किसी भी हालत में गँवाना नहीं चाहते थे। मैं जिद करने लगा कि वे हमें रेल स्टेशन पर छोड़ दें। महेंद्र की मित्र चाहती थीं कि ड्राइवरों को थोड़ा समय और दिया जाये, वे गाड़ी ठीक कर लेंगे। मेरी बात अनसुनी करते हुए दोनों ड्राइवर फिर कार की मशीनरी में खो गये। थोड़ी देर में कार की बत्ती एकाएक जल उठी, बराबरी से महेंद्र की मित्र का चेहरा रौशन हो गया। वे कार से ही जाना चाहती थीं।

चारेक किलोमीटर चले होंगे कि फिर तार जलने की दुर्गंध, धुआँ और कार की रोशनी गुल। अब आधी रात को हम बीच रास्ते में...सितारों और छोटे चाँद की रोशनी, चारों ओर बियाबान मैदान। जंगल नहीं था लेकिन इस तरफ उठाईगीरी के किस्से सुने जाते थे। फिर हमारे साथ दो औरतें भी थीं। ड्राइवर भाई सिगरेट जलाकर अपने असिस्टेंट के साथ फिर लैब में व्यस्त हो गया!

इस बार ड्राइवरों और महेंद्र की मित्र...दोनों का मूक विरोध झेलते

हुए मैंने होस्पेट की तरफ जाते वाहनों को हाथ देना शुरू किया। एक ट्रकवाला रुका...आगेवाली छोटी-सी जगह में मजदूर बैठे थे, फिर भी ट्रक ड्राइवर ने हमारे लिए जगह बना दी। हम सामान समेत किसी तरह धँस लिए। महेंद्र की मित्र को अपने छाते की विशेष चिन्ता थी...वह रखा गया, सही जगह रखा गया कि नहीं। ट्रक चला तो हमें मुसीबत से छुटकारे का संतोष हुआ। ट्रक ड्राइवर पूरा अधेड़ नहीं हुआ था—उसमें जीवन के प्रति उत्साह, मोहब्बत छलक-छलक उठते जब वह बीच-बीच में पास बैठी मजदूरिन से मोहब्बत जताता। वे पूर्वपरिचित थे और ड्राइवर बार-बार उसे समझा रहा था—तू मेरे साथ रहने चली चल, तुझे ऐसे रखूँगा, वैसे रखूँगा...कैसा सीधा-सीधा प्रणय निवेदन !

जगह कम होने की वजह से महेंद्र और मैं फँसे-फँसे-से बैठे थे इसलिए ट्रक जब अगली बार रुका तो हमने ट्रक के ऊपर बैठने का तय किया। हमें आराम होगा और यहाँ भी लोगों के लिए जगह बन जाएगी। मैं देखकर हैरान रह गया कि महेन्द्र कार्तिकेय भी अपने भारी-भरकम शरीर को ऊपर चढ़ा ले गये—ट्रक के पहिये पर पैर रखकर दूसरे से ऊपर...मस्तिष्क की शरीर पर विजय !

ऊपर पत्थर की चीपें रखी थीं जिन्हें ट्रक ढोकर ले जा रहा था। चीपों के ऊपर हम...हमारे ऊपर सितारे, हल्की चाँदनी और आसमान। हमें झकझोरती बेहद ठंडी हवा, हम पतली शालों में सुरसुर करते हुए। नीचे औरतों को अकेला छोड़ आने की चिन्ता कम से कम मुझे नहीं थी। ड्राइवर के मन में मजदूरिन के लिए प्रेम था...प्रेम ने उसके मन को निर्मल कर दिया होगा—दुर्भावनाएँ निष्कासित होंगी ! ड्राइवर मीठी-मीठी बातों में व्यस्त होगा—मजदूरिन होस्पेट में उतरनेवाली थी, ट्रक ड्राइवर आगे चला जायेगा...पर ठंडी रात के इन दो-तीन घण्टों में ली-दी गयी मिठास ! रास्ते का पता ही न चलेगा !

फिर भी ऊपर हमारे लिये रास्ता लम्बा हो रहा था। हवा इतनी ठंडी होगी...यह हम न सोच सके थे। इस इलाके में रातें बहुत ठंडी हो जाती हैं। तकलीफ के बावजूद मुझे सुकून था—बहुत दिनों बाद प्रकृति के विराट प्रांगण में। आसमान, सितारे, चाँदनी, हवा। कभी-कभी पेड़ों की नीचे आती

डालें हमें सीधे-सीधे छू रही थीं।

साढ़े बारह बजे रात होस्पेट में ट्रक ने हमें उतारा। रिक्शे मिल गये। हर जगह के रिक्शों की बनावट थोड़ा भिन्न होती है और वे बैठने की अलग-अलग तरह की अनुभूति देते हैं। यहाँ के रिक्शे में बैठते ही धँस जाने की प्रतीति हुई। एक पूरा रिक्शा महेंद्र की काया के लिए पर्याप्त न था, उसके रिक्शे में हम कोई सामान न रख सके। रिक्शे चले तो घंटियों की अनवरत आवाज...किनकिनाहट पहिये की तीलियों से किसी चीज के टकराने से निकलती थी, इसलिए बराबर चलती थी। रात के सन्नाटे में वह आवाज मोहक लगती थी।

ठहरनेवाली जगह पर एक-दो कारें थीं...किसी को कहीं जाना हो। मेरे लिए एक कमरे का प्रबंध तुंगभद्रा डैम के ऊपर बने रेस्ट हाउस—वैकुंठ में भी था। कार लेकर हम उसे देखने निकले। बाँध के ऊपर सुंदर इमारत, नीचे चारों तरफ सितारों की तरह बिछी हुई बिजली की रोशनियाँ। सामने अँधेरे में डूबी बाँध की जलराशि। कई आवाजें मारने के बाद दरवाजा खुला। अंदर लाइट जलते ही कुछ लोग सोते से उठे—उघारे बदन, नीचे रंगीन लुंगी। एक-दो औरतें और बच्चे भी थे। आधी रात को अनमने उठते हुए वे प्रेत-छायाओं-से लगे। सरकारी रेस्ट हाउसों का यह इस्तेमाल मैंने मध्यप्रदेश में भी देखा था। सरकारी रेस्ट हाउस अब यही रह गये हैं... चन्द दिनों के लिए मंत्रियों, विधायकों के प्रवास के लिए, बाकी करीब-करीब मुस्तकिल तौर पर वहाँ के कर्मचारियों के आवास के लिए। बीच में कोई सरकारी अफसर खींचातानी से एक-दो दिन रह ले तो ठीक...वहाँ भी उसे कोने का कोई साधारण-सा कमरा दे दिया जायेगा। हर चीज उसे दिक्कत से दो, साधारण चीजों के लिए भी मोहताज रखो, अपने आप भाग जायेगा। बाद में फिर मंत्रियों-विधायकों और उनकी नामौजूदगी में कर्मचारियों का एकाधिकार! एक-दो कमरे बढ़िया रखे जाते हैं, बाकी फटेहाल। उस बड़ी इमारत में आधी रात को प्रेत-छायाओं से घूमते उन मनुष्यों के आसपास एक सुरंगी कमरे में रहना, यह मुझे जमा नहीं। विशिष्टता हमें साधारण से काटकर ऐसे ही किसी-न-किसी तरह के प्रेत-जगत में ले जाती है। जहाँ साधारण है, वहाँ चहल-पहल है, जीवन है। मैं वहीं ठहरूँगा जहाँ सब ठहरे

हैं। 'वैकुंठ' से अच्छा अपना संसार। मैं रात को ही नीचे उतर आया, प्रियदर्शिनी होटल में सबके साथ रहने के लिए।

अगला दिन कस्बा, शराब और शक्कर की फैक्टरी देखने और सम्मेलन में निकल गया। कस्बा अन्य कस्बों की तरह धूल-भरा, फैक्टरियाँ भी अन्यों जैसी। शक्कर फैक्टरी के मुहाने पर गन्नों के गठ्ठर डाले जाते थे जो अगली स्टेज पर महीन कुटे हुए निकलते थे...गीले भूसे की तरह। बंधुवर अमरनाथ शुक्ल वहाँ बेहद बेचैनी से इधर-उधर पूछताछ करते दौड़ते दिखायी दिये—'जूस कहाँ गया, जूस कहाँ...?' जूस...माने कि रस...मैं सोच रहा था लेखन में भी तो यही अहं सवाल है—रस कहाँ गया ?

अगले रोज सुबह जब हम हम्पी अवशेष देखने पहुँचे तो मैं अपने आपसे पूछ रहा था—क्या है कि आज का नगर होस्पेट आम, अनाकर्षक, यहाँ तक कि उबास-भरा है, जबकि उसके बरक्स हम्पी के खँडहर आकर्षक, यहाँ तक कि जीवन्त दिखते हैं। क्या यह महज हमारा अतीत के प्रति मोह है? कमलापुर को पीछे छोड़ते ही पहाड़ियाँ दिखने लगती हैं...छोटी, इधर-उधर बिखरी पहाड़ियाँ...जैसे पहाड़ियाँ भी नहीं, बड़े-बड़े लाल पत्थरों के टीले हों। पत्थर भी वैसे सटे हुए नहीं जैसे पहाड़ों में होते हैं, अलग-थलग, औघड़ और कहीं-कहीं तो खासे खतरनाक ढंग से एक-दूसरे पर रखे हुए...अब खिसके, अब खिसके। विशेषज्ञों का कहना है कि दक्षिणी पठार में जो दिन में खूब गर्मी और रात को खूब ठंडक पड़ती है, उससे पत्थर चटक जाते हैं,...इसलिए पहाड़ कालान्तर में इस तरह बड़े-बड़े पत्थरोंवाले टीले, सिलसिलेवार टीले हो गये। रात की पैनी ठंडक का मजा मैं ट्रक के ऊपर बैठकर ले चुका था। टीलों पर, टीलों के पार जैसे ही हम्पी के अवशेष दिखना शुरू हुए—कहीं लम्बी पत्थर की दीवार-सी, कहीं दुकानों जैसे कोटरे, कहीं मंदिर, कहीं दरवाज़े—मैं एक तिलिस्म में डूबता चला गया। करीब 26 किलोमीटर की सपाटता और वीरानी में जहाँ-तहाँ सिर उठाये खड़े अवशेष...मैदानी सपाटता में जिनकी बनावट की बारीकी और भी बारीक हो उठती है। शायद इसी वजह से खँडहरों में घूमते हुए भी यह अहसास एक पल को भी हमें नहीं छोड़ता कि यहाँ कभी एक नगर का नगर फैला हुआ था, अपने समय में भारत का एक महत्त्वपूर्ण

नगर—विजयनगर। हम्पी उसका पहले का नाम—हम्पी माने पार्वती। उन्होंने यहाँ शिव को प्राप्त किया था।

सन् 1310 ई. के आसपास अलाउद्दीन खिलजी के सेनापति मलिक कफूर ने दक्षिण के राज्यों को रौंद डाला। पीछे छूटे मुसलमान गवर्नरों, उन राज्यों के प्रतिनिधियों और स्थानीय प्रमुखों के बीच जो तनातनी, मारामारी हुई, उसके बीच से उभरा विजयनगर साम्राज्य, 1336 के आसपास, जो फिर करीब दो सौ वर्षों तक मुस्लिम आक्रमण के खिलाफ ढाल-सा बना खड़ा रहा। इस साम्राज्य की नींव दो भाइयों—हक्का और बुक्का—ने डाली। विरुपाक्ष विजयनगर राजाओं के कुलदेवता थे। उनका राज्यचिह्न वाराह था जो उनके पहले चालुक्यों का भी था। राजधानी पहले अनेगुंदी, तुंगभद्रा के उत्तरी किनारे पर थी। अनेगुंदी मौजूदा हम्पी के ठीक सामने है। जब साम्राज्य बढ़ा, राजधानी तुंगभद्रा के दक्षिणी किनारे—मौजूदा हम्पी के पास ही कहीं ले आयी गयी। इस इतिहास के पार समय की एक और पर्त है जो इन अवशेषों से झाँकती है। यह किष्किंधा है—बालि-सुग्रीव की कर्मस्थली, हनुमान की जन्म और लीलास्थली, राम-सुग्रीव मित्रता की भूमि। अतीत की एक तीसरी पर्त भी थी, जो हमारे साथ ही चल रही थी। राजा अच्युतदेव राय जो अनेगुंदी रियासत के राजा थे—राज्यों के स्वतंत्र भारत में विलय के ठीक पहले, वे हमारे साहित्य सम्मेलन में हिस्सा ले रहे थें।

मुख्य द्वार के अवशेष-जैसे दिखते, चट्टानी बड़े द्वार को पार कर हम सबसे पहले विरूपाक्ष मंदिर पहुँचे। यह हम्पी का सबसे पुराना और महत्त्वपूर्ण मंदिर है। शिवजी, पम्पा-पति का मंदिर। इसके कई गोपुरम् हैं लेकिन पहला और मुख्य दस-मंजिलीय गोपुरम् है जिसे पारकर हम विशाल प्रांगण में प्रवेश करते हैं। दो तरफ लम्बे बरामदे, बीच में एक बड़ा बरामदा जिसके ऊपर पुराने धार्मिक चित्रों के चिह्न अब भी दिखते हैं। इस बरामदे के सामने गर्भगृह है जहाँ भगवान विरुपाक्ष विराजते हैं। बायीं तरफ हम्पा अम्मा का मंदिर और उसके ठीक सामने देवी भुवनेश्वरी का मंदिर। पास ही एक गुफा-जैसी है जहाँ दीवार पर दस-मंजिलीय गोपुरम् की उल्टी परछाईं देखते हैं...'पिन होल कैमरा' का सिद्धान्त ! प्रांगण में एक कुएँ के पास एक हाथी

का बच्चा लेटा हुआ था...उसे नहलाया जा रहा था और स्नान के सुख में उसकी आँखें मुँदी हुई थीं। लोग फटाफट फोटो खींच रहे थे।

विरुपाक्ष मंदिर के सामने एक छोटा रास्ता बायीं तरफ तुंगभद्रा नदी के स्नान-घाट की ओर एक लम्बा और खासा चौड़ा रास्ता सीधा चला गया है। पुराने समय का यह हम्पी बाजार है...दोनों तरफ दुकानें-जैसी अब भी बनी हुई हैं...कुछ सिर्फ खोल हैं, कुछ ने रिहायशी मकानों का रूप ले लिया है और कुछ रिहायशी मकानों के हिस्से हैं। वे जगहें जिसमें कभी सोने-चाँदी के आभूषणों की जगमग रही होगी; आज साधारण आदमी के सिर छिपाने की जगहें हैं...समृद्धि का कैसा उतार...पर अगर जीवन के प्रवाह को रोकना मुश्किल है तो यह भी कितना उचित है कि अवशेष कुछ काम तो आ रहे हैं। इस मार्ग पर मार्च-अप्रैल में रथ-उत्सव और अक्तूबर में हम्पी-दशहरा अब भी धूमधाम से मनाया जाता है। पुरानी जैसी जगमग थोड़े समय के लिए फिर इस सड़क पर थिरकने लगती है।

मंदिर के सामने, हम्पी बाजार के छोर पर एक पूरी शिला पर बने नन्दी हैं और उनके पीछे माटुंग पर्वत है (वाल्मीकि रामायण में मतंग ऋषि और उनके आश्रम का जिक्र आता है)। बायीं तरफ को एक कच्चा रास्ता कोदंडराम मंदिर की तरफ जाता है...पर फिलहाल मैं बस में ग्रुप के साथ था, इसलिए वहीं से लौट आया। बस में सवार हो जिस सड़क से हम गये थे, उसी से लौटे। सड़क के ही दायीं तरफ नरसिंह की एक विशाल मूर्ति देखने रुके—एक चट्टान पर बनायी गयी 22 फुट ऊँची मूर्ति—कोई उग्र नरसिंह कहते हैं तो कोई भोग लक्ष्मीनरसिंह। मुँह-हाथ तोड़ दिये गये हैं, वरना मूर्ति भय की तरंगें उठाती। मूर्ति के चारों ओर एक दीवार का घेरा-सा बना हुआ है जिसके ऊपर सात साँप बनाये गये हैं। मूर्ति की बराबरी पर ही एक बड़ी चट्टान पर बनाया हुआ विशाल शिवलिंग है जिसे बड़ाविलिंग कहते हैं...करीब दस फीट ऊँचा। लिंग के चारों ओर पानी बराबर रहता है जिसमें उतरकर पूजा करते हैं। कहते हैं लिंग एक गरीब शिवभक्त का बनाया हुआ है।

आगे चलकर हम जमीन के अंदर बने एक मंदिर को देखने के लिए रुके। पृथ्वी की सतह से दस या बारह फुट नीचे बना यह शिव का मंदिर

था—प्रसन्न विरुपाक्ष। कभी भव्य रहा होगा जैसा कि प्रवेशद्वार से पता चलता है। नीचे उतरकर मंदिर के खँडहर...बीच में भरा पानी, दीवारें और खंभे पानी में डूबे हुए।

दूसरी सड़क पकड़कर हम जनाना इन्क्लोज़र पहुँचे। चारों तरफ दीवार से छिंका यह एक बड़ा कम्पाउण्ड है। बीच में रानियों के महल के भग्नावशेष के रूप में एक उठा हुआ चबूतरा है, बायीं ओर कोने में नौकर-चाकर के क्वार्टर्स और पीछे 'वाच टावर' दिखायी देती है। कम्पाउंड में वास्तुकला का सबसे अच्छा नमूना है—कमल महल, जिसे लोटस महल और चित्रांगिनी महल भी कहते हैं—एक बड़े चबूतरे पर उठी दो-मंजिलीय इमारत, हर तरफ से खुली और हवादार। ऊपर कई बालकनी, खिड़कियाँ और पत्तियों की डिजाइनवाली 'आर्च' हैं। ईंट और चूने से बनी इस इमारत को विशेषज्ञ हिंदू और मुसलमानी वास्तुशैलियों का उत्तम सम्मिश्रण मानते हैं। यह इमारत अपनी पूरी डिजाइन में तो कलात्मक है ही, जिस कोने से देखो खूबसूरत लगती है। ऊपर खिड़कियों में लकड़ी के छोटे किवाड़ों की भी प्रावधान था—ऐसा लगता है। इससे और भी यह बात सिद्ध होती है कि यह जनाना इस्तेमाल में आनेवाली इमारत ही रही होगी।

जनाना इन्क्लोज़र के पीछे ग्यारह चौड़े-चौड़े कमरे एक कतार में। कहते हैं यह हाथियों का अस्तबल था...लेकिन जंजीर बाँधने के चिह्न न होने की वजह से इस बात पर असहमति भी जाहिर की जाती है। कमरों के ऊपर गोल-गोल गुंबद हैं, बीच में कोई टावर-जैसी चीज थी जो टूटी हुई है। पास में ही ग्यारह कमरों की एक और कतार है। चूँकि यह भीतर के गार्डन्स की डिजाइन से मिलते-जुलते हैं इसलिए यही अनुमान लगाया जाता है कि यह रानियों के गार्डों के रहने के लिए ही होगा। विजयनगर आनेवाले यूरोपीय यात्रियों के अनुसार रानियों की सुरक्षा के लिए औरतें और म्याहर (नपुंसक लोग) दोनों ही होते थे—औरतें भीतरवाले क्वार्टर्स में रहती होंगी, म्याहर बाहर के क्वार्टरों में।

खँडहर बोलते हैं जब उनमें अकेले चला नहीं, भटका जाय। कैसा लगता है देखकर कि कौमों का जीवन भी आदमियों के जीवन की तरह ही उगता है, बढ़ता है और अवसान को प्राप्त होता है, कि इमारतों और नगरों का

भी क्रम वैसा ही है...बसना, जगमग होना और फिर धीरे-धीरे उसी जमीन में धँसते चले जाना जहाँ से वे उगे थे। अंडरग्राउण्ड मंदिर के इर्दगिर्द अकेले डोलते हुए यह साक्षात दिखायी दिया था।

हजार राम मंदिर (मंदिर में हजार राम अंकित हैं, इसलिए यह नाम) राजाओं का प्राइवेट पूजा-स्थल था। दीवारों पर हर तरफ रामायण की घटनाएँ बनायी हुई हैं, कुछ महाभारत के भी दृश्य हैं। केंद्रीय मंडप की छत चार काले पत्थर के खम्भों पर टिकी है। खम्भों पर खूबसूरत मूर्तियाँ हैं...इतनी बारीक और साफ, जैसी कि लकड़ी में भी मुश्किल से बनायी जा सकें। पत्थर में पैदा की गयी ऐसी लचक ! गर्भगृह में अब कोई मूर्ति नहीं है, उठा ले गये होंगे लोग। मंदिर की बाहरी दीवार पर हाथी, घोड़ों, सिपाहियों की कतारें अंकित हैं पर उनके साथ ही नाचनेवाली लड़कियाँ भी। अगर यह मंदिर मुख्यतः हिंदुत्व के शौर्य पक्ष को प्रदर्शित करता है तो ये नाचनेवाली लड़कियाँ...संभवतः यह स्थापित करने के लिए कि युद्ध है पर उसके साथ-साथ और उसके पार जीवन भी है, निश्चित ही।

एक छत्तीस फुटा ऊँचा टीला...नीचे की दीवारों पर सिपाही, घोड़े, हाथी, ऊँट और नचनियों की कतारें अंकित, सीढ़ियाँ ऊपर प्लेटफार्म पर ले जाती हुईं— राज-सिंहासन का प्लेटफार्म। बताते हैं कि नवरात्रि के उत्सव को राजा यहीं से देखते थे...इसलिए इसे महानवमी डिब्बा या दशहरा डिब्बा भी कहते हैं। इसे कृष्णदेवरमा राजा ने उदयगिरि पर विजय के बाद सन् 1513 में बनवाया था।

बाहर सड़क पर पत्थर के दो किवाड़ पड़े थे...किवाड़ों पर उम्दा कारीगरी, लेकिन आश्चर्य वाली चीज यह है कि पत्थर पर ही किवाड़ों के जोड़, उनके घूमने का सौकेट...ये भी बनाये गये हैं। उठाकर फिट करना भी खासी मशक्कत का काम होता होगा !

दशहरा डिब्बा के पास ही जमीन से करीब पाँच फुट ऊँची पत्थर की नालियाँ-सी बनी हुई हैं, पानी को इधर से उधर ले जाने के लिए। आज की वाटर-पाइप व्यवस्था जैसी ही। बगल में ही एक बावड़ी है, हर तरफ काले पत्थर की सीढ़ियाँ ! इसे पुष्करिणी कहते हैं। यह हाल की खुदाई में मिला है...थोड़ा और आगे एक आयताकार तालाब के अवशेष मिले हैं।

यह पूरा हिस्सा, पत्थरों की नालियों समेत जलागार रहा होगा। लौटने के रास्ते में पत्थरों की थालियाँ दिखाई दीं...कुछ में कटोरे-कटोरियाँ भी खुदी हुईं, कुछ केले के पत्ते के आकार कीं।

देर हो गयी थी इसलिए हमारा गाइड हमें सीधा पुरन्दरदास मंडप ले गया, जहाँ नाश्ते का प्रबंध था। तुंगभद्रा नदी के किनारे एक मंडप है जिसमें पुरन्दरदास की एक छोटी मूर्ति है जहाँ लोग नहाने के बाद पूजा करते हैं। इस तरह यह मंडप के साथ एक तरह का स्नान-घाट है। पुरन्दरदास इस तरफ के कबीर हैं। उनका असली नाम नवकोटिनारायण था...शैट्टि थे, वैश्य। रईस थे तो कंजूस भी। एक बार किसी जरूरतमंद भिखारी को कुछ देने के लिए पत्नी ने बहुत जिद की, लेकिन नवकोटिनारायण कहाँ कुछ देनेवाले ! चोरी से पत्नी ने अपनी नाक की कील दे दी तो नवकोटिनारायण क्रोधित हुए...पर देखा कि तत्काल उस कील-जैसी पाँच-छः उनकी पत्नी के हाथ में प्रकट हो गयीं। तभी उन्हें वैराग्य हुआ और सब कुछ छोड़ वह निकल गये...कन्नड़ में गीत बनाते और गाते घूमते थे।

तुंगभद्रा की धारा बेहद निर्मल और आकर्षक थी। मैं बहती नदी देखता हूँ तो आचमन मज्जन-भर से जी नहीं भरता ! बरगीनगर में वत्सलनिधि का लेखक-शिविर था। एक दिन सवेरे नर्मदा में स्नान करते हुए दिव्य अनुभूति हुई। पूर्व दिशा से नर्मदा की धारा बहती हुई आ रही थी, उगते सूरज की किरणें लहरों पर झिलिर-मिलिर। मुझे लगा, माँ-प्रकृति सामने हैं, मेरी ओर दौड़ी चली आ रही हैं, अपने स्नेह की असंख्य किरणें लिए हुए। वे मुझे भर देना चाहती हैं। किरणों की लहरें दौड़ती हुई मुझ पर गिर रही हैं, मुझे आप्लावित कर रही हैं। मेरा शरीर, मन, आत्मा... सब रामांचित हो गये थे। तब से बहती नदी की धारा के पार मुझे माँ-प्रकृति दिखायी देने लगती हैं—'आओ, थोड़ी देर को गोद में बैठ लो।'

मंडप से अलग, एक कोने में चुपचाप कपड़े उतार, माँ को प्रणाम कर पानी में घुस गया। तौलिया और दूसरे कपड़े...कुछ साथ नहीं थे तो क्या...धूप में शरीर सूख जायेगा, कपड़े वही पहन लूँगा। सामने किष्किंधा पर्वत की श्रेणि पर लुढ़कऊँ पत्थरों के ढेर, नीचे पत्थरी इलाके में विरल घास-फूँस की सूखती हरियाली और जहाँ-तहाँ बीच से बहती तुंगभद्रा की

हरी धारा...कैसे पर्वत-श्रेणि से नीचे जलधारा तक आते-आते रंग क्रमशः गहराता जाता है। चट्टानों के बीच ही कहीं मैं इस गहरे रंग को आत्मसात करने की कोशिश करता हुआ डुबकी लगाता हूँ तो बहती धारा की थिरकन सिर के एक-एक बाल पर महसूस करता हूँ...

एकांत अवगाहन! व्यवधान पड़ा जैसे ही मुझे देख लिया गया, फिर भाई ओमप्रकाश और रणजीत खुराना भी स्नान करने आ गये। दो की तृप्ति का मैं सीधा और तत्काल माध्यम बना।

स्नान के बाद बगल में ही विट्ठल मंदिर देखने गये। विट्ठल महाराष्ट्र में पूजे जाते हैं, पंढरपुर मुख्य तीर्थस्थल है, लेकिन विजयनगर के राजा लोग भी विठोबा को कृष्ण के एक रूप की तरह मानते थे। विठोबा की मूर्ति नहीं है पर तीन तरफ से बड़ी-बड़ी दीवारों से घिरा, चौथी तरफ तुंगभद्रा और किष्किंधा...यह अपने समय का भव्य मंदिर रहा होगा। हम्पी अवशेषों में सबसे विशाल यही है। यह मंदिर कृष्णदेव राय और उनके बाद के दो राजाओं के समय बना, पूरा कभी नहीं बन सका। कहते हैं पंढरपुर के विट्ठल को यहाँ लाने के लिए बनाया गया था, ईश्वर आये भी देखने, लेकिन उन्हें लगा कि यह कुछ ज्यादा ही भव्य है तो उन्होंने पंढरपुर के अपने साधारण घर में ही रहने का निश्चय किया। खम्भों पर एक-से-एक कलाकृतियाँ बनी हैं—घोड़े, हाथी, नर्तकियाँ और सिपाही। मुख्य मंडप के भीतरी खम्भों में सप्त स्वरों की ध्वनियाँ निकलती हैं। उसके ठीक सामने पत्थर का रथ है जो एक पत्थर पर तो नहीं बनाया गया, पर उसके मोड़-जोड़ देखने लायक हैं, पहिए जहाँ जमीन को छूते हैं वहाँ थोड़े-से दबे दिखते हैं, जैसे आजकल हवा से भरे रबड़ के पहिये। पहियों के बीच की धुरी भी कलाकारों की बारीक नजर बताती है। हजार राम मंदिर और इस मंदिर की कलाकृतियों में खासा साम्य है जिससे लगता है कि एक ही समय के आसपास, एक ही कलाकार समूह के बनाये होंगे। सीलिंग में कहीं-कहीं रंग भी दिखायी देता है, कभी न सिर्फ सीलिंग, बल्कि पूरा मंदिर रँगा और सजा रहा होगा।

अगला पड़ाव था माल्यवन्त रघुनाथ मंदिर। मान्यता है कि माल्यवन्त पर्वत पर राम-लक्ष्मण ने चतुरमासा किया था। इस जगह को स्फटिक शिला

भी कहते हैं (चित्रकूट में भी स्फटिक शिला है) शायद यहाँ कोई बड़ी शिला थी, मंदिर का ऊपरी हिस्सा तो एक बड़ी शिला पर रखा हुआ साफ दीखता है। बिल्कुल हो सकता है कि यहाँ कभी दो बड़ी शिलाओं के बीच रहने लायक खोह रही हो। मंदिर के पीछे खुले में कई शिवलिंग बने हैं। बताया गया कि राम ने यहाँ दशरथजी का श्राद्ध किया था। यहाँ से किष्किंधा के अन्य पर्वतों का नजारा मिलता है जैसे कि ठीक सामने है आंजनेय पर्वत, जहाँ हनुमानजी का जन्म हुआ था। माल्यवंत पर्वत के पुजारी लोग एक सौ वर्षीय वृद्ध से मिलाने ले गये जो मंदिर के परिसर के एक कोने में रहते हैं...एक मसहरी लगी खटिया के पास चटाई पर वे गीधराज की तरह बैठे थे, वृद्धावस्था को ढोते हुए। मैंने चरण छुए...उनके नहीं, वृद्धावस्था के।

पास में ही मधुवन है—मुख्य मंदिर में हनुमानजी की एक विशाल मूर्ति है। श्वेत केशोंवाले एक काले पुजारीजी बताने लगे—हनुमानजी जब सीता का पता लगाकर लौटे थे तो यहीं उतरे थे, और यहीं सब वानरों ने उत्सव मनाया। 'आपको कैसे मालूम कि यह वही जगह है'—बंधुवर ओमप्रकाश उनसे भिड़ गये, तर्कबाजी चलने लगी। पुजारीजी अयोध्याजी के थे, माल्यवन्त पर्वत पर भी अयोध्या के ही थे। राम के अनुयायियों में अयोध्या के लोग स्वयं को श्रेष्ठ मानते हैं और यह गर्व इन पुजारीजी के वाक्यों में प्रकट हो ही गया—'हम लोग आकर बताया इन्हें...यहाँ यह है, वहाँ वह है। ये लोग क्या जानें—बनरी जाति, अपनी बिटिया से ही ब्याह रचाने को तैयार हो जाते हैं।' श्रोताओं में कुछ स्थानीय लोग भी थे, सुनकर हँस रहे थे—सच तो है, बालि ने सुग्रीव की पत्नी को रख लिया था! 'अनुज-वधू, भगिनी, सुत-नारी...इनहिं कुदृष्टि बिलोकहिं जोई, ताहि बधे कछु पाप न होई'...आर्यों ने उत्तर से आकर कुछ सामाजिक मूल्य यहाँ स्थापित किये थे तो आधुनिक अयोध्यावासियों ने यह बिठाया कि इस पर्वत में हनुमानजी हुए, यहाँ बालि किला है, यहाँ शबरी आश्रम है। बेशक यह खोज पंडिताऊ प्रोफेशनेलिज्म की देन है...लेकिन मोटा-मोटी भौगोलिक तर्कसंहिता भी है उसमें और सबसे बड़ी बात कि लोगों की मान्यता बन गयी। इसलिए बहस से क्या फायदा।

उस रोज का कार्यक्रम इतना ही था। वापस होस्पेट, जहाँ अपराह्न में सम्मेलन था, एक सत्र था। सम्मेलनों में मुझे बहुत रस नहीं आता लेकिन इस सम्मेलन में मजा आ रहा है, घूमने को खूब मिल रहा है...शायद इसलिए।

दूसरे दिन सबेरे नाश्ता बालि-वन में, जहाँ बालि पूजा करने आता था। छोटे-बड़े पत्थरों से टकराती बहती तुंगभद्रा की कल-कल धारा। होस्पेट में जब बाँध नहीं रहा होगा तब यह नदी खासी बड़ी रही होगी, अब भी अलग-अलग जगहों पर इसकी छटा अलग-अलग ढंग की और मन-भावनी है। सानापुर में तुंगभद्रा नदी वहीं पहाड़ी पर टिकी किसी बड़े कुंड जैसी दिखती है। पतली रपट से बँधा पानी, रपट के ऊपर से धीरे-धीरे नीचे गिरता हुआ। पिछली शाम राजा साहब से टोकरा के बारे में सुना था—एक बड़ी टोकरी की तरह गोल-गोल नाव। सानापुर में नदी के किनारे दो-तीन टोकरा पड़े थे। बैठने का जी करने लगा। नाविक नहीं था तो उसके बेटे को पकड़ा...मैं, मनु और दो-तीन बच्चे। महेंद्र भाई किनारे पर ललचाते ही रह गये। मोटा कोई बैठ जाये तो यह नाव जो एक किस्म की बड़ी दौरिया की है—फट ही जायेगी। हमने कुंड में एक छोटा-सा चक्कर लगाया। नयी तरह की अनुभूति...साधारण नाव सीधे चलती है तो यह चक्करों में आगे को बढ़ती है। कुछ समय तक तो पता ही नहीं चलता कि आगे जा रही है, या कि पीछे, या कि वहीं घूम रही है। खेने की भी खास कला चाहिए।

पम्पासर...पहाड़ी के नीचे एक छोटा-सा तालाब। मानसरोवर, बिंदु सरोवर जैसे मान्य सरोवरों में से एक पम्पा सरोवर भी है। मान्यता के हिसाब से पम्पा सरोवर आकार में छोटा लगा। मैं वाल्मीकि रामायण में वर्णित पम्पा का सौंदर्य ढूँढ़ने लगा—पहाड़ों पर भी भाँति-भाँति के पुष्पित पेड़, वहाँ ऋषियों के स्वेद बिंदु गिरे थे इसलिए ये फूल कभी मुरझाते नहीं; सरोवर के चारों तरफ पेड़, उन पर पक्षियों का प्रेमाचरण...सौंदर्य को देखकर राम को सीता का विरह और भी सताने लगता है। पम्पा के सौंदर्य का वर्णन दो अध्यायों से भी ज्यादा में आदिकवि ने किया है...और यहाँ पहाड़ उजाड़, सरोवर के आसपास नाममात्र को हरियाली। मन पर सूखापन बिछने लगा तो मैंने स्वयं को याद दिलाया—जिस सदी में मैं वहाँ खड़ा था, उसमें

इतना काफी है कि यह सोचा जा सके कि कभी यह सरोवर विशाल और सुन्दर रहा होगा...लोककथा है कि सरोवर के पानी में कीड़े थे क्योंकि शबरी जो अछूत जाति की थी, उसे जल का इस्तेमाल नहीं करने दिया जाता था। राम के चरण पड़े तो यह तीर्थजल हो गया। पम्पासर का जल आजकल स्नान और पान दोनों के काम आता है; कपड़े धोना जरूर मना है। मैंने आचमन किया, ऊपर पहुँचकर जल भी पिया। यहाँ शबरी की कोठरी बनी है—एक गुफा जिसके बाहरी हिस्से में चरण-युगल बने हैं, शबरी जहाँ पूजा करती थी। दो चट्टानों के बीच फटान-सी...घुप्प अँधेरा—हममें से कुछ भीतर हिले तो शरीर का कोई-न-कोई हिस्सा इधर-उधर चट्टान से टकराया। इस गुफा के दूसरे छोर पर रोशनी की एक बारीक धार-सी भीतर गिरती थी।

अब राजा साहब हमें अपनी स्टेट अनेगुंदी की तरफ ले जा रहे थे। रास्ते में दो पहाड़ियों के बीच उन्होंने काफिले को रोका और एक पहाड़ी पर हमें चढ़ा ले गये। छोटी-बड़ी चट्टानों पर से जाता पतला रास्ता, ऊपर किले जैसी छेकाबंदी और गुफाओं में बने दो कमरे...एक में पूजास्थल। अनेगुंदी रियासत के धार्मिक कृत्य यहीं होते थे। दूसरे कमरे में रसोईघर था। फिर एक लम्बी प्राकृतिक गुफा के भीतर अच्युत रायजी ले गये। बता रहे थे कि जब वे छोटे थे तो इन गुफाओं में इधर से उधर दौड़ते हुए निकलते थे। राजा के लड़के थे तो सबके साथ खेलने को तो मिलता न होगा। उनके पिता ठंडक में विश्राम करने यहाँ आ जाते थे तो बालक अच्युत राय को खेलने के लिए थीं ये गुफाएँ ! कैसा लगता है बचपन की जगहों को बड़े होकर देखना !

रास्ते से ही अच्युत रायजी ने दायीं तरफ बालिपर्वत दिखाया...अनेगुंदी के राजा लोग आक्रमण या ऐसे किसी कठिन समय में बालिपर्वत में जाकर छिप जाते थे। राजा अच्युत राय यह मान ही नहीं पाते थे कि वह बालिपर्वत था। वह उनकी रियासत का एक गढ़ था...लेकिन रियासतें गयीं तो वह पहाड़ी पुनः बालिपर्वत हो गयी।

अच्युत रायजी राजा नहीं रहे, पर आज भी उनका इस इलाके में सम्मान है। कहीं झगड़ा या दंगा हो जाये, तो उन्हें न्याय करने के लिए आज भी बुलाया जाता है। हाल ही में एक लड़की के साथ छेड़खानी हुई,

लड़कीवाले ने राजा के यहाँ फरियाद की, राजा यहाँ आये, अभियुक्त पार्टी ने जुर्म कबूल कर लिया तो फिर राजा अच्युत रायजी ने स्वयं दंड दिया...बाजार में सबके सामने पहले उन्होंने अभियुक्त पर चाबुक बरसाए, फिर लड़की को जी भरकर मारने के लिए कहा। कहीं कोई चूँ नहीं ! कोई दबी जुबान से यह बात भी नहीं करता कि अच्युत रायजी की अब कौन-सी हैसियत है जिसके तहत वे यह सब करते हैं। वे हिंदू हैं पर उन्हें मुस्लिम सम्प्रदाय का वह विश्वास प्राप्त है कि साम्प्रदायिक तनावों और दंगों के मामले भी उनके पास न्याय को आते हैं।

मैं सोचने लगा—कौन कहता है कि आदर्श नहीं होता। एक हमारी कोर्ट-कचहरी का वह चेहरा जो दिखता नहीं, अमानवीय ! कागजी कार्यवाही में ही लोग उलझकर रह जाते हैं, न्याय मिलने की कोई उम्मीद नहीं। अगर जनता अपना विश्वास किसी में रख दे, उसी के पास न्याय को आये और वह व्यक्ति भी अच्युत रायजी की तरह न्याय के कर्म की गरिमा को समझे और करे तो न्याय कितना जल्दी और कितना आसान ! जो आज के न्याय के बारे में धारणा है कि वह सिर्फ पैसेवालों का पक्षधर है...वैसी कोई धारणा राजा अच्युत रायजी के बारे में क्यों नहीं बनी, हिंदू होने के कारण उन्हें हिन्दुओं का पक्षधर भी नहीं कहा जाता।

अनेगुंदी कस्बे में अच्युत रायजी ने वह मंदिर दिखाया जिसे राजाओं के वक्त राजमंदिर की प्रतिष्ठा मिली हुई थी। उसके बाद हम तुंगभद्रा के किनारे जैन मंदिरों की तरफ बढ़ गये। अच्युत रायजी कह रहे थे कि यहाँ उनकी रियासत का गेस्टहाउस था। ये जैन मंदिर कहे जाते हैं पर जहाँ-तहाँ हिन्दू देवी-देवताओं की भी मूर्तियाँ थीं...मुझे फिलहाल उसमें दिलचस्पी नहीं थी क्योंकि मंदिरों के नीचे सरपट चट्टानों के बीच से होती तुंगभद्रा कलकल बह रही थी। मैं फिर नहाने के लिए उतरा तो इस बार पत्नी, मनु, अन्य महिलाएँ, डा. परमानंद गुप्त, डा. विजयेन्द्रनारायण सिंह, डा. सुधांशु आदि कई आ गये। पुरन्दरदास मंडप में नदी थोड़ा गहरी थी, इसलिए बहाव उतना नहीं था। यहाँ चट्टानों पर से तेज बहती छोटी-छोटी धाराएँ। डूबने का खतरा नहीं, पर थमकर बैठ भी पाना मुश्किल था। नीचे काई लगी चिकनी चट्टानें, पीछे से धक्का देता नदी का बहाव। काफी देर चला वह

खेल...चट्टानों पर से खिसकते बह जाना, फिर किसी तरह रोपना खुद को। घण्टेभर स्नान किया, बाद में सम्मेलन के अध्यक्ष डा. बांदिवडेकर की डाँट भी सुनी कि जहाँ-कहीं नहाने लगते हैं लोग और सम्मेलन का सारा शिड्यूल गड़बड़ा डालते हैं। पर यह भी तो सम्मेलन है—सम-मिलन, लेखकों का तुंगभद्रा से।

लौटते में मैं राजा अच्युत राय के साथ था तो वे मुझे यहाँ का अपना महल दिखाने ले गये...छोटी-सी रियासत का छोटा-सा महल, बड़े घर जैसा ही। यहाँ अब भी कभी-कभी वे और उनके भाई आकर ठहरते हैं। इसके सामने पुराने और बड़े महल का खँडहर था...पूजा-स्थल की बची एक दीवार पर उगता पीपल का पेड़—पीछे कमरों में जो शायद रनिवास रहे होंगे...वहाँ बेरियाँ उग आयी थीं। अच्युत रायजी बता रहे थे कि वे इस लम्बी-चौड़ी जमीन को बेचने की कोशिश में हैं...काल की रेंग !

लौटने में मैं अपने ग्रुप से अलग हो गया था इसलिए ऋष्यमूक पर्वत नहीं देख सका। मैं बिंधा रहा अच्युत रायजी के साथ, उनके फार्म हाउस होते हुए होस्पेट पहुँचा। मैं ऋष्यमूक देखने के लिए कहता रहा, पर अच्युत रायजी को पता भी नहीं था कि वह कहाँ है और ऐसा कोई पर्वत है भी। उनका अपना निकट अतीत उन पर इतना छाया था कि वे उसी से संबंधित चीजें दिखाकर तृप्ति महसूस करते थे, उस अतीत के पार के अतीत की पर्त से जोड़ सकना उनके लिए आसान नहीं था...कम-से-कम उतना आसान तो नहीं ही जिस आसानी से मैं अनेगुंदी रियासत, उसके पीछे हम्पी और उसके भी पीछे किष्किंधा-युग से स्वयं को जोड़ लेता था।

लेकिन दूसरी महत्त्वपूर्ण जगह छूटते-छूटते बची। अगले दिन वापसी थी दस बजे की रेल से । महेंद्र के भीतर प्रेरणा जगी कि सुबह-सुबह हम कोदंडराम मंदिर देख आएँ—जो पहले दिन हम्पी बाजार के छोर पर मैं छोड़ आया था। बड़े सुबह निकल गये—महेन्द्र, मैं और पत्नी। तुंगभद्रा नदी यहाँ मोड़ लेती है, नदी में भँवरें बनती हैं इसलिए इसे चक्रतीर्थ भी कहा जाता है। मुख्य मंदिर में राम और लक्ष्मण की विशाल मूर्तियाँ हैं...ऊपर की तरफ हनुमान का मंदिर है। इस भूमि पर हनुमान और राम का मिलन हुआ था...सामने ऋष्यमूक पर्वत, सटकर बहती तुंगभद्रा जो

बरसात में मंदिर में राम की मूर्ति के चरणों तक पहुँच जाती है, दूर विरुपाक्ष मंदिर का शिखर...हम देखते रह गये—इधर मंदिर, बंदर और पेड़ों की हलचल भरा पर्वत, सामने पत्थरों के ढेर जैसा लाल-लाल छोटा पहाड़, बीच में मोड़ लेती, उधर खँडहरों के समानान्तर बहती नदी, नदी के बीच बने छोटे-छोटे द्वीप...सब कुछ चित्र-जैसा, सबेरे की शांति में और भव्य लग रहा था। काफी देर अलग-अलग खड़े हम सबेरे की शांति में नहाए उस दृश्य में डूबे रहे, मेरा अपनापन जैसे मुझसे छूटकर अलग हो गया था, जानकारियाँ जो स्थलों को देखते समय हमें घेरे रहती हैं, वे भी झर गयी थीं। सिर्फ हम थे...पृथक-पृथक तीन जीव-बिंदु और तीनों के लिए अलग-अलग तरह से प्रकट होता सामने का प्रकृति-पटल!

उपयुक्त समाप्ति इस यात्रा की—अतीत की परतों को भी अपने में से खरोंच कर निकाल अन्ततः प्रकृति के बीच जा खड़ा होना, नदी-पर्वत, पेड़-पौधों को उस तरह लेना जो वे हैं। एक से एक सुबहें रही होंगी—त्रेता युग में, विजयनगर काल में, रजवाड़ों के समय, उसके बाद भी...लेकिन यह सुबह जो आज है—ऐसी कभी नहीं हुई थी।

भारत का पश्चिमी कोना—गुजरात

(क) शहर छतों पर

कितने महीनों से अपने व्यक्तिगत ऊहापोहों में डूबा हुआ था कि एक दिन एकाएक जैसे बलात् अपने से बाहर खींच लिया गया। देखता हूँ कि अहमदाबाद की सड़कों पर रंग ही रंग उतर आये हैं। जगह-जगह रंग-बिरंगे माँझा तैयार किये जा रहे हैं। एक किनारे सादा डोर की खिर्की, बीच में साबूदाना, पिसे काँच और रंग का घोल, फिर माँझा लपेटनेवाला चर्खा। एक आदमी सादा डोर को घोल में दबाता हुआ छोड़ता है, दूसरा आदमी एक हाथ की मुट्ठी में बन्द माँझे की लुब्दी से डोर को गुजरने देता है, दूसरे हाथ से चर्खा चलाता रहता है। माँझा चर्खे में लिपटता जाता है। थोड़ी देर सूखने के बाद माँझा एक दूसरी हथमशीन से खिर्की में वापस लपेटकर ग्राहक को थमा दिया जाता है। कहीं-कहीं दो पेड़ों के तनों पर डोर को बाँध, लुब्दी का रगड़ा दे-देकर तगड़ा माँझा तैयार किया जा रहा है...वही जो हम बचपन में करते थे। हर तीसरी दुकान पर रंग-बिरंगी पतंगें और माँझे की खिर्कियाँ लटकी हैं जैसे हर दुकानदार अपने आम-व्यवसाय को एक किनारे रख पतंगों के व्यवसाय में शामिल हो जाना चाहता है।

दो दिन बाद मकर संक्राति है, सूर्य उत्तरायण होगा इसलिए इस पर्व को गुजरात में उत्तरायण कहते हैं। इस रोज गंगासागर में महास्नान होगा, उत्तर भारत में नदी-तालाब जो जहाँ सुलभ हुआ उसमें नहाना होगा, खिचड़ी का दान-खान होगा। तिल के लड्डू बनेंगे, खबेंगे। बचपन में इस दिन हम पकी मिट्टी क़े लाल-लाल ऊँट-घोड़े खचोरते थे, उनकी पीठ पर एक गद्दी-सी

रखी होती थी जिसकी दोनों तरफ की थैलियों में सेव खुर्मा भरे होते थे। हम खेलते थे और खाते जाते थे। गुजरात में स्नान का चलन नहीं है, लेकिन तिल और खिचड़ा (खिचड़ी का ही एक रूप जो कुटे गेहूँ और अरहर की दाल से बनता है) खाए जाने का रिवाज यहाँ भी है। संक्राति यहाँ मुख्यतः पतंगों का पर्व है। इन दो-तीन दिनों में ही गुजरात में तीन-चार करोड़ रुपयों की पतंगों की खरीद-फरोख्त हो जाती है—सूरत और अहमदाबाद के पतंग पर्व खास मशहूर हैं। शीत के बाद स्वच्छ आकाश को जैसे लोग अपने उल्लास के रंगों से पाट देने को आतुर दिखते हैं।

गुजरात पर्यटन विभाग द्वारा आयोजित अन्तर्राष्ट्रीय पतंग उत्सव देखने गया। पिछले वर्ष जिसे इनाम मिला था, वह बाईस फुटा पतंग आसमान में थी। जिन्होंने बनायी थी वे ही चढ़ा रहे थे, झबरी मूँछें जो खिली पड़ रही थीं। सबको थोड़ी-थोड़ी देर को वे पतंग थामने को देते। मैंने डोर थामकर देखा। डोर इतनी भारी थी कि लगता था अब टूटी, अब टूटी। विदेश की पतंगों में ज्यादातर नायलन कागज या नायलन कपड़े की थीं...कोई ड्रैगन की शक्ल में, तो कोई आधुनिक वास्तुशिल्प की किसी डिजाइन में, लकड़ी की काँप की बजाय लोहे की पतली छड़ों को लिए हुए। एक तो ऐसी थी जैसे ऊपर बाकायदे डबलबैड टँगा हुआ हो। इन पतंगों को नायलन की मोटी डोर पर साधा जाता है, खिर्की एक चकरी-सी होती है जिससे डोर अपने आप निकलती जाती है, उन्हीं चकरियों को हाथ से नीचे-ऊपर कर पतंग चढ़ाते हैं। थोड़ी देर देखा जा सकता है इन बड़ी-बड़ी पतंगों को, वर्ना छोटी पतंगें जो उँगली की ठुनक से चलती हैं उनकी बात ही और हैं। एक दिलचस्प नजारा एक ही डोर में बँधी सौ-डेढ़ सौ छोटी-छोटी पतंगों का था, जैसे पतंगों का ही एक बड़ा पुछल्ला बनाया गया हो और वह आसमान में लहरा रहा हो। पतंग उत्सव में पेंच लड़ाने की प्रतियोगिता भी थी और आम समारोहों की तरह उद्घाटन आदि की भाषणबाजी भी।

शाम को पतंग बाजार देखने गया। यों तो पूरे शहर में पतंगें बिकती हैं लेकिन खास पतंग बाजार दो ही हैं। एक दिल्ली दरवाजे के इस तरफ शाहपुर में—कोई एक फर्लांग तक पतंगों की दुकानें ही दुकानें...सब भीड़ से गचागच। सड़क के दोनों तरफ जमीन पर बिछी दुकानें। पतंगें कम से कम बारह या

बीस के गड्डु में बेची जाती हैं। पतंगें ज्यादातर एक ही कागज की लेकिन कई ऐसी भी जिन पर तरह-तरह की आकृतियाँ बनाई गई थीं। दुकानों के बाहर लड़के टोटी (उँगली पर चढ़ाया जानेवाला रबड़ ताकि माँझा से उँगली कटे नहीं) और गोंदड़पट्टी बेचते घूम रहे थे। गोंदड़पट्टी याने गोंद और कागज की बनी टेपनुमा चीज, फटी पतंग को जोड़ने के लिए। जमाना कहाँ से कहाँ आ गया। हम लोग बचपन में फटे पतंगी कागज के टुकड़े बीनते थे, जिस पर भात या लेई (उबला आटा) उँगली से घिसकर चिपकाते थे...पर वह बाँदा था, यह अहमदाबाद है—रईसों का शहर। दूसरा बाजार कालूपुर के टंकसाल इलाके में है। पतंगों और उसके सामान से उफनाती एक पूरी की पूरी गली। पतंगों के मौसम के पहले और बाद यहाँ स्टेशनरी की बाजार होती है। नवाबों के वक्त यहाँ टंकसाल थी—पहले टनटनाते सिक्के, अब फरफराते पतंगी कागज। जैसे सिक्के दौड़ते हुए कहाँ के कहाँ पहुँच जाते हैं, वैसे ही तो पतंगें भी। न वे किसी के, न ये किसी की। दोनों ही माया।

अगले दिन मकर संक्रान्ति। सुबह से ही पतंगें आसमान में दिखने लगी थीं। अहमदाबाद की एक खासियत देखी है मैंने—कुछ मौकों पर यह शहर भेड़ की चाल से एक ही दिशा में चल पड़ता है। नवरात्रि में देखो तो सारा शहर गरभा नाच रहा है। दिवाली के बाद चार-पाँच दिनों के लिए यह भूखंड छोड़कर बाहर चला जाता है छुट्टियाँ मनाने। दवा की दुकान भी मुश्किल से खुली मिलेगी, जो सड़कों पर घिसटते दिखायी दें तो समझ लीजिए कि वे या तो अहमदाबादी हैं या वे जो पैसे से पंचर हैं। और उत्तरायण में देखिए तो सारा शहर छतों पर। सौ-पचास पतंगों का ढेर छत के एक कोने में रख लिया और चालू हो गये...एक छत पर दस-दस लोग पतंग उड़ानेवाले। सुबह नयी बस्ती में गया जहाँ एक-से बने फ्लैट थे। सब छतें भरी थीं...सामने से बिजली के तार निकलते थे जिनमें पतंग अक्सर जाकर फँस जाती। उनके पार उड़ी तो पेंच होते थे। अब सबके माँझे तो एक से, वही जिन्हें थोक के भाव बनते-बिकते मैं देख चुका था...तो इत्तफाक की बात है कि कौन किसे काट दे। अक्सर अपनी छत पर पतंग चढ़ा रहे अपने ही आदमी से पतंग कट जाती, कभी पता भी न चलता किससे कटी जब तक कि दूसरी छत का कोई गिरोह हल्ला न मचा दे। सामने रेल की पटरियाँ थीं, जिनकी

बराबरी पर बाँस के लट्ठे में कँटीला झाड़ बाँधे झोंपड़पट्टी के लड़के कटी पतंगों को लूटने दौड़ रहे थे, रईस लड़के सिर्फ कटते-काटते थे। मुझे अपने बचपन के दिन याद आये...कैसे कटी पतंग के साथ-साथ ऊपर मुँह किये पागल से खबर-बदर दौड़ते थे—टीले, खँडहर, खाई...सब एक करते हुए। अक्सर तो कुछ भी हाथ न आता—कमबख्त पतंग किसी पेड़ की फुनगी में जा हिलगती और वहाँ से हमें चिढ़ाती होती, या फिर किसी खपरैल में धर रहती। कभी हाथ आती तो छीना-झपटी में फट जाती...गालीगलौज, लड़ाई-झगड़ा होता पर जल्दी ही फिर हम दूसरे पेंच देखने लगते, किसी पतंग के कटने का इन्तजार करने लगते। जब कभी हाथ आ जाती कोई पतंग तो जैसे बड़ी समृद्धिवाली हो।

दूसरी जगह जहाँ गया वह पुराने शहर का इलाका था, सटे-सटे छत और खपरैल। कोई-कोई तो ऐसी तंग छत कि खींचा मारते हुए कोई पीछे चलता चला जाये तो नीचे गली या सड़क पर गिर सकता है और ऐसी दुर्घटनाएँ हो भी जाती हैं। यहाँ भी वही आलम था...पतंगों की भीड़, एक-एक छत में दस-दस उड़ानेवाले, किसकी पतंग के पेंच किससे पड़ रहे हैं, पड़ भी रहे हैं क्या...या कि यों ही डोर फँस गयी और एक पतंग कट गयी। हमारे यहाँ बाकायदे एलानिया पेंच लड़ाये जाते थे—नियत समय पर मोहल्ले के दो अलग-अलग किनारों से पतंगें उड़तीं, कोई एक फर्लांग की दूरी तक चढ़तीं...फिर ऊपर की पतंग गोता लगाती हुई नीचे आती और दूसरी पतंग को पेंच में ले लेती...फिर चलने दो ढील-पर-ढील, मील-मील भर तक पतंगें चली जा रही हैं। कोशिश होती थी कि ढील में अपनी पतंग चक्कर खाने लगे...उससे डोर को वह गहरे से दूसरी की डोर पर घिसकर काट सकती थी। कभी पेंच में कोई पतंग लटक जाती तो समझो वही कटेगी। कभी खींचा मारते थे पर ज्यादातर ढील देकर काटने का तरीका था। ढील भी या तो एक-सी हौले-हौले, या थक्कों में, कभी ढील के बीचोंबीच खींच मारना...ये सब पेंच लड़ाने की बारीकियाँ थीं...एक अपनी तरह की कला। पतंगबाज डोर के माध्यम से पतंग से बातचीत करता था, पतंग डोर का इशारा समझती थी और डोर उँगलियों का। यहाँ अहमदाबाद में आलम भड़भड़ भब्बड़ का ज्यादा था...पर तभी मुझे लगा कि यहाँ दरअसल

पतंगबाजी को लेकर नजरिया ही दूसरा था—यहाँ प्रतियोगिता की जगह बात एक सामूहिक जश्न में शरीक होने की है। दूसरे को झुकाने की बजाय खुलकर मजा लेना...कट जाने में भी हो-हो करना और यह ज्यादा स्वास्थ्यकर दृष्टिकोण था। तभी तो हमारे मेजबान की पुरानी इमारत में उनके सभी रिश्तेदार, दोस्त इकट्ठे हुए थे...पतंगों के साथ-साथ ट्रांजिस्टर चल रहे थे, खाना भी था...कुल मिलाकर पिकनिक का आलम। प्रतियोगिता में जो एक वैमनस्य की भावना दबी-दबी होती है, वह यहाँ दूर-दूर तक नहीं थी।

तीसरी जगह पुरानी ही बस्ती के और घने इलाके में गया। यह एक खासा पुराना गुजराती घर था...तीन तल्लों में संयुक्त परिवार की तीन शाखाएँ अलग-अलग फिर भी साथ रहती थीं। किनारे से हर तल को जाती लकड़ी की सीढ़ियाँ...अब भी मजबूत। यहाँ मैंने सबसे ऊपरी मंजिल को ढँके हुए टीन की चादर पर खड़े होकर पतंग चढ़ाई। ऊँचाई इतनी थी कि हवा फट से पतंग को ले लेती...पर तभी आस-पास, अगल-बगल की पतंगों से खतरा। सामने की छत पर लड़कियों-औरतों का गिरोह था, एक सलवार कुर्तेवाली, शरीर से थोड़ा भारी, लड़की क्या धाकड़ खींच मारती थी। एक बार पीछे की छत से किसी ने खींच मारी तो माँझा मेरे गले को छीलता चला गया, दर्द के मारे मेरी पतंग हाथ से छूट गयी और बिना कटे चली गयी। यहाँ एक और मजा था, कटी पतंग को लूटने-ऊटने का सवाल नहीं था। कटकर वह सामने किसी छत या खपरैल पर जा गिरती। मैंने इस तरह कितनी पतंगों को खड़े-खड़े लूटा, उन्हें भी उड़ाया। वे कटी पतंगें थीं पर दो-चार को और काटकर ही फिर कटीं और आगे किसी छत पर जा पहुँचीं...वहाँ फिर किसी और ने उड़ाया होगा। बढ़िया...इस तरह पतंगें खत्म ही न होंगी—एक हाथ से दूसरे हाथ। एक बात और समझ में आयी कि यहाँ कमाल दूसरी पतंग को काटने में नहीं था, कितनी देर आपकी पतंग बगैर कटे टिकी रहती है—इसमें था।

आसमान पतंगों से ढँका था जैसे कोई बड़ा टिड्डी दल कहीं से आकर अहमदाबाद पर छा गया हो (कीट के लिए पतंग शब्द क्या इसीलिए चल पड़ा होगा?) या कि पतंगें नहीं, वे संसार में उतराते असंख्य प्राणी थे...आये, उठे, इतराए-इठलाए और कटकर चल दिये। मजाक कि कटना देखते हैं, फिर

भी...लेकिन यह भी तो है कि जितनी देर पतंग चढ़ी हुई है वह कितनी जीवन्त है...इतनी मांसल कि जिसकी गुदगुदाहट उँगलियों पर रेंगती होती है।

पूरा शहर पतंग उड़ा रहा था तो जाहिर था उसमें हिंदू-मुसलमान भी थे...सभी पर्व के उल्लास में बराबरी से शामिल। फिर भी अहमदाबाद में जो पिछले वर्षों से साम्प्रदायिक दंगे होते रहे हैं, उनकी शुरुआत पतंगों से ही हुई है—हुई क्या प्रोफैशनल गुंडों द्वारा कराई गई है। आदमी अपनी नीचता में कितना शातिर होता है कि पतंगों के खेल को जो अहमदाबाद को जोड़ने का काम करता है उसी से कटुता के बीज उठाकर उड़ता है और उन्हें जगह-जगह बिखेरता है।

आखिरी पड़ाव पुरानी बस्ती के ही एक दूसरे छोर पर । यहाँ पतंग-पर्व का इस्तेमाल सम्पर्क बनाने/साधने के लिए किया जा रहा था। महत्त्वपूर्ण लोगों को घेर-घेरकर आमंत्रित करना, उनके लिए पतंग उड़ाने का सुख मुहय्या कराना, जलेबी और ऊँदिया से उनका सत्कार करना...सब कुछ पर संस्कृति से परिचय का एक खूबसूरत मुलम्मा चढ़ा हुआ। गलत कैसे कहा जाय इसे क्योंकि वे लोग जो यों अपने सुविधाजनक घरौंदों में छिपे बैठे रहते हैं, उन्हें बाहर बुलाकर कुछ तो संस्कृति के रू-ब-रू करता ही है यह सिलसिला...लेकिन जब एक बच्चे के हाथ से चढ़ी पतंग लेकर एक साहब के हाथ में दी गयी कि हुजूर पेंच लड़ायें तो मुझे आयोजन फूहड़ और भद्दा लगा। वह मुक्त उल्लास जिसे टीन की छत पर भोगकर मैं अभी-अभी आ रहा था और जो अब भी आसपास सब जगह उतरा रहा था, वह इस छत पर नदारत था। मैं जल्दी ही नीचे उतर आया।

गली में एक लड़का अकेला लंगड़ लहरा रहा था। माँझे की डोर को पत्थर के टुकड़े से बाँधो और आपस में पेंच लड़ाओ। पतंग के दिनों चरखारी में दिन में पतंगें उड़ाते थे और शाम को जखीरा के सामनेवाले मैदान में बीसियों लड़के उतर आते और लंगड़ लड़ाते। यहाँ भी कभी झटकेवाली खींच से दूसरे के लंगड़ को काट दो या ऐसी ढील-भरी फेंक मारो कि दूसरे का लंगड़ कट जाये। पूरे दिन पतंगों के नशे में झूमते हुए आज मुझे लंगड़ की याद ही न आई थी। लंगड़ दिखा तो थोड़ा-थोड़ा उल्लास जागा, लेकिन उस तन्हा लड़के को देखकर फौरन ही बुझ गया। नेकर और बनियान में,

एक छोटे से लंगड़ को अनमने ढंग से लिये हुए उभरती ईंटों की दीवार के किनारे-किनारे वह अकेला चला जा रहा था, चुपचाप...अपने लंगड़ से भी दूर जैसे ईंटों को गिनता हुआ। जिस समय सारा शहर छतों पर था, उल्लास की तरंगों में झूलता हुआ, तब यह लड़का इस उम्र में, इस तरह...जैसे वह साक्षात उदासी थी जो उल्लास के ठीक नीचे रेंग रही थी। बस यह...ऐसा ही कुछ होता है जो मुझे खुलकर कभी खुश नहीं होने देता, मेरा दुर्भाग्य कि मैं बच भी नहीं पाता ऐसी चीजों से।

रात को टुक्कल देखने का कार्यक्रम था। टुक्कल...याने रंगीन कागज का एक गुब्बाड़ा-सा जिसके भीतर एक छोटी मोमबत्ती बैठा देने का इन्तजाम होता है। मोमबत्ती जलाकर टुक्कल को पतंग की डोर से बाँध दिया... थोड़ी-थोड़ी दूर पर...और पतंग इन्हें आकाश में ले जाती है। इस बात की होड़ होती है कि आप दस टुक्कल बाँधते हैं कि पन्द्रह या कि बीस। पतंग स्वयं अँधेरे में डूबी हुई, नीचे रोशनी की एक लकीर-सी अँधेरे आसमान में खींचे ठहरी रहती है (खूबसूरत उदाहरण हम लोगों के लिए कि अगर रोशनी का वाहक बनना है तो इस प्रलोभन से बचो कि आप पर रोशनी पड़े) इसके लिए बड़ी और ऐसी पतंग चाहिए जो स्थिर रहे। पहली पतंग जो चढ़ायी गयी वह जब ऊपर गयी तो स्थिर थी, लेकिन पाँच-छः टुक्कल बाँधकर जो डोर छोड़ी गयी तो पतंग भार को झेल नहीं पायी, इधर-उधर करने लगी, सँभाले न सँभली और आखिर उसने टुक्कलों को एक पेड़ में जा उलझाया। दूसरी पतंग चढ़ायी गयी, उसने टुक्कलों को सँभाला भी लेकिन कहीं से एक चोर पतंग ने आकर उसे काट दिया। यह एक दिलचस्प नजारा होता है...पास से कहीं पतंग चढ़ाओ, अँधेरे में पतंग दिखती भी नहीं...उधर टुक्कलवाले टुक्कल बाँधने में व्यस्त होते हैं...जैसे टुक्कल ऊपर गये कि चोर पतंग ने चुपचाप बड़ी पतंग को पेंच में लिया और खींच मारकर काट दिया...बाद में हो-हो काटने वाले की तरफ से और टुक्कलवाले की तरफ से धुआँधार गालियाँ। यह भी आज के दिन की मौजमस्ती का एक हिस्सा है। अगली बार टुक्कलवाले की तरफ से दो पतंगें चढ़ायी गयीं जो दो तरफ से टुक्कलवाली पतंग को सुरक्षा दें...जो चोर पतंग आये उससे निपटें। दोनों के बीच से जब टुक्कलवाली पतंग चढ़ायी गयी तब वातावरण में थोड़ा

तनाव की खुनक थी...सब अँधेरे में खुखया रहे थे—चोर पतंग कहीं से गुरिल्ला आक्रमण करने आ तो नहीं रही। सुरक्षा के बीच मुख्य पतंग ऊपर गयी। वह पतंग चंचला नहीं, धीर गम्भीर थी, उसने ग्यारह टुक्कल ऊपर खींच लिए और आसमान में स्थिर खड़ी थी। अँधेरे में उसे खोजना मुश्किल था। मैंने डोर थामकर देखा तो बेहद वजनी कि कभी भी टूट सकती है। कई तरफ टुक्कल चढ़ाए गये थे...उस वक्त आसमान के उन कोनों में भी रोशनी की अलग-अलग लकीरें-सी खिंची दिखती थीं। काफी देर तक बारी-बारी से हम लोग टुक्कलोंवाली पतंग को उँगली पर थामने का सुख लेते रहे। आखिर हमीं ने टुक्कलवाली पतंग की डोर तोड़ दी—जाओ, गिरने और बुझने के पूर्व प्रकाश के इन दीपों को लिए बस्ती के कुछ हिस्सों से गुजरो, लोगों के मन आलोकित करो, अगले साल फिर मिलेंगे...।

उम्दा समापन पतंग-पर्व का।

(ख) वे यहाँ हैं

गुजरात में जाड़े के दिन खुनक-भरे, खूबसूरत होते हैं, क्योंकि यहाँ ठंड एक तो कीमती चीज है, दूसरे कच्छ को छोड़कर दूसरी जगहों पर उत्तर भारत की तरह बोझीली ठंड नहीं है। जाड़े की शुरुआत होती है नवरात्रि से जब हफ्तों चलते गरभा-नृत्य शहरों में राग रंग और रोशनी एक साथ बिखेर देते हैं, रातें वाद्य संगीत की लय में गुँथी होती हैं। वहाँ से उत्तरायण (मकर संक्रान्ति) के पतंग-पर्व तक...यहाँ उत्सव ही उत्सव हैं। इसी बीच कहीं वे आते हैं, योरुप, साइबेरिया आदि सुदूर देशों से लम्बी यात्रा करके, वहाँ की ठंड और बर्फ से दूर खुशनुमा वादियों में कुछ समय रहने के लिए। तीन-चार महीने रहते हैं फिर लौट जाते हैं...पक्षी जिनके लिए यहाँ और भी मीठा शब्द चलता है...'पंखी'। वे बेशक चुपचाप आयें और गुजरात उत्सवों के शोर-शराबे में डूबा हो...आहट रेंगती हुई पहुँच ही जाती है, 'पंखी आ गये'। लोग दौड़ पड़ते हैं 'मुलाकात' के लिए। गुजराती में 'मुलाकात' के मायने हैं देखने जाना, लेकिन पंखियों से मुलाकात के संदर्भ में हिन्दी अर्थवाला शब्द ही मेरे कानों में उतराता रहा।

मैं पहले पहुँचा नलसरोवर। नल-दमयन्ती की कथा का कोई सूत्र जुड़ा होगा, तभी नलरारोबर नाम है। अहमदाबाद से सौ-सवा सौ किलोमीटर दूर, करीब 36 किलोमीटर के इलाके में फैली यह एक बड़ी झील है। फैलाव है, गहराई नहीं है यहाँ—5-6 फुट से ज्यादा पानी शायद ही कहीं हो। मेरे साथ थे मेरे सहकर्मी और मित्र श्री मेहता। नलसरोवर हम करीब पाँच बजे सवेरे पहुँच गये। मेहताजी ने कहा था, स्वेटर लेना होगा तो हमने सोचा कि उनका आशय स्वेटरवाली ठंड से था...पर वहाँ सरोवर के किनारे, खुले में खासी ठंड थी। सम्प्रेषण में गड़बड़ी हो गयी। ठिठुरे जायें हम लोग। जब तक नाववाला तय हो, छप्परवाले चाय-स्टाल की चाय पी, वहीं आग तापी और चायवाले से ही एक कम्बल उधार ले लिया। बड़े जिगरवाले होते हैं गरीब लोग, फट से कम्बल दे दिया—सवेरे एक-दो घंटों की ठंड झेल लेंगे। कम्बल में धूल और पसीने की मिली-जुली गन्ध थी जिससे वह और भी वजनी और गर्म था।

अँधेरा अब भी था, पर उजास की महीन चादर आसमान पर बिछने लगी थी। तभी काजल की एक लम्बी लकीर जैसी—ज्यादातर सीधी, पर कहीं-कहीं लचक कर टेढ़ी होती हुई—आसमान से गुजरती दिखाई दी। अद्भुत दृश्य था वह...मद्धिम उजाले पर सरकती चली जाती एक खूबसूरत काली पंक्ति। पक्षी पहली उड़ान भरकर सुबह का स्वागत कर रहे थे।

हमारी टोली दो डोंगियों पर सवार हुई। एक डोंगी पर दो-तीन ही बैठ सकते थे। मेहताजी थोड़े मोटे हैं। डोंगी उनके वजन से इधर-उधर होती, तो हमारे चेहरों पर हँसी और उनके चेहरे पर डर और हँसी एक साथ उग आते। हमारी डोंगी खेनेवाला साधारण शरीर का अधेड़ था, मल्लाह की आम तस्वीर से एकदम फर्क। खेने में मेहनत करनी पड़ती थी उसे। ज्यादा मेहनत पड़ती तो खाँसता था। जिस्म पर कपड़े भी दो-तीन ही। मुझे अपने ठंड-ठंड चिल्लाने पर शरम आयी, उसकी मेहनत के बल पर सैर-सपाटा करने पर ग्लानि-सी होने लगी, पर तभी खयाल आया कि इसी सैर-सपाटे से तो उसकी रोजी-रोटी चलती होगी।

झील उथली थी और काफी दूर तक पानी की घास ऊपर तक बढ़ी मिली। घास को चीरकर आगे बढ़ती डोंगी। इर्द-गिर्द वादियाँ बेशक वैसी नहीं

थीं...पर पानी पर सरकनेवाला आलम जरूर कश्मीर जैसा ही था। एक मायने में उससे आगे का भी कि यहाँ पर्यटकों के लिए सजी-सँवरी झील नहीं, आवारा फैला पानी का अम्बार था। उगती हुई सुबह के साथ-साथ सरोवर में पक्षियों की दुनिया जाग रही थी...पानी की घास पर अपना खाना ढूँढ़नेवाली छोटी चिड़ियाँ, मँझोले कद की सफेद बतखें और बहुत ही खूबसूरत, सफेद और काले रंगवाली चिड़ियाँ। तभी डोंगीवाले ने आवाज दी—पंखी ! थोड़ी दूर पर बादामी रंग का एक बड़ा धब्बा झील में उतरा रहा था। सूरज निकल आया था, किरणें जब उस धब्बे पर पड़तीं तो वह स्वर्णिम हो उठता। डोंगी उधर को बढ़ी। धीरे-धीरे पक्षियों के आकार साफ होने लगे—पेलीकन थे। हल्का बादामी रंग, भारी काया, बड़ी चोंच, पीले चमीटे-सी। हमारी डोंगी के अलावा चार-पाँच और डोंगियाँ उधर को बढ़ रही थीं। आशंकित हो पक्षी उड़े तो एकाएक ऐसी गरगराहट की आवाज हुई जैसे पास कहीं धबधबा हो, कोई बड़ा झरना गिर रहा हो नीचे। उनके उड़ने में एक अनोखी कलात्मकता थी—एकदम हवाई जहाज की तरह चढ़ते-उतरते थे, गोया कि उन्हें देखकर ही हवाई जहाज का आविष्कार किया गया हो।

फ्लैमिंगोज़ यानि कि सुर्खाब नलसरोवर में नहीं थे, या होंगे तो बहुत भीतर। वहाँ हम जितनी देर रहे, बड़े पक्षियों में पेलीकन के गिरोह ही मिले। हम पास पहुँचने की कोशिश करते...वे घरघराते हुए उड़ते और दूर जा बैठते। नलसरोवर में अलस्सुबह पहुँचने की कोशिश की जाती है तो वह इसीलिए कि हम जैसे पर्यटकों के झुंड इन पक्षियों को झील में और भीतर को ठेल देते हैं। हम झील के एक हिस्से का ही चक्कर लगा सके। ठंड थी और कमजोर डोंगीवाले को झील में और आगे ले जाने के लिए कहना खराब लगता था। हम लौटे...तो झील के एक टापू पर रोटला (मिट्टी के तवे पर सिंकी मक्के की रोटी) के लिए रुके। पक्षियों के मौसम में कुछ झोंपड़े यहाँ रोजी-रोटी के लिए बस जाते हैं और पाँच-छः घरोंवाले छोटे से किसी गाँव का माहौल उग आता है। हर झोंपड़े में एक-दो भैंसें और बाहर चूल्हा जिसमें आपके सामने सेंके जाते हैं रोटला। रोटला लहसुन की चटनी और इन्हीं घरों में बने मक्खन के साथ खाये जाते हैं। शहरियों का गाँव में आने का शौक भी यूँ पूरा हो जाता है।

सुर्खाब अचानक दिख गये गोंडल में—राजकोट से कोई चालीस किलोमीटर दूर। मैं राजकोट में था कि स्थानीय अखबार में एक छोटी-सी खबर दिखी—'वे यहाँ हैं।' अखबारों में भी भाषा कभी-कभी कैसे कवित्वमय हो जाती है, शायद प्रकृति का संस्पर्श पाकर। सुना था कि सुर्खाब को देखने कच्छ और वहाँ भी काफी भीतर जाना पड़ता है। वे चुपचाप यहाँ, इतने पास और किसी को पता नहीं। पेशतर इसके कि पर्यटकों के शोर-शराबे से तंग आकर वे खिसक जायें, मैं उसी दिन निकल पड़ा। गोंडल कस्बे से थोड़ा पहले हाइवे से कटकर दो किलोमीटर भीतर एक छोटी-सी झील थी। सोचा नहीं जा सकता कि ये मशहूर पक्षी ऐसी साधारण और छोटी-सी झील में बसेरा करेंगे...पर यहाँ शान्ति थी, शायद इसलिए उन्हें यह जगह पसन्द आयी थी। गाँव थोड़ी दूर पर हैं और कोई मशहूर जगह न होने की वजह से पर्यटकों की चेंचें, पें-पें तो एकदम नहीं। एक किश्ती तक नहीं थी। झील की मेंड़ से हमने देखा, सफेद चादर-सी एक किनारे पर बिछी हुई है। हम उतरकर दबे पाँव उस तरफ गये। काफी पास से देखा उन्हें—पेलीकन की तरह भारी-भरकम नहीं, बल्कि तराशी हुई काया, सफेद...जितना खूबसूरत यह रंग (या अरंग) हो सकता है। गर्दन लम्बी-पतली, हंसों की तरह मोड़ लेती थी...हालाँकि उतनी सुंदर निश्चित नहीं। किनारे पर पानी में वे अठखेलियाँ कर रहे थे, एक-दूसरे से चोंच लड़ाते, प्रेम लेते-देते हुए...उमगाव के क्षण। नीचे साफ पानी है, ऊपर से सुबह की सुनहरी धूप बरस रही है...और क्या चाहिए? चिन्ता नहीं कि कहाँ से आये हैं, कहाँ जायेंगे, पीछे क्या छूट गया, कहाँ छूट गया। हम मनुष्य जीवन को बेवजह पेचीदा और कठिन बना देते हैं, वर्ना क्या चाहिए...आज का खाना, हवा, धूप और पानी और अपनी जाति का साथ, जितना थोड़ा-बहुत जहाँ नसीब हो।

हम सात-आठ ही लोग थे और आहट हो बैठी। पक्षी चौंके, उनकी मौजमस्ती में खलल पड़ा। हल्की आवाजों से पक्षियों ने सिग्नल लिया-दिया और वे उड़े...झुंड-का-झुंड। सफेद परों के नीचे खूबसूरत लाल रंग खुला और प्रतिबिम्ब से एक पल के लिए नीचे का पानी लाल हो गया...जैसे होली के लिए घोला गया लाल रंग रखा हो! इसीलिए तो इन्हें सुर्खाब का नाम मिला है—सुर्ख याने लाल, आब माने पानी।

वे उड़कर झील के दूसरे किनारे पहुँच गये थे, लेकिन काफी देर तक उन्होंने अपनी तरह-तरह की खूबसूरती मेरे ऊपर बरसायी थी। मैं कृतज्ञ था। लालच हुआ कि एक बार और चुपके-चुपके उस किनारे पहुँचा जाय, पर यह साफ ज्यादती थी, उन्हें परेशान करना...उस खुनखुनी सुबह जिसमें वे अपने आपमें इतने मस्त थे। हम वहाँ पहुँचेंगे, वे वहाँ से भी उड़ेंगे। इसी तरह उन्हें खदेड़ा और तंग किया जाता है।

गोंड़ल की झील में सुर्खाब के अलावा छोटी बतखें थीं...जिन्हें मैं नलसरोवर में भी देख चुका था—काली सफेद आकार में गलगलिया की तरह, जिसे हम बचपन में गलगल मौसी कहा करते थे। हमारे यहाँ के पक्षी इतने उजले नहीं होते शायद इसलिए कि ये पक्षी जिन ठंडे देशों से आते हैं वहाँ धूल नहीं होती, या कि यह सफेद रंग की ही करामात है, वर्ना हमारे यहाँ भी खूबसूरत पक्षी हैं—मोर, नीलकंठ ! तीसरी जगह जहाँ पक्षियों के पीछे-पीछे पहुँचा वह और कुछ नहीं, छोटा रन थी। 'रन' नाम से ही 'रोमांस' उछलता है वर्ना तो रन माने रेत...रेगिस्तान। बड़ी रन...जो कच्छ में है, वहाँ जाना तो जब बम्बई में था तब से ही बनता-टलता आ रहा था और पता नहीं कब तक टलता जाये तो छोटी रन को ही छू आया जाय। अलबत्ता यहाँ बात पक्षी देखने की नहीं, जंगली गदहे देखने की थी, जो जीप की गति से भाग सकते हैं। कभी जीप की बराबरी से दौड़ाते भी थे इन्हें, पर अब इस खेल पर रोक लगा दी गयी है और ठीक ही किया गया क्योंकि यह कठोरता है...कभी-कभी तो बहुत तेज भागने में इनका फेफड़ा फट जाता है। छोटी रन के पास तीन-चार कस्बे ऐसे हैं जहाँ ठहरने का इन्तजाम है और जहाँ से 'रन' के भीतर शाम या सवेरे जाते हैं। हमने ज़ैनाबाद को चुना। ज़ैनाबाद के एक पुराने नवाब (गुजरात में कितनी छोटी-छोटी रियासतें थीं) के वंशज जनाब शबीर मलिक 'डेजर्ट कोर्सेस' नाम की एक संस्था चलाते हैं। एक छोटे-से भूखंड को बबूल से छेंककर कोई दस-बारह कच्ची मिट्टी की झोंपड़ियाँ बना ली हैं। फूँस से ढँकी, खूब साफ-सुथरी झोंपड़ियाँ। विदेशी पर्यटकों की सुविधा के लिए कमोड स्टाइल के साफ बाथरूम। झोंपड़ियों के भीतर सबकुछ गाँव जैसा ही—मूँज की चारपाइयों से लेकर आले में रखे शीशे तक। यहाँ लोग ठहरें, गाँव

में रहने का मजा लें और 'रन' भी देखकर जायें। झोंपड़ी के आसपास नये पेड़ लगाये गये हैं जिनमें एक नीम का पेड़ जरूर है। छोटे हैं अभी ये पेड़, लेकिन दस-बीस साल बाद अपनी पूरी छटा पर आयेंगे। तब हम कहाँ होंगे...यह सोचने लगिए तो पेड़ ही न लगाइए। अगर नीम जैसे पौधे को पेड़ बनने में बीसेक साल लगते हैं तो भी शुरुआत तो कहीं-न-कहीं करनी ही होगी...मलिक साहब कहते हैं। इसलिए बगैर यह चिन्ता किये हुए कि यह परिसर या कि यह 'डेजर्ट कोर्सेस' रहेगा या नहीं, उन्होंने यहाँ बड़े पेड़ों के पौधे लगाये हैं—ज्यादातर नीम जो यहाँ अधिक पनपता है। मलिक साहब 'डेजर्ट कोर्सेस' को आधा व्यापार और आधा हौबी की तरह चलाते हैं। अगर कोई जंगली जीव-जन्तु का या कि प्रकृति का जानकार प्रेमी है तो उसे मलिक साहब की मेजबानी मुफ्त मिलेगी। मलिक साहब खूबसूरत आदमी हैं। ताँबई रंग, तीखे राजसी नाक-नक्श और स्वस्थ व्यक्ति का नपातुला शरीर। सबसे बड़ी बात कि उनके चेहरे पर एक अलग तरह की शान्ति थी, जो मुझे उन व्यक्तियों के ही चेहरों पर देखने को मिली है जो या तो अपने कर्म से एकरस हैं—माने वही कर रहे हैं जिसमें उनका मन रमता है, या फिर उन व्यक्तियों के यहाँ जो प्रकृति के बहुत पास रहते हैं। मलिक साहब में दोनों ही बातें थीं—वे पक्षियों के दीवाने हैं, अच्छी जानकारी रखते हैं उनकी जाति, नाम, स्वभाव आदि के बारे में। दूसरे, उन्होंने बताया कि वे दो दिनों से ज्यादा अहमदाबाद रह नहीं सकते, दम घुटने लगता है। यहाँ छोटी 'रन' के किनारे पक्षियों को हर साल नवम्बर के आस-पास आते देखते हैं वे, मार्च के आस-पास पक्षी जब लौटते हैं तो उन्हें विदा करते हैं। आने-जानेवालों से परिचय, कुछ से दोस्ती भी...यह अतिरिक्त लाभ है जो मलिक साहब को अपने इस व्यवसाय से मिलता है।

मलिक साहब ने बताया कि जिस जगह 'डेजर्ट कोर्सेस' की झोंपड़ियाँ हैं...उसके सिर्फ 100 गज के फासले पर ज़ैनाबाद की जानिब उनका पुराना महल था। जब वे छोटे थे तब महल के सामने, यानि कि इसी झोंपड़ियोंवाली जगह आये दिन काले हिरन, नील गाय, जंगली सुअर, भेड़िये आदि दिखाई दे जाते थे। पशु धीरे-धीरे गायब हो गये। महल पुराना हो गया था इसलिए

वह भी गिरा दिया गया। मलिक साहब हँसते रहते हैं। उनकी हँसी के पीछे दार्शनिक स्वीकार्य है—वक्त अच्छे-बुरे बदलाव लाता है, उसके बाबत बहुत सोचो नहीं—जो सामने है उसी में रम जाओ, 'रन' में रम जाओ!

मलिक साहब ने इशारा किया—'वो देखिए।' बड़े पक्षियों का एक बड़ा दल ठीक हमारे ऊपर आसमान में था। 'कॉमन क्रेन्स' मलिक साहब ने बताया। हम आसमान में उनका चक्कर लगाना देखते रहे। आखिर वे पास के तालाब में उतर गये। हम झोंपड़ियों की तरफ से तालाब पहुँचे तो ढेर सारे कॉमन क्रेन्स किनारे पर बैठे थे। हमें सामने के टीले पर देख उनमें से एक ने दूसरी तरफ मुँह कर लिया...देखादेखी सभी ने वैसा किया। यह शायद इसलिए कि खतरा हो तो सभी एक दिशा में उड़ सकें, उड़ान के दौरान आपस में ही टकराकर न मारे जायें, क्योंकि वे भारी कायावाले पक्षी थे। कॉमन क्रेन्स हमारे सारस जैसे लम्बे और उजले नहीं हैं, सलेटी रंग के, थोड़ा नाटे और गोल-गोल हैं। सारस की तरह जोड़े से नहीं, झुंड में रहते हैं। कॉमन क्रेन्स के झुंड के पास ही काली और सफेद रंग की कुछ बहुत ही सुंदर चिड़ियाँ थीं...बतखों और चिड़ियों के बीच की चीज। कॉमन क्रेन्स पानी के किनारे पर थे तो वे किनारे के पानी में उचकती खाती-पीती घूम रही थीं। मलिक साहब ने बताया कि 'ऐवोसैट' हैं। पश्चिमी योरुप से आती हैं। ये अपनी पतली और बड़ी चोंच को आगे-पीछे न चलाकर आर-पार चलाते हुए शिकार पकड़ती हैं इसलिए स्थानीय लोगों ने इन्हें नाम दिया है—'उल्टी चोंच'!

अपराह्न हम मलिक साहब की जीप पर छोटे रन का चक्कर लगाने के लिए निकले। मलिक साहब सलेटी रंग की सफारी पोशाक में थे, हैट' भी...एकदम 'प्रोफेशनल डेज़र्ट कोर्सेज' अन्दाज में। खुद ही जीप चला रहे थे। उन्होंने एक दूरबीन गले में डाल ली थी और स्टैन्ड पर रखी जानेवाली एक बड़ी दूरबीन जीप में पीछे रख ली थी...पानी भरा एक बड़ा थर्मश भी। सारा इन्तजाम पक्का।

ज़ैनाबाद से सावड़ा होते हुए हम एक बड़े तालाब पर आ निकले। इसे नवा तालाब कहते हैं, काफी बड़ी झील है। दूरबीनों की मदद से देखा...ढेरों पक्षी थे—तरह-तरह की बतखें, पेलीकन्स, कॉमन क्रेन्स के अलावा

डैमोइसल क्रेन, सलेटी रंग की बतखें, जिन्हें पेन्टैड स्टौक्स कहते हैं। सुर्खाब दूर एक छोर पर थे, उथले पानी में अठखेलियाँ करते हुए। मलिक साहब ने तभी इशारा किया...हैरियर यानि कि सफेद चील। यह शिकारी पक्षी है, बाहर से आनेवाले पक्षियों के पीछे-पीछे यह भी चला आता है...जैसे जहाँ मृग वहाँ भेड़िया।

नवा तालाब पर कुछ समय बिताकर हम ओदू की तरफ बढ़े। मलिक साहब जीप चला रहे थे लेकिन उनकी आँखें सिर्फ सामने नहीं, बल्कि बायें-दायें भी टटोल रही थीं। मैं जंगली गदहों को ढूँढ़ने में लगा था पर अभी रन में हम घुसे भी कहाँ थे, क्योंकि बबूल के झाड़ अब भी थे चारों तरफ। रन के आसपास बबूल के अलावा दूसरे कोई पेड़ नहीं मिलते। ये आस्ट्रेलियाई बबूल हैं जिसे मोरवी के राजा ने लगवाना शुरू किया था, ताकि रन के फैलने को थामा जा सके। यह बबूल यहाँ आसानी से हो जाता है, जल्दी और खूब फैलता है। बबूल गुजरात में हर तरफ मिलते हैं, बिना लगाये फैल गये हैं क्योंकि तेज हवा में उनके बीज उड़कर दूर-दूर तक पहुँच जाते हैं। जहाँ थोड़े बहुत दूसरे पेड़ हैं वहाँ इनका होना अटपटा लगता है, लेकिन वहाँ ये बड़े पेड़ों की रक्षा करते हैं, एक तरह से। गाँव वाले अपनी दैनन्दिन ईंधन की जरूरत के लिए बबूल की डालें काट लेते हैं जो फिर उग आती हैं। बड़े पेड़ इस तरह थोड़ा बहुत बच जाते हैं।

आखिर हम उस इलाके में पहुँचे जहाँ बबूल के झाड़ खत्म थे और सामने छोटी रन की काली, थोड़ा गीली रेत फैली हुई थी। वहीं अन्तिम बबूल के पास तीतर जैसे पक्षी दिखाई दिये...भूरे रंग के। उनके पंख आकार के अनुपात से ज्यादा लम्बे थे...जिन्हें वे जब जमीन में कुछ चुगते होते तो रेत में फैलाकर रखते थे। वे जब चलते तो लगता जैसे पंखों को खचोर रहे हों या रेत में धँस जाने की कोशिश कर रहे हों। मलिक साहब ने बताया कि यह 'सैंड ग्राउज़' हैं...यहाँ भी होते हैं और इजिप्ट में भी, जहाँ इसकी खास जाति को 'स्पौटैड सैंड ग्राउज' कहते हैं।

अब हम रन में थे। काला रेतीला सूखा कीचड़, जहाँ तक दृष्टि जाती वहाँ तक फैला हुआ। यहाँ कुछ पैदा नहीं होता...पर कैसी कशिश उस

विस्तार में भी। थोड़ा आगे चलते ही मुझे मुश्किल से पाँच सौ गज सामने पानी-सा चमकता दिखाई दिया। सूरज की रोशनी में झिलिरमिलिर होता पानी...और हमारी जीप थी कि उसी दिशा में बढ़ी जा रही थी, जैसे कि सामने गई तो पानी में ही उतर जायेगी...पर पानी नहीं, रेत ही थी वहाँ...'मिराज'...मरीचिका। मैंने पहली बार यह दृश्य देखा था...झिलमिल करती, भरमाती मरीचिका। जिसे रन कहते हैं वहाँ कभी समुद्र था! समुद्र तो हट गया, पीछे टुकड़ों-टुकड़ों में छूट जाने का और कुछ नहीं तो भ्रम ही छोड़ गया है...जैसे लोग जो हमारे जीवन से चले गये, फिर भी पीछे छूट जाते हैं, अक्सर भ्रम होता है कि वे अब भी हैं।

एकाएक सामने जंगली गदहे दिखाई दे गये। छः थे...मस्त, घोड़ों की तरह कुलाचें लगाते हुए। एकदम सफेद तो नहीं, हल्का सफेद और बादामी रंग। नर की सफेदी के साथ काला रंग होता है। सब नरों पर भी काला रंग नहीं उभरता, जो प्रजनन करने के लायक हो जाता है, उन्हीं पर ही आता है। हमारे सामने जो जानवर था वह अपने ढंग से खूबसूरत था...इतना कि उसके साथ गदहा शब्द जोड़ने में खुद को शर्म आने लगे। गदहे के चेहरे पर जो भोंदूपन होता है वह भी यहाँ नहीं था, उल्टे चंचलता, शोखी थी। एक खास किस्म की घास जिसके पतले छिलके में नमकीन पानी बन्द होता है, 'पल्प' की तरह...वह इनका भोजन है। इसे यहाँ खारी भाजी या दरियाई भाजी कहते हैं। उससे इन्हें खाना और पानी दोनों मिल जाते हैं, साथ ही वह नमक भी जो उन पर चमक और पश्म लाता है। हमें पास आते देख वे सामने की ओर भागे और देखते-देखते दूर निकल गये। वहाँ से पीछे हमें देख रहे थे...टुकुर-टुकुर।

फिर तो वे खूब देखने को मिले, बेशक थोड़ा दूरी से ही। एक जगह तो बच्चा भी दिखाई दिया...प्यारा जीव, हम सिर्फ दूरबीन से देख पाये।

आरपार फैली छोटी रन जहाँ दिशाबोध मुश्किल था, वहाँ मलिक साहब जीप को इत्मीनान से जहाँ चाहे वहाँ से मोड़कर जिधर चाहे उधर निकाल देते। कहीं-कहीं पम्प से पानी खींचनेवाले कुएँ थे—नीचे जमीन से पानी निकालकर दूर क्यारियों में पहुँचाया जा रहा था—नमक बनाने के लिए। हिन्दुस्तान साल्ट्स लिमिटेड जो नमक बनाने का एक बड़ा सरकारी उद्योग

है, उसका सिलसिला। एक जगह कई एक सौ पौधे रोपने का प्रयास किया गया था। मलिक साहब ने बताया कि नर्मदा योजना में जो इलाका डूब में चला जाना है उतना ही इधर रन में निकालकर पुष्पित-पल्लवित करने का दावा है। बबूल के पौधे लगाये गये थे...हमने उतरकर देखा कि उनमें से एक भी नहीं जम पाया था। हरी-भरी उपजाऊ, पुश्तों से कमाऊ जमीन से लोगों को उठा दो और हाथ में पकड़ाओ उन्हें सिर्फ कागज। बेचारे खटखटाते रहें अफसरशाही के दरवाजे ताजिंदगी बदले की उस जमीन के लिए जो उन्होंने कभी चाही नहीं। कागज में हम दिखाते हैं कि इतनी जमीन डूब में आयी तो इतनी हमने रन में से निकाल ली...वह जमीन जिस पर बेशरम बबूल भी नहीं उगता। जो डूब में जमीन गई उसके जंगल उसके नीचे दबे पड़े खनिज...उनका क्या हुआ। यों जंगलों को डुबोते जाओगे तो क्या इन बाँधों में भी पानी रह सकेगा कुछ वर्षों बाद ? धन्य नर्मदा योजना। हम पृथ्वी और पर्यावरण की रक्षा की बड़ी-बड़ी बातें करते हैं और इस नर्मदा विनाश-योजना को खींचे चले जा रहे हैं।

अब काली भुरभुरी जमीन के साथ फासले-फासले पर छोटी-मोटी झाड़ियाँ भी दिखाई देती थीं। वहीं दो सियार दिखाई दिये जो घने जंगल में थोड़े भयावह लगते, वे रन के उस खुले मैदान में डरपोक कुत्तों से ज्यादा नहीं लग रहे थे, वैसे डरपोक तो होता ही है यह जानवर। फिर एक लोमड़ी दिखी। इसे 'डेजर्ट फौक्स' कहते हैं। आम लोमड़ियों से यह फर्क इस मायने में है कि इसकी पूँछ का ऊपरी हिस्सा सफेद होता है। लोमड़ी शरमायी और झाड़ों में घुस गयी।

खाराघोड़ा गाँव से हम क्रीकवाले इलाके में घुस गये—चारों ओर अबाध रन का मैदान...कहीं कुछ नहीं, घास का तिनका भी नहीं। चारों ओर क्षितिज, गोलाकार...जमीन गोल है—यह कोई यहाँ अपनी आँख से देख ले। तभी एक कोने से धुएँ की लकीर-सी उठती दिखाई दी, जो ज्यों-ज्यों पास आती गई और मोटी होती गई। अरे ! यह तो धुआँ नहीं पक्षी थे...'कॉमन क्रेन्स', जो हजारों की तादात में उड़े चले आ रहे थे। गुजरता काफिला। मलिक साहब के चेहरे पर चिंता की रेखाएँ उग आयीं...क्या हो गया, किसी ने कहीं गोली चलाई क्या, उन्हें जरूर परेशान किया गया होगा तभी वे इतनी लम्बी

उड़ान भर रहे थे। जहाँ आसपास वनस्पति के नाम पर एक छोटा पौधा भी नहीं था, वहाँ ये पक्षी, इतनी तादात में ? आस-पास, ऊपर-नीचे वे ही वे। थोड़ी देर में वे हमारे सामने के आसमान से गुजरे...धीमी रफ्तार (भारी काया की वजह से तेज नहीं उड़ सकते) में उड़ते हुए, आसमान में टेढ़ी-मेढ़ी काली लकीरें बनाते हुए। थोड़ी देर में वे निकल गये, आसमान में काली लकीरों का निशान तक नहीं। मेरे मन में शून्यता उतर आयी थी...कुछ शाम, कुछ रन का खाली विस्तार और कुछ पक्षियों के गुजरने के बाद का सूनापन। काल के विराट खालीपन में हम भी तो सिर्फ थोड़ी देर को बिंदुओं से उतरते हैं। ऐसा देखते हैं स्वयं को जैसे लकीरें खींचते चल रहे हों, पर हकीकत में सिर्फ गुजरते हैं...पीछे कुछ नहीं छूटता, कुछ नहीं रह जाता।

एक जगह जीप रोककर मलिक साहब जमीन का एक छोटा हिस्सा दिखाने लगे—"देखिए, यहाँ सारस आज या कल रहे होंगे।" वह जमीन कुछ खुदी हुई थी। मलिक साहब ने बताया कि ये सारस लहसुन जैसी गाँठ जिसे 'थेग' कहते हैं, उसे जमीन से निकालकर खाते हैं। थेग रन में खूब होती है। थोड़ा-सा पानी पड़ेगा तो फिर नीचे-नीचे बहुतायत में हो जायेगी, अगले साल इन्हीं पक्षियों के लिए। अगले साल जो आयेंगे वे ये ही होंगे क्या...पर शायद कुछ ये भी।

अँधेरा हो गया था, पाटड़ी होकर हम वापस आ गये। रात को ज़ैनाबाद की झोंपड़ी में 'निशिस्त' जमी। अहमदाबाद से मेरे साथ मेरी पत्नी के अलावा मेरे सहकर्मी और दोस्त एस.डी. चरन और उनका परिवार भी आया था। चरन अरबी-फारसी के अच्छे जानकार हैं, मेहनत और दिलचस्पी से सीखी है। संस्कृत में जैसे शब्दों की उत्पत्ति-व्युत्पत्ति बताई जाती है, वैसे ही अरबी-फारसी के शब्दों की बताते हुए चरन भाई काफी दूर तक ले जाते हैं। जिस समय वे शब्द के खंड-विखंडों पर उचकते चलते हैं, उस समय उनकी पत्नी जिन्हें मैं भी चरन की देखादेखी 'बेबी' नाम से पुकारने लगा था...वे थोड़ा मुँह खोले, बड़ी-बड़ी आँखों से अपने पति को सुना करती हैं। यह नहीं पता चलता कि उस वक्त वे बोर हो रही हैं या कि पति के लिए गर्व हिलोरें मार रहा है भीतर। एक तरफ पशु-पक्षियों के मलिक साहब जैसे जानकार दूसरी तरफ हमारे छोटे मौलवी भाई चरन, जिन्होंने

ऐसी शाम के लिए एक खूबसूरत शब्द भी थमा दिया था—निशिस्त ! शाम सचमुच बढ़िया थी। मैं निरामिष भोजन के पक्ष में बोल रहा था तो चरन ने एक उम्दा तर्क आगे बढ़ाया—"बकरे अगर खाये न गये तो सोचिए...वे तो धरती की सारी वनस्पति सफाचट्ट कर जायेंगे। पर्यावरण बचाये रखने के लिए जरूरी है कि थोड़ा-थोड़ा संहार भी होता चले। वेलावदर (भावनगर के पास) जो काले हिरनों का नेशनल पार्क है, वहाँ जब हिरन बहुत बढ़ गये तो भेड़िये छोड़ने पड़े ताकि हिरनों की बाढ़ काबू में रहे।"

अगले दिन सवेरे रन का और चक्कर। विसावड़ी होते हुए झिंझुवाड़ा गाँव। बबूल के अलावा जो एक-दो पेड़ रास्ते में मिले वे गंजे कर दिये गये थे...मलिक साहब ने बताया बकरियों को खिला देना पड़ा। मैं कलवाली चरन की बात सोचने लग गया था।

झिंझुवाड़ा में एक छोटा-सा तालाब मिला। उसके आगे एक हजार साल पुरानी 'वाव'—सीढ़ी दर सीढ़ी नीचे जाती हुई पानी की बावड़ी। यों इससे बड़ी अडालज वाव अहमदाबाद में गाँधीनगर के रास्ते में है और पाटन की तो खैर विशाल और मूर्तियों से सजी-धजी है। झिंझुवाड़ा की वाव की खूबसूरती यह थी कि वहाँ औरतें आज भी अपने रोज के इस्तेमाल के लिए पानी निकाल रही थीं...एक हजार साल बाद भी। जितना निकालो, उतना ही पानी। उस गाँव में सोलंकियों के जमाने का एक बड़ा दरवाजा है जिससे लगी हुई पुराने किले की दीवार चली गयी है। जहाँ आज गाँव है वह किले का भीतरी इलाका रहा होगा। गाँव से हम छोटी रन में उतर गये और दो-तीन किलोमीटर के फासले पर झिलांदर पहुँचे। छोटी रन का एक द्वीप। पानी से घिरा भूखंड तो द्वीप...रेत से घिरा भूखंड भी द्वीप? पर यहाँ रेत भी तो पानी की ही तरह है, कभी समुद्र भी रहा होगा। कुछ इलाकों में समुद्र का पानी अब भी आ जाता है और बरसात में तो खैर पानी-पानी ही हो जाता है। झिलांदर कभी राजाओं के अन्तिम संस्कार के लिए आरक्षित था...पर मशहूर है झिलांदर कुंड जिसे पांडव कुंड भी कहते हैं, कहते हैं पांडवों ने अज्ञातवास का कुछ समय यहाँ बिताया था। ये पांडवों का अज्ञातवास क्या हुआ, जहाँ चाहे पांडवों का वास बैठा लो—भोपाल के पास विध्यांचल में भीम-बैठका, तो औरंगाबाद के पास

की पहाड़ियों में पांडव गुफाएँ, सुदूर दक्षिण महाबलिपुरम् में भीम-रसोई तो यहाँ पांडव कुंड। कुंड में पानी नहीं था। मलिक साहब ने बताया कि पानी दो-तीन वर्षों पहले तक था। उनके अनुसार कुंड का पानी इसलिए सूख गया कि कोसों दूर जहाँ से इस पानी का स्रोत था वहाँ कोई छोटा बाँध बना दिया गया है जिससे पानी वहाँ भूमि में उतरकर यहाँ कुंड में प्रकट नहीं हो सकता। अगर पर्यावरण को बचाना है तो प्रकृति के इस रहस्य को समझना-मानना होगा। तुम एक जगह खलल पैदा करोगे तो असर दिखाई देगा मीलों दूर, पर असर होगा जरूर। कुंड पर रन की तरफ महादेवजी का एक मन्दिर है जहाँ अब भी आसपास के लोग (झिंझुवाड़ा से भी) पूजा करने आते हैं। जब कुंड में पानी रहा होगा तब क्या शोभा रही होगी मंदिर की।

झिलांदर से मीठाघोड़ा के रास्ते लौटे। मीठाघोड़ा के थोड़ा पहले बबूल के पेड़ों के बीच छिपा मिला एक बड़ा तालाब—विलासर। और एक बार फिर असंख्य पक्षी...पेलीकन्स, सारस, तरह-तरह की बतखें।

छोटी रन देखने में तो कुछ नहीं विराट का विस्तार ही है पर गर्मियाँ शुरू होते ही जब यहाँ आँधियाँ चलने लगती हैं तब रन की मिट्टी उड़कर रन के पास के गाँवों के खेतों में जा बिछती है और उन्हें उपजाऊ बनाती है, जैसे रन कह रही हो—हम तो कुछ नहीं पैदा कर सकते, पर पैदावार में मदद तो कर सकते हैं। इसीलिए रन के कुछ इलाके को जब पानी का 'रिजर्वोयर' बनाने की बात उठी थी तो विशेषज्ञों ने उसका विरोध किया था। फिलहाल यह सूखा भूखंड देश की सबसे बड़ी 'सैंक्चुअरी' तो है ही। इस तथाकथित बेकार के भूखंड में भी कैसे दूर देशों से आये सुन्दर पक्षी अपनी दुनिया बसा लेते हैं...भरीपूरी दुनिया...जिसमें वे मस्त। बड़े रन में तो सुर्खाब बाकायदे कीचड़वाली रेत से खूबसूरत घर बनाते हैं। वे घर एक के बाद एक...पूरी 'कौलनी' की शक्ल में फैले होते हैं। इन छोटे-छोटे घरों में वे अंडे रखते हैं, सेते हैं। वापस जाने का समय आ जाता है तो अधिकांश पक्षी लौट जाते हैं पर जिनके बच्चे जन्मने या बड़े होने को हैं वे बच्चों की खातिर अपना जाना मुल्तवी भी कर देते हैं।

एक उन्माद में डूबता-उतराता रहा इन दिनों...पक्षी...उनकी

दुनिया...थोड़ा खुलती, ज्यादा छिपती, कितनी रहस्यमय ! प्रकृति की विराटता देखकर विस्मय से भर जाता हूँ। किसी कोने से उसने आँचल जरा-सा हटाया-भर कि उतने में ही कितनी बड़ी दुनिया खुल जाती है हमारे सामने। देखो तो।

(ग) खारे पानी में लुप्त होते नगर...नदियाँ

कच्छ का कार्यक्रम कितनी बार बना, टला और फिर बना। कौन-सी कशिश थी? भारत के नक्शे में सौराष्ट्र का गोल-गोल-सा आकार शायद सबसे आकर्षक चीज है। उसके ऊपर उसी तरह की सीमारेखाएँ...लेकिन उतना तराशी हुई नहीं और विस्तार की दृष्टि से क्षेत्र भी थोड़ा छोटा। सौराष्ट्र के नीचे खम्भाट की खाड़ी, तो यहाँ कच्छ की खाड़ी। सब कुछ वही...जैसे सौराष्ट्र की सुंदर आकृति का पूर्वाभ्यास किया गया हो। यह है कच्छ, रहस्यमय ढंग से सौराष्ट्र के पीछे दुबका हुआ...कोई चाहे तो भारत के नक्शे में उसे अदेखा ही कर जाये। जैसा नक्शे में, वैसा ही अपनी सम्पदा के मामले में भी—संकुचित-सा—'क्या है मेरे यहाँ सिवाय 'रन' के...गीली रेत का विस्तार, कोई क्यों आये यहाँ!'

'रन'...माने रेत...गीली रेत...रेत का विस्तार...रेगिस्तान, वीरानी... लेकिन यहीं कहीं थी वह कशिश, जो खींचती थी। जहाँ कुछ नहीं होता वहाँ बहुत कुछ छिपा होता है।

कच्छ के लिए प्रवेश-द्वार है गाँधीधाम और राजकोट की तरफ से गाँधीधाम के लिए भी प्रवेश-द्वार है मोरवी। कभी मोरवी क्या रहा होगा इसका अन्दाजा यहाँ की पुरानी इमारतों से होता है। एक राजमहल जो राजा जिसे यहाँ ठाकोर कहते थे उनके उत्तराधिकारियों के कब्जे में है, वह भीतर-बाहर से देखने को मिल गया। पार्टीरूम, बार, सोफे-कुर्सियाँ और दूसरा अन्य फर्नीचर पहले जैसे ही। खिड़कियों के द्वार खुलता बाहर का विस्तार। कितनी बैठकें, महफिलें जमी होंगी यहाँ। कैसी गर्मजोशी, बहसें और किसी कोने में मद्धिम रोशनी के नीचे पेंग लेता प्यार

भी...कितना जीवन्त रहा होगा सब कुछ। आज खामोशी है। इस इमारत को कोई क्लब भी बना दिया जाय तो मोरवी में वे लोग भी नहीं मिलेंगे जो पहले की तरह आबाद कर दें इसे। बस्ती के एक किनारे है तो शायद आनेवाले रात-बिरात डरें भी। आदमी की तरह इमारत की भी एक उम्र होती है, जिंदगी और भाग्य भी। इस इमारत की जिंदगी उठ गयी, उम्र अभी चल रही है। पार्टी रूम के पास ऑफिस, खास डाइनिंग रूम, लाइब्रेरी आदि से होते हुए जिमखाना हाल में पहुँचते हैं...जहाँ एक स्विमिंग पूल और राजा की कसरत करने के लिए तरह-तरह की मशीनें थीं। एक मशीन में बैठकर घुड़सवारी की जा सकती है, तो एक पर ऊँट की सवारी। एक मशीन आपको मजेदार मालिश भी दे सकती है...और ये मशीनें आज भी चालू हालत में हैं। कभी किस शौक से खरीदी गयी होंगी।

बगलवाले महल में कॉलेज खुल गया है...अच्छा इस्तेमाल। एक झूलता पुल महल को नदी के पार उन इमारतों से जोड़ता है जहाँ राजाओं के इजलास या दफ्तर थे...राजा की सवारी पुल के रास्ते महल से उधर जाती थी। आज यह झूला-पुल पर्यटकों के लिए एक दर्शनीय चीज है। नीचे नदी की चौड़ी सूखी 'बैड'। जब नदी में पानी भरता होगा तो झूले से सड़कवाले पुल तक का नजारा कितना खूबसूरत होता होगा। अर्द्धवृंत की एक 'आर्क' जैसी सड़क झूला-पुल की तरफ से सड़कवाले पुल की तरफ चली गयी है जिस पर एक-से पुराने मकानों की छोटी-सी कतार है। सलेटी और काले रंग के चिमनी जैसी डिजाइनवाले ऐसे मकान मैंने इंगलैंड के उन कस्बों में देखे थे जो मध्ययुगीन शैली में आज भी सजे रखे हैं...कैन्टरबरी, यौर्क...औक्सफर्ड। थोड़ी देर के लिए मैं विलायत पहुँच गया। मोरवी को सौराष्ट्र का पेरिस ठीक ही कहते थे...जब नदी बाँधी नहीं गयी होगी तब। बड़े पुल के पास रियासत की बड़ी और पत्थरी इमारतें हैं, जिनमें आज दफ्तर हैं। बागमहल। इसमें एक परिसर चारों तरफ दोतल्ला मकानों और बीचोंबीच एक भव्य मन्दिर का है। ठाकोर बाग्जी ने अपनी रखैल रानी के लिए यह मंदिर बनवाया था। रानी का महल भी उन्हीं दोतल्ला इमारतों में से ही कोई था जहाँ अब जिले की कोर्ट-कचहरियाँ बिलबिला रहे थे। लोगों के शोरगुल के बीच एक पागल भी था, मन्दिर की सीढ़ियों

पर...अंग्रेजी, गुजराती में दर्शन बोलता था। क्या-क्या था वहाँ...अतीत, वर्तमान की किचकिच, पागलपन और मंदिर की शांति भी।

मोरवी से गाँधीधाम के रास्ते छोटी रन का एक हिस्सा पार करना होता है...दायें-बायें क्षितिज तक जैसे मैली बर्फ की चादर बिछी हुई थी...नमकीन पानी जम गया था, बीच में थोड़ा ऊँचाई बनाकर सड़क निकाल ली गयी थी। हमने नीचे उतरकर देखा, गीली रेत की चादर बिल्कुल बर्फ की पतली पर्त की तरह टूटती थी। मेरे साथ मेरे मित्र जयदेव थे। फौज में रहे हैं। पेट की बीमारी का इलाज उन्होंने स्वयं अपने खाने-पीने का परहेज करके किया है इसलिए वो चीजें उनका स्वभाव बन गयी हैं—खाने के मामले में बीसियों नखरे...और हल्काफुल्का शरीर है तो जहाँ मौका मिला खटखट सीढ़ियाँ चढ़ जायेंगे, दौड़ लगा देंगे। हैं पचास के ऊपर लेकिन दिखाना चाहेंगे 25 के आसपास के। वे रन पर उचकने-दौड़ने लगे। एक सज्जन ने आगाह किया कि कहीं भी नीचे पानी का गड्ढा हो सकता है...और आप गप से नीचे। जयदेव सहमे और वापस आये। रन का पाट यहाँ बहुत चौड़ा नहीं था पर इससे पता लगता है कि कैसे कच्छ शुरू से ही देश से कटा हुआ रहा है। करीब 8000 वर्ग मील का क्षेत्र जिसे 'रन' कहते हैं वह हजारों साल पहले समुद्र का एक हिस्सा ही था, आज भी बरसात में पानी ही भरा रहता है यहाँ...बीच में कुछ द्वीप हैं जहाँ छः महीने पैदल जाया जा सकता है पर जो बरसात में कच्छ से भी पूरी तरह कट जाते हैं।

गाँधीधाम कच्छ में है पर यह कच्छ नहीं है। यह एक आधुनिक बस्ती है, काँडला पोर्ट की वजह से धड़धड़ तरक्की करती हुई। विभाजन के बाद कराँची बन्दरगाह का काम उठाने के लिए काँडला जैसे बन्दर की जरूरत थी। गाँधीधाम में फर्टिलाइजर कॉरपोरेशन है जिसकी आलोचना भी की जाती है...कि कच्छ में पानी की वैसे भी कमी है और यह उद्यम काफी पानी खींच लेता है। कच्छ में पानी की कमी के बारे में एक दिलचस्प तथ्य कम लोगों को मालूम है। है तो यह सूखा इलाका, लेकिन यह भी है कि अगर चार साल लगातार सूखा पड़े तो भी कच्छ की अधिकांश जमीन में नीचे पानी मिल जायेगा, जब कि अहमदाबाद जैसी जगह में दो लगातार सूखों में ही पानी गायब मिलेगा। इसके लिए लोकमान्यता है कि यहाँ जमीन

में नीचे-नीचे सरस्वती नदी बहती है।

गाँधीधाम और शेष कच्छ में जिंदगी की शैली और रफ्तार में बेहद फर्क है। गाँधीधाम में आधुनिक शहर की भागदौड़, योजनाबद्ध विकास, सुखसुविधाएँ हैं तो शेष कच्छ में रफ्तार पुरानी और धीमी है। यह इत्तफाक है कि गाँधीधाम में आर्थिक प्रगति का बहुत श्रेय देश-विभाजन के बाद आये शरणार्थियों को जाता है। उस समय जब देश भर में दंगे हो रहे थे, कच्छ में एक भी दंगा नहीं हुआ जब कि कच्छ के महाराव की रियाया में हिन्दू-मुस्लिम दोनों थे। यह भी दिलचस्प बात है कि कच्छ में पाकिस्तान से भागे हिन्दुओं और हिन्दुस्तान से भागे मुसलमानों दोनों को पनाह मिली थी।

दूसरे दिन जब काँडला देखने गया तो बन्दरगाह से सम्बन्धित अधिकांश काम उन्हीं कर्मठ परिवारों के पास दिखायी दिये जो विभाजन के समय यहाँ खाली हाथ आये थे।

काँडला एक प्राकृतिक बन्दरगाह है...सीधी जट्टी, जिसे और आगे बढ़ाया जा रहा है। एक जगह मैंने देखा कि मिट्टी निर्यात की जा रही है...यह मिट्टी—बौक्साइट—कच्छ में होती है और पानी में जाकर करीब-करीब सीमेन्ट की तरह जम जाती है। पानी के भीतर खम्भा वगैरह गाड़ना हो तब यह बहुत काम में आती है। बन्दरगाह का एक चक्कर हमने फैरी से लगाया। समुद्र के पक्षी हमारे ऊपर उड़ रहे थे...हवा में खाना उछालो तो वे उछलकर पकड़ते थे...नीचे जो पानी में गिर गया उसे छोड़ देते थे। मैं सोच रहा था कि कैसे ये पक्षी अपना कौशल दिखाकर भोजन अर्जित करते हैं, भीख नहीं माँगते।

अगले दिन सबेरे खास कच्छ के लिए चले। पहला पड़ाव मांडवी था। रास्ते में एक पुराना जैन मन्दिर भद्रेश्वर पड़ता है। आगे मांडवी तक ऐसी हरियाली कि मैं आश्चर्य करता रहा...वर्ना, कच्छ नाम से तो मीलों तक फैला सूखा प्रदेश...यही जेहन में उठता है। कच्छ में जितने इन्सान हैं उससे दुगने मवेशी हैं। जितना मवेशियों के खाने के लिए कम उतना ही कच्छी जानवरों को छाती से चिपकाये रखते हैं...क्योंकि इसी से उनकी दौलत आँकी जाती है, यही उनका 'माल' है। इसी से उन्हें मालधारी कहा जाता है। मवेशी वातावरण की विरल हरियाली को सफाचट्ट कर जाते हैं...लेकिन

जंगल और हरियाली के प्रति सचेतता यहाँ थी। प्रसिद्ध महाराव खेंगरजी तृतीय जिन्होंने काँडला बन्दरगाह की पहलेपहल कल्पना की थी, उन्होंने ही आरक्षित क्षेत्र रखना शुरू किये जिन्हें राखल कहते थे...वहाँ पेड़ काटना और ढोर चराना दोनों ही मना थे। इन क्षेत्रों का इस्तेमाल जंगली जानवरों के परिवर्द्धन के लिए किया जाता था। 1942 में जब महाराव खेंगर जी का देहान्त हुआ तब करीब 200 वर्ग मील के क्षेत्र में जंगल था। महाराव के प्रयोगों का फायदा आज भी उठाया जा रहा है कि किस तरह के पेड़ कच्छ में लगाये जायें। दरअसल महाराव की 'रन' में भी पेड़ लगाने की योजना थी और खावड़ा के दायें-बायें जो फैले क्षेत्र हैं, जिन्हें छोटी बन्नी बड़ी बन्नी कहते है वहाँ उन्होंने जानवरों के खाने लायक घास उगाने का सिलसिला शुरू भी किया। ये एशिया के सबसे लम्बे घास के मैदान माने जाते हैं। मांडवी के इस रास्ते जो खेती, फलों के बगीचे, पेड़ हरियाली दिखायी दिये...इसके पीछे इजराइली प्रयोग है जिसे 'ड्रिप इरीगेशन' कहते हैं, जिससे पानी पाइप से सीधे पेड़ की जड़ तक पहुँचाते हैं...इधर-उधर बरबाद नहीं करते। यों पृथ्वी के भीतर इधर-उधर पानी जाये तो वह बरबाद कहाँ होता है...लेकिन जब सिंचाई का पानी बहुत ही कम हो तो जमीन को सोखने देने के लिए पानी कहाँ से आये।

मांडवी में हम उस डाकबंगले में रुके जहाँ अंग्रेजों का पोलीटिकल एजेन्ट आकर रुका करता था। बंगला खूबसूरत था शहर से बाहर, समुद्र तट पर, हर तरफ से खुला, झर-झर हवा, लेकिन एजेन्ट साहब के पीछे-पीछे मैं, मैं भी सरकार का प्रतिनिधि...थोड़ी गन्दगी महसूस हुई। फौरन की मैंने खुद को याद दिलाया...वह विदेशी सरकार का प्रतिनिधि था, मैं स्वदेशी का हूँ और समुद्र तट पर चहलकदमी के लिए निकल गया।

सारा गुजरात ही समुद्रतट है। समुद्रतट एक-से भी लगते हैं, लेकिन यहाँ कुछ समुद्रतटों की विशेषताएँ मन पर चस्पाँ होकर रह गई हैं...पोरबन्दर का घड़घड़ाता दौड़ता समुद्र, ऊँची-ऊँची लहरें उठाता हुआ, द्वारका के मन्दिर के पीछे दूधिया समुद्र जैसे द्वारकाधीश को दुग्ध स्नान कराने को बेचैन हो, सोमनाथ में समुद्र गम्भीर फैलाव में पसरा हुआ है...यह गम्भीरता और गहन और शान्त है अगर भावनगर के आगे महुवा समुद्रतट जायें...कितना स्वच्छ

और विशाल। इसी तट पर वह मन्दिर है जहाँ से रुक्मिणी-हरण हुआ था। मांडवी के समुद्रतट पर दर्द है...उजड़ जाने का दर्द। जिस तरफ से देखो जैसे यह उस वक्त की याद करता होता है जो कभी इसका था। एक जमाना था जब कच्छ और बाहरी दुनिया का मुख्य सम्पर्क-द्वार मांडवी था। राव गोडजी (1750 के आसपास) के जमाने में करीब 400 पानी के जहाज थे यहाँ, एक जहाज इंगलैंड जाकर वापस आया था। कच्छ की कारीगरी के लिए बड़े-बड़े हाथी दाँत यहाँ पानी के रास्ते आते थे...लेकिन ज्यों-ज्यों बड़े जहाजों का जमाना आता गया, मांडवी पिछड़ता गया, क्योंकि बड़े जहाजों लायक यहाँ का बन्दरगाह नहीं था। छोटे जहाजों, पारंपरिक बड़ी नावोंवाला कारोबार अब भी यहाँ चलता है...और बड़ी-बड़ी नावों को बनानेवाले भी यहाँ हैं...पर यह सब अब कम है। मांडवी की कच्छी कोटिया नाव मशहूर है। यह मछली मारने का जहाज नहीं, व्यापारिक जहाज है...जो तेजी से जाता है।

जहाँ की आप यात्रा कर रहे हैं अगर वहाँ साथ देने के लिए उस जगह का कोई दीवाना मिल जाये तो यात्रा करीब-करीब रोमांचकारी हो जाती है। हमेशा ऐसा सुयोग नहीं मिलता। मुझे मांडू (मध्यप्रदेश) दिखाने के लिए मिले थे शर्मा जी (मेरी कहानी—'कहानी नहीं') चेकोस्लोवाकिया में मेरी गाइड थी (मेरी कहानी—'ख़ाक इतिहास') और कच्छ में मिल गये महेश अंजारिया। कच्छ में एक जगह है अंजर, वहाँ के तो अंजारिया। देखने में साधारण, थोड़ा हँसमुख लेकिन जब वे कच्छ के बारे में बताने लगते तो चेहरा अजीब रोशनी से भर जाता, उनका अंग-अंग फड़कने लगता। जैसे कच्छ का आगा, पीछा, मौजूदा...सब उनकी आँखों के सामने बराबर रहता था। उन्होंने बताया कि जब वास्कोडिगामा अफ्रीका के पास भटक गया था तब वह मांडवी के नाविक कोंजीमलम् से टकरा गया। वही वास्को को कालीकट लाया था...जिसे वास्को की महत्त्वपूर्ण भारत की खोज के रूप में जाना-माना गया। इस नाविक का जिक्र वास्को ने अपने 'मैमोयर्स' में 'कौनोइस मौलोमाइस' के नाम से किया है। तब कांजी लड़का था! उम्र में आगे चलकर उसे पुर्तगालियों को भारत का रास्ता दिखाने को लेकर बड़ी ग्लानि हुई और उसने सागर में स्वयं को डुबोकर आत्महत्या कर ली। आज भी कांजी के भूत को लेकर लोककथाएँ और लोकगीत चलते हैं।

मांडवी की बस्ती से कुछ दूर पर विजयविलास महल है। महाराव खेंगर जी के लड़के विजयराजजी ने बड़े शौक से बनवाया था। किसी चारण की जमीन थी, उसने बड़े अनमने होकर दी तो विजयविलासजी इस महल में मुश्किल से तीन साल रह पाये। उनकी मृत्यु 1949 में हो गई। उनके बाद मदनसिंहजी ने भी इसे अपने कब्जे में रखा, रहते जरूर वे यहाँ नहीं थे। महल के चारों तरफ बड़ी तादात में पेड़ लगाये गये थे, ताकि महल के आसपास ठंडक रहे। वे पेड़ अब सूख रहे थे, टूट रहे थे। महल के ठीक सामनेवाला फलों का बगीचा थोड़ा ठीक-ठाक था। सामने दफ्तर में कुछ कर्मचारी रहते हैं। महेशजी बेहद उत्साह से महल की विशेषताएँ बता रहे थे...महल के बाहर वह चबूतरा जहाँ संगीत की महफिलें सजती थीं, अगल-बगल से झरने बहते थे। महेश भाई को दुख था धीरे-धीरे महल का कीमती सामान...दीवारों पर काम, फर्नीचर आदि—गायब होता जा रहा है। वे हर बार जब किसी के साथ आते हैं तो कुछ-न-कुछ महत्त्वपूर्ण गायब पाते हैं। महेशजी ने फख्र के साथ बताया कि महल में इंगलैंड से लायी हुई एक लिफ़्ट भी लगायी गयी थी। ऊपर पहुँचे तो चारों तरफ का दृश्य भव्य था। सामने रेत की दीवार पर पीरतमाची मजार जिनकी पूजा हिन्दू-मुसलमान दोनों करते हैं। मजार के पार समुद्र। यहाँ की प्राकृतिक खूबसूरती की वजह से विजयराज ने महल बनवाया था...पर रह रहे थे अब कबूतर। जिंदगी यह मौका कम देती है कि पृथ्वी पर कोई मनचाही जगह बनाये और रह भी ले।

लौटते में एक चक्कर उस सड़क का लगाया जहाँ मांडवी का पुराना, गोकि छोटा बन्दरगाह अब भी है। एक साधारण-सी सड़क—बगल में रुक्मावती नदी का पानी जो ज्वार आने पर समुद्र के पानी से भर जाती है, पानी पुल के नीचे से होता हुआ दूसरी तरफ निकल जाता है। रुक्मावती नदी यहाँ समुद्र से मिलती है। रुक्मावती रुक्मी के नाम से जो रुक्मणीहरण के बाद कच्छ में बस गया था। काठ की बड़ी-बड़ी नावें नदी के किनारे इधर-उधर ढिली पड़ी थीं। एक जगह एक नयी नाव बनायी जा रही थी...विशाल काम, वही कच्छी कोटिया। मैंने नाव के भीतर घुसकर देखा। दस-बारह लोग काम कर रहे थे...चेहरों पर मेहनत, धैर्य और कारीगरी

की चमक एक साथ। क्या हुआ जो आज कच्छी कोटिया का चलन नहीं रहा, पर यह हमें पुराने समय से जोड़े हुए है और मध्यम स्तर के व्यवसाय का माध्यम भी बनी हुई है।

नारायण सरोवर...सुप्रसिद्ध तीर्थस्थल, पवित्र सरोवरों जैसे मानसरोवर, पम्पा सरोवर, विन्दु सरोवरों में से एक। महाप्रभु वल्लभाचार्य की बैठक है। मन्दिर में भगवान कृष्ण के विग्रह को कच्छ की किसी रानी ने लाकर पधराया था कि कच्छ के लिए द्वारका से बड़ी प्रतिष्ठा इस मन्दिर की हो। सरोवर है तो विशाल लेकिन पानी कम होता जाता है, जब कि पूरे तीर्थ की शोभा सरोवर से ही है। मैं डर गया कि अभी ऐसा समय न आये जब लोग नारायण सरोवर के लिए आयें और उन्हें देखने को मिले सूखा मैदान।

बरसात हो तो सरोवर खूब भर जाता है। एक मेंड़ सरोवर को दरिया के पानी से अलग करती है और कितना विचित्र कि पाँच हाथ उधर खारा पानी और इधर सरोवर में मीठा पानी। नारायण सरोवर से थोड़ा आगे बढ़कर है कोटेश्वर। ह्वेनसांग ने इस कस्बे का जिक्र किया है—"भारत का पश्चिमी किनारा, सिंधु नदी और समुद्र के पास करीब 5 मील में फैला हुआ, मुख्यतः बौद्ध लोग रहते हैं, लेकिन 12 हिंदू मंदिर भी हैं, मुख्य मन्दिर महेश्वर का।" बौद्ध लोग नहीं दिखे, महेश्वर का मन्दिर अब भी है...ऊँचाई पर। सामने सागर का विशाल विस्तार। मैं अपने देश के सबसे पश्चिमी छोर पर खड़ा था। तीन छोरों पर खड़ा हो चुका हूँ...दक्षिण में ग्रेट निकोबार, पूर्व में अरुणाचल प्रदेश में खम्सा जहाँ से बर्मा जंगल के रास्ते सिर्फ 35 किलोमीटर रह जाता है और पश्चिम में यहाँ। कोटेश्वर कोटी क्रीक में यहीं अरब सागर पर है। सीधी लाइन खींची जाये तो गल्फ, मस्कत, सउदी अरेबिया को छुएगी। यहाँ से रात को कराची की रोशनियाँ दिखाई देती हैं। ह्वेनसांग के जमाने में कोटेश्वर एक बड़ा व्यापारिक केंद्र था...अरब सागर और सिंधु नदी के पास होने से इसका बड़ा महत्त्व रहा होगा। भारत के मसाले और अफ्रीका के हाथीदाँत, हाथीदाँत की बनी चीजों का अच्छा व्यापार चलता था। आज कोटेश्वर सिर्फ एक छोटा-सा धार्मिक स्थल रह गया है। महेशजी कोटेश्वर की कहानी सुना रहे थे—कैलाश पर तपस्या के बाद रावण

लंका वापस जा रहा था, हाथ में शिवलिंग जो अगर उसके पास ही रह जाता तो रावण अमर हो जाता। देवताओं ने चाल खेली। ब्रह्माजी गाय का रूप रखकर यहाँ एक कोठरी में धँस गये। गाय छटपटा रही थी, निकल नहीं पा रही थी। जाते हुए रावण से मदद माँगी गयी। रावण ब्राह्मण और गौ-रक्षक। उसने गाय को बचाने के लिए शिवलिंग नीचे रख दिया। गाय तो निकल आई लेकिन शिवलिंग कोटि शिवलिंगों में बँट गया...सब एक जैसे। जो शिवलिंग रावण लिये जा रहा था उसे वह कोटि शिवलिंगों में ढूँढ़ नहीं सका और खाली हाथ लंका लौटा। कोटेश्वर के मन्दिर में जो शिवलिंग प्रतिष्ठित है उस पर उँगलियों के निशान हैं जिन्हें रावण की उँगलियों के निशान कहते हैं।

लखपत जाने को लोग मना कर रहे थे—कुछ नहीं है वहाँ, लोग घर छोड़-छोड़कर जा रहे हैं, मुश्किल से दो सौ घर बचे होंगे। पानी जमीन में दूर-दूर तक नहीं मिलता, कुछ काम नहीं है लोगों के पास...

मेरी उत्सुकता और बढ़ गई—गाँधीधाम जैसे बसते नगर को देखने तो सभी जाते हैं, नगर जिससे जिंदगी उठी जाती हो...उसे भी तो देखना चाहिए।

रात पोनेन्दरो के गैस्ट हाउस में बिताई। यहाँ गुजरात खनिज विकास निगम का बड़ा केन्द्र है। लम्बे-चौड़े इलाके में लिग्नाइट मिला है जिसे आधुनिक मशीनों से निकालते हैं। लिग्नाइट जमीन के भीतर तभी बनता है जब ऊपर बहुत हरियाली हो। इसके मायने हैं कि कच्छ का यह उजड़ा प्रदेश कभी बहुत हरा-भरा था।

सवेरे-सवेरे लखपत पहुँचे। किले की दीवार (जो अब भी पुख्ता थी) के बीच बसा एक छोटा-सा कस्बा,...एक घंटे में पूरा घूम लो। अन्दर घुसे तो सचमुच वह एक उजड़ता हुआ नगर था—छोड़े गये घर ज्यों के त्यों पड़े थे। कमरे-अलमारियाँ, किवाड़, खिड़कियाँ, एक-से-एक नक्काशीदार, दीवारों पर चित्रकारी, उसके रंग...सब अपनी जगह थे और उजड़ भी रहे थे...नीचे से जमीन उन्हें अपने में मिलाने के लिए जैसे लपलपाती हुई आगे बढ़ रही थी। खँडहर होते मकानों के बीच एक मकान में अब भी रुका हुआ एक परिवार था। कैसा लगता होगा। खँडहर के बीच रहता नहीं है

यह, अपने घर के भी इसी तरह खँडहर हो जाने की आशंका को बराबर सामने देखते हुए रहना है। छोड़े गये घरों का कोई क्या बटोरकर लाये, क्योंकि पता नहीं उसे भी कितने दिन यहाँ टिक पाना है और यह जगह इतनी दूर है कि ढोकर दूर कहीं ले भी नहीं जा सकते। मकान और उससे संबंधी चीजें कितनी व्यर्थ हैं...यह ऐसी जगह आकर दिखाई देता है।

कुछ दिनों में जमीन में मिल जायेगा...सदियों पुराना यह नगर। कभी व्यवसाय का एक बड़ा केन्द्र था, मांडवी जैसा ही। लखपत...माने लाख कोरी का कर कमाने वाला नगर। कुछ लोग इस नाम को महाराव लाखो (1760 के आसपास) से भी जोड़ते हैं। लेकिन नगर तो उनके बहुत पहले से था। वैसे महाराव लाखो कच्छ के राजाओं में संभवतः सबसे दिलचस्प व्यक्ति थे। कभी चार बजे शाम से पहले सोकर नहीं उठते थे। एक काबिल दीवान—जीवन सेठ को शासन की जिम्मेवारी सौंप दी थी और रामसिंह नाम के एक विशेषज्ञ को इमारतें वगैरह बनवाने का काम। कविता लिखते थे, संगीत का शौक था और बौद्धिकों की सोहबत में समय बिताना ज्यादा अच्छा लगता था। खुदा के फजल से चला भी अच्छा...जब मरे तो कोई रानी तो शवयात्रा में शामिल नहीं हुई, 15 नर्तकियाँ जो उनके संगीत प्रेम पर दीवानी थीं...वे उनके साथ सती हो गईं। भुज में रामसिंह की बनवाई छतरी (दाह-संस्कार की जगह) अब भी है जिसमें महाराव और उनकी पन्द्रह प्रेमिकाओं की मूर्तियाँ बनी हुई हैं।

महेश भाई ने बताया कि कुछ वर्षों पहले तक लखपत नगर में प्रसिद्ध मस्कत बाजार, कराची बाजार थे...वहीं कहीं जिन उजड़ी हुई गलियों में हम चल रहे थे। यहाँ अब छोड़े गये मकानों के बीच कहीं-कहीं लोग थे, अपना भाग्य चुपचाप अपने चेहरों पर ढोते हुए। जाने को कोई जगह नहीं तभी यहाँ पड़े हैं। पीने का पानी दिन में एक बार ट्रक आकर पहुँचा जाता है, बाकी निस्तार के लिए एक छोटी बावड़ी का पानी है। बावड़ी के बगल में एक सूफी सन्त की मजार है, दीवारों पर कारीगरी पुरानी और खूबसूरत। चौहद्दी के भीतर ही एक बहुत पुराना गुरुद्वारा है, जो नानकजी के लड़के ने बनवाया था, गुरुनानक ने यहाँ सत्संग किया था।

कोरी क्रीक की तरफ किले की दीवार पर खड़े होकर मैंने देखा...नीचे

फैली थी रन की नदी या नदी की रन। कभी यहाँ सिन्धु नदी का डेल्टा था, नदी की एक धारा कहीं से समुद्र में गिरती थी। जून 1919 में भयंकर भूचाल आया...जिसने लखपत क्या समूचे कच्छ को उजाड़कर रख दिया। हजारों लोग मरे और कच्छ की करीब-करीब हर इमारत को नुकसान पहुँचा। पर सबसे बड़ा नुकसान यह हुआ कि सूखी जमीन का खासा बड़ा हिस्सा नमकीन पानी से भरे रहने को अभिशप्त हो गया; एक बहुत बड़ा बाँध-सा उग आया जिसने सिन्धु नदी के बहाव को कच्छ से दूर...पाकिस्तान की तरफ कर दिया। लखपत जहाँ इतना पानी था कि चावल (आधे लाल, आधे सफेद रंग का) की खेती होती थी, चावल से ही लाख का कर आता था...वह आज पीने के पानी को मोहताज है, जमीन के नीचे पानी दूर-दूर तक नहीं मिलता। सिन्धु नदी तो कच्छ से गई, साथ कई नदियों को ले गई। एक पुराने नक्शे में लूनी नदी का रास्ता लखपत तक दिखाया गया है। यह उन तीन नदियों में से है जो माउंट आबू के पास निकलती है, पहले समुद्र तक जाती थी, अब रन में खो जाती है। छोटी रन में खो जानेवाली ऐसी ही एक नदी बनास है।

किले की दीवार से सामने जैसे मुझे साक्षात काल-प्रवाह दिखाई दे रहा था। लखपत...गुलजार नगर, बड़ा व्यावसायिक केन्द्र, मुलामशाह का किला...अब खँडहर में तब्दील होता हुआ। मैं इतिहास पर खड़ा था और सामने मेरे भूगोल थी। मनुष्य से आगे समाज, जातियाँ, सभ्यताएँ...इनके पार है ब्रह्मांड...और काल जिसकी एक छोटी-सी करवट किसी पूरी की पूरी सभ्यता को यों समाप्त कर देती है जैसे आदमी का हाथ एक छोटे से कीड़े को। भूचाल एक पूरे के पूरे भूखंड का भविष्य हमेशा के लिए निर्धारित कर देता है। कौन जाने सिन्धु नदी की घाटी की सभ्यता जो इसी इलाके में थी, वह भी किसी ऐसी ही विपदा का शिकार हुई हो?

लखपत से चला तो मन बहुत भारी था, जैसे मैं भी उनमें से एक था, जो लखपत छोड़कर चले जा रहे थे...

लखपत से भुज के रास्ते नखत्राना क्षेत्र में कड़वा पटीदार नाम की एक कौम रहती है—जो हिंदू हैं लेकिन रीतिरिवाज मुस्लिम के मानते हैं। वे मूर्ति-पूजा नहीं करते, नमाज पढ़ते हैं, निकाह करते हैं, दफनाते हैं। प्रकाश

उनका मुख्य देवता है, उसके मंदिर को वे ज्योति धाम कहते हैं। ये लोग स्वयं को कुश (लव-कुश) का वंशज मानते हैं। कितना उम्दा हिन्दू-मुस्लिम संस्कृति का समन्वय।

माता नो मठ...कच्छ का सबसे पवित्र मंदिर और देश के सुप्रसिद्ध देवी मन्दिरों में से एक। देवी अपने आप प्रकट हुई बताते हैं...आधा विग्रह है, आधा शिला में ही जैसे निकलते-निकलते रह गया। इस बारे में लोककथा भी है। दो भक्तों को एक कल्याणकारी स्थल का स्वप्न आया। जगह मिल गयी और उन्होंने मंदिर बनवा दिया। यहाँ रात को अपने-आप संगीत बजता था। स्वप्न में मन्दिर को छः महीनों तक बन्द रखने को कहा गया था, पर उत्साह में भक्तों ने जल्दी खोल डाला। देवी का आधा विग्रह ही निकल पाया था। मन्दिर के पहले चाचरा कुंड है जहाँ नहाकर कच्छ के राजा पैदल सब लोगों के साथ मन्दिर में पूजा करने जाते थे। राजा के वंशज आज भी यह दस्तूर निभाते हैं। खुले में नहाना और सबके साथ पैदल चलना, भले ही एक दिन का...प्रतीकात्मक तो था ही। मन्दिर का मुख्य पुजारी ब्रह्मचारी रहता है और वही अपना उत्तराधिकारी नियुक्त करता है।

भुज पहुँचने के पहले दो दिलचस्प जगहें और मिलीं। एक जख़ मन्दिर जिसे कुछ लोग यक्षों का मन्दिर मानते हैं। दरअसल पुनवरो के शासनकाल में 72 आदमी और एक स्त्री का जहाज जखाव नाम के किसी तट पर आ टकराया। ये ही जख़ थे...लम्बे, गोरे, नीली आँखोंवाले लोग जिनकी भाषा घुमन्तू कच्छी लोगों के लिए भी अपरिचित थी। इन लोगों को दवादारू का अच्छा ज्ञान था। वे बेहद लोकप्रिय हो गये। पुनवरो को यह नागवार गुजरा और उसने ज्यादातर जख़ों को पकड़कर पाधरगढ़ के अपने किले में कैद कर लिया। बचे हुए लोगों ने राजा से इन्हें छोड़ने के लिए बहुत विनती की। राजा जब फिर भी नहीं माना तो उन्होंने पास की एक पहाड़ी ककरबित पर अड्डा जमाया और सामने पाधरगढ़ पर राजा पर निगाह रखने लगे। एक दिन राजा जब स्नान कर रहा था तो ककरबित से ही एक तगड़ा मिसाइल जैसा शस्त्र इस तरह छोड़ा कि जहाँ राजा स्नान कर रहा था वहाँ किले के पत्थर भरभराकर उसके ऊपर गिरे। चालीस दिनों बाद पुनवरो खत्म हो गया। उसकी पत्नी ने सभी जख़ों को पकड़कर क़त्ल

करवा दिया। लोगों को जख़ों के अच्छे कर्म याद थे, वे उनकी याद सन्तों के रूप में करने लगे। अब भी कच्छ में इनके कई मन्दिर हैं, हर मन्दिर ऊँचाई पर बना है। मन्दिर में एक टँगी हुई लालटेन में हमेशा जलती रोशनी और एक बरामदे में 73 जख़ घुड़सवार जिनमें एक स्त्री। घुड़सवार बिन हथियार। जिन्हें बच्चा नहीं होता वे विशेषकर पूजते हैं और अगर लड़का हुआ तो उसे जख़ और लड़की हुई तो उसे जख़ी कहते हैं। हमने पाधरगढ़ के पासवाला ही मुख्य मन्दिर देखा। सामने पाधरगढ़ के खँडहर थे। कभी यहाँ किले के भीतर-भीतर कच्छ की पुरानी राजधानी थी। किले की दीवार से काफी बड़े नगर के होने का अन्दाजा होता है। कहते हैं जख़ लोगों का ऐसा शाप इस नगर पर पड़ा कि फिर यह पनप नहीं सका।

माता नो मठ के पास ही एक हाजी पीर जगह है। हाजी पीर—महमूद गजनवी के एक सैनिक ने गायों को बचाने में कुर्बानी दी थी। तब से हिंदू-मुसलमान दोनों उन्हें पूजते हैं। अच्छे लोग...प्रेम और करुणा से ओतप्रोत लोग—हमेशा और एक एक से एक आततायियों और लुटेरों के बीच हुए हैं।

भुज...कच्छ की नयी राजधानी। 175 बी.सी. से चल रही नगरी। 1582 में अबुल फज़ल कच्छ की नयी राजधानी को ताहज़ी के नाम से पुकारता है। नगरी के विशेष चिह्न हैं...पहाड़ी पर पुराना किला भुजिया फोर्ट जहाँ फौज का आवास है। नगर में किला, जिसे आलमपनाह फोर्ट कहते हैं और नीचे फैली झील—हमीरसर जिसके बीच से एक रास्ता एक हिस्से को दूसरे से जोड़ता है। अपराह्न में हम खावड़ा की तरफ गये। भुज के उत्तर में सीमा की देखरेख के लिए बी.एस.एफ. का बड़ा पड़ाव खावड़ा में है। जाते समय दोनों तरफ़ मीलों लम्बे रेतीले मैदान—एक तरफ को छोटी बन्नी, दूसरी तरफ को बड़ी बन्नी कहकर जानते हैं। काफी दूर पर हवा का एक बड़ा बवंडर सहसा उठ खड़ा होता और ऊपर की तरफ तनता चला जाता...जैसे कि कोई दैत्य अपने आकार को लम्बा कर रहा हो। फिर वह सरपट मैदान में दौड़ पड़ता। धूल के उस बवंडर को बाकायदे उठते, ऊँचा होते और दौड़ते हुए हम देख सकते थे...वह कभी हमारे सामने सड़क को पार कर छोटी से बड़ी या बड़ी से छोटी बन्नी में घुस जाता। दौड़ते फिरते धूल के इन

विशाल बवंडरों को देखकर ही भूतों की कल्पना जागी होगी। बन्नी के ये मैदान जो पहले बेकार पड़े रहते थे, अब उपयोगी बना लिये गये हैं, कोई तीस किस्म की घास उगायी जाती है। (और कुछ नहीं हो सकता यहाँ) जो मवेशीप्रधान कच्छ के लिए बहुत उपयोगी है। एक किस्म की घास की तो रोटी भी बनती है जिसे आस-पास रहनेवाले लोग खाते हैं। खावड़ा के पहले ही हम बाएँ मुड़ गए। बन्नी के मैदान अब खत्म थे और जगह-जगह बबूल के पेड़ उगे हुए थे। गोरेवाली गाँव में चमड़े का काम होता है, आगे धोरडो नाम का छोटा-सा गाँव था। हम यहाँ रुके। जनाब गुलबेग गाँव के पुराने बाशिन्दा हैं, यहाँ की तमाम मुश्किलों के बावजूद वे यहाँ अपने संबंधियों के परिवारों के साथ वर्षों से रह रहे हैं...मुख्य काम मवेशी पालना, (बन्नी में मालधारी ही हैं) लेकिन साथ ही घर के सभी सदस्य कपड़ों पर कढ़ाई-बुनाई का काम भी करते हैं...जो विदेशी पर्यटक विशेषकर यहाँ से नमूने बतौर खरीदकर ले जाते हैं। गुलबेग के घर की औरतों के पूरे हाथ मोटी-मोटी सफेद चूड़ियों से लदे थे...चाँदी या हाथीदाँत की चूड़ियाँ या हाथीदाँत की नकल की प्लास्टिक की चूड़ियाँ । पानी की कमी होने के कारण इन लोगों के लिए नहाना रोज की दिनचर्या में नहीं आता। मौसम की अति इन्हें झेलनी पड़ती है—गर्मी में धूल के बवंडर, बरसात में तूफान और जाड़े की रातों में रेतीली ठंडक की सुरसुरी।

अगले दिन भुज का सुप्रसिद्ध आइना महल देखने गये। पुराने महल में बनाया गया यह अपनी तरह का विचित्र संग्रहालय है जहाँ रखी चीजों को देखकर ताज्जुब होता है कि वे युद्ध, मारकाट, राजनैतिक उथलपुथल आदि के बीच अब तक कैसे बची रह सकीं। संग्रहालय मुख्यतः महाराव लाखो और उनके सलाहकार रामसिंह के कलाप्रेम का नमूना है। महाराव ने रामसिंह और उनके बाद कई कलाकारों को वेनिस आस्ट्रिया आदि देशों में भेजा था ताकि वहाँ से काँच और लोहे की बारीक कलाओं की निपुणता हासिल करके आयें। भारतीय और योरुपीय कला का मेल...यह रामसिंह की कच्छ-कला को देन रही।

आइना महल की दीवारें सफेद संगमरमर की हैं जो जहाँ-तहाँ वेनिस के काँच से टकी हुई हैं। संग्रहालय में एकदम दूसरे छोर पर खास आइना

महल है—हाल के चारों तरफ आइने, बीच में जलाशय, उनके भी बीच उगता हुआ राजसी बैठक का एक खूबसूरत चबूतरा जहाँ संगीत की महफिलें सजती थीं, लाखोजी यहाँ बैठकर कविता रचते थे। यहीं उन नर्तकियों की कला का प्रदर्शन होता था। उनकी कला की परम्परा को बनाये रखने के लिए महाराव लाखो ने इतना किया कि वे नर्तकियाँ महाराव पर दीवानी थीं, साथ सती हो गयीं। महाराव लाखो ने ब्रजभाषा सिखाने के लिए एक स्कूल की भी स्थापना की थी। एक छोटा-सा राजसी कमरा है, जिसमें काम किये कच्छी सिल्क के चादर बिछे हुए हैं और जहाँ महाराव लाखो की सेज अब भी है जिस पर उनकी तलवार रखी हुई है। जाने कितनी तरह के सामान...घड़ियाँ, राजसी पोशाकें, खिलौने, चित्र इस महल में हैं। चित्र में अगर हार है तो कहीं-कहीं उसमें असली नग जड़े हुए दिख जायेंगे। महाराव खेंगर जी तृतीय के भी कई चित्र हैं। महाराव की खूबसूरती से प्रभावित होकर रानी विक्टोरिया ने स्वयं उनका एक बड़ा चित्र बनवाने का हुक्म दिया था। कुल मिलाकर आइना महल के भीतर चलना जैसे मायालोक में विचरना है।

हमीरसर में पानी कम था। जब पानी भर जाता होगा तब नगर की सुन्दरता और ही हो जाती होगी। सर्किट हाउस के बाहरी द्वार के नीचे से भी एक मोटे झरने का रास्ता है...जब पानी यहाँ से बहता होगा तब क्या नजारा होता होगा! जब पानी खूब भर जाता है और हमीरसर उफनने लगता है, तब भुज में छुट्टी घोषित कर दी जाती है, हमीरसर की पूजा की जाती है। पहले राजा पूजा करते थे, अब मेयर करते हैं। पूजा के बाद मेघ लाडू का कार्यक्रम होता है...सबको लड्डू बाँटना/खिलाना। पानी कितनी मूल्यवान चीज है यह भुज आकर ही समझा जा सकता है। झील के दूसरे हिस्से के एक किनारे पर छतरियाँ हैं—राजाओं की समाधियाँ। वास्तुकला के सुन्दर और कई तरह के नमूने इन छतरियों में मिलेंगे, उनकी डिजाइनें भी अलग-अलग हैं। सबसे बड़ी छतरी महाराव लाखो की है—गोलाकार । इसके भीतर महाराव के साथ सती हुई पन्द्रह नर्तकियों की मूर्तियाँ भी हैं।

भुज का एक और सुन्दर महल शरदबाग है। यह महाराव मदनसिंहजी का व्यक्तिगत निवास था और जहाँ उनके व्यक्तिगत संग्रह की चीजें भी

रखी हुई हैं। जनता के लिए खुला है। छोटी-सी दो इमारतें घने बगीचे के बीच। मुख्य आकर्षण हरियाली और भुज के जैसी सूखी जगह में इतने तरह के पेड़ों का होना है। महाराव मदनसिंह भुज के अन्तिम महाराव थे, राष्ट्र में विलय के लिए दस्तखत करनेवाले पहले राजाओं में से एक। वे नार्वे में भारत के राजदूत भी रहे। भुज का जो प्रान्तीय संग्रहालय है वह देश का सबसे पुराना संग्रहालय कहा जाता है और यहाँ रखी चीजें भी अनूठी हैं।

सुना था कि भुज के एक द्वीप-खडीर के धोलावीरा गाँव में सिन्धु नदी की सभ्यता के मोहनजोदाड़ो के बाद के सबसे बड़े अवशेष खुदाई में मिल रहे हैं। ये अवशेष हड़प्पा सभ्यता के भी पहले के बताये जा रहे हैं। धोलावीरा के सरपंच वेलूभासोडा ने बताया कि पहले पहल इस जगह में इधर-उधर मिली चीजों को ले जाकर भुज संग्रहालय के लोगों को उन्होंने ही दिखाया था, विशेषज्ञों का ध्यान उनकी ओर आकर्षित किया, तब खुदाई चालू हुई। हमारी पकड़ में वे ही आ गये तो मैं बेहद उत्साहित हुआ। रापर के रास्ते खडीर पहुँचने के लिए बड़ी रन का एक हिस्सा पार करना पड़ता है...बड़ी रन धूप में काँच की चादर की तरह चिलमिलाती हुई। अब यहाँ से उत्तर में पाकिस्तान तक कोई भूखंड नहीं सिर्फ रन ही रन है। बड़ी रन और छोटी रन में फर्क यह है कि छोटी रन में गीली रेत, कीचड़, पानी सिर्फ बरसात में होता है, बड़ी रन में हमेशा रहता है। इसलिए जहाँ छोटी रन में बरसात के पहले और बाद में चला जा सकता है, बड़ी रन में चलना कभी भी मुश्किल है।

खडीर द्वीप में छोटे-छोटे कुछ गाँव हैं, धोलावीरा उनमें से एक है। यहाँ जमीन के नीचे पानी मिलता है। धोलावीरा की खुदाई में बेहद दिलचस्प चीजें मिली हैं...एक टीला जो किले के भीतर शासक लोगों की बस्ती थी जिसके नीचे एक बहुत बड़ा जलाशय था...पक्की नालियों द्वारा ऊपर की छतों से बरसात का पानी 'स्टोर' करने की विधि जो गुजरात के गाँवों में अब भी देखने को मिलती है। तीन टीलों में खुदाई का काम चालू है...दूसरे में मध्यमवर्ग और तीसरे में साधारण वर्ग के आवास होने का अनुमान किया जा रहा है। टीलों के इर्द-गिर्द लम्बे रास्ते...नगर की क्या प्लानिंग रही होगी!

टीले के पार से मैं रन का विस्तार देख रहा था...अगर 1819 के भूचाल तक कोरी क्रीक में सिन्धु नदी थी तो सैकड़ों साल पहले यहीं सामने से सिन्धु नदी बहती हो...यह बिल्कुल हो सकता है, तभी इस द्वीप की जमीन में आज भी पीने का मीठा पानी निकल रहा है। एक पल के लिए मुझे बहती सिन्धु नदी दिखने लगी। मैं रोमांचित हो आया। यही उत्साह तो यहाँ खुदाई में लगे कार्यकर्ताओं का है जो एक किनारे लाइन से बने खेमों में रहते हैं, एक जगह खुदाई में मिलती जा रही छोटी चीजों को छाँट-छाँटकर खानों में रखते चले जाते हैं। ये लोग अपने प्रदेशों से इतनी दूर पड़े हैं...वीरान में जहाँ से गाँव की बस्ती भी दो किलोमीटर से कम दूर नहीं है।

दोपहर का खाना गाँव में था जहाँ हमारे मित्र वेलूभासोडा के रिश्तेदार परिचित रहते हैं। भासोडाजी अपने साथ रापर से कुछ सब्जी ले आये थे। शुद्ध गाँव का रोटलावाला भोजन (रोटला—मिट्टी के तवे पर सेंकी जाती है)...एक फूँस की झोंपड़ी में खाने को बैठे तो हवा की धूल-भरी वह लहर आई कि परोसे खाने में नमक की तरह बिछ गयी...चलो यहाँ की पवित्र मिट्टी भी पेट के भीतर...और शरीर भी तो क्या मिट्टी ही है। भासोडा सिर्फ एक चीज परोसते थे...घी, और परोसते समय में वे डालते चले जाते। लाख मना करो। कहते—आप तो बस खाओ, पचाना पेट का काम है, वह जाने उसका काम ! वह आपकी चिन्ता क्यों हो?

बड़ा परिवार था वह, पूरा गाँव ही था परिवार में...उसी के हम हो गये थे। स्नेह की गरमाहट कैसी निर्बाध इधर से उधर...कि अगर मैं वहाँ बसने को कहूँ तो शायद स्वीकार कर लिया जाऊँगा...लेकिन उसके बाद यह तेरा, वह मेरा! मानवसभ्यता इसी से बढ़ी है और दुर्भाग्य से इसी चीज ने उसे संकुचित किया और आज भी करती जा रही है।

सिंधु नदी की घाटी की सभ्यता...इतिहास का पहला पाठ था जो बचपन में पढ़ाया जाता था। टीलों के ऊपर-नीचे जाता-आता मैं आज जैसे उसी समय में आ खड़ा हुआ था। कितना अजीब था यह सिलसिला जिससे पिछले दिनों गुजरना हुआ...पहले नगर बसते हैं, फिर लखपत की तरह उजड़ते हैं, फिर पाधरगढ़ की तरह जमीन के नीचे चले जाते हैं और धोलावीरा की तरह फिर प्रकट होते हैं...पूरा चक्र!

लहरियों में बिछी हरीतिमा—अरुणाचल प्रदेश

अरुणाचल प्रदेश...अपने देश का वह भूखंड जिसे सूरज सबसे पहले छूता है। सिर्फ झाँक आया था पिछली बार जब दिब्रगढ़ से खाम्सा और नम्साई गया था। वह अरुणाचल का बर्मा की तरफवाला हिस्सा था। तभी मालूम हुआ कि असली खूबसूरत हिस्सा तो तवांग और तिब्बत की तरफ का है। एक प्यास लिए लौटा था, खुद को दिलासा देते हुए कि फिर आऊँगा, भीतर कहीं यह इल्म भी था कि इन इलाकों में जाना वह नहीं है कि उठाई अटैची और चल दिये। ये जितने खूबसूरत हैं उतने दूर और मुश्किल भी। आनेवाले दिनों में मैं करीब-करीब भूल गया। छोटे भाई मुकुन्द का दावतनामा एकाएक आया तो लगा जैसे अरुणाचल का ही बुलावा आया है। भूखंड संवेदन-शून्य नहीं होते, अगर तुम्हारे मन में उनके लिए प्यार और कशिश है, तो उनकी ओर से भी तुम्हें मिलेगा। प्रकृति बेहद उदार है, तुम झाँको-भर, तुम्हें खींचकर बुला लेगी, तुम्हारे आने-जाने का इन्तजाम भी बिठा देगी।

अरुणाचल प्रदेश की कई खासियतें हैं। तीन तरफ से यह विदेशों से लगा हुआ है—भूटान, तिब्बत, बर्मा। अरुणाचल के किसी भी हिस्से की तरफ जाओ, रास्ता असम से होकर ही है। अरुणाचल का कोई इतिहास नहीं है...सिर्फ प्रशासकों के लिखे संस्मरण हैं। ज्यादातर यहाँ मंगोल नस्ल के लोग हैं—करीब 23 जनजातियाँ और उसकी दुगुनी उनकी प्रजातियाँ। उनमें विभिन्नताएँ इतनी कि जहाँ एक कभी किसी को नहीं मारते, वहीं दूसरी के लिए जंगली चूहा विशेष भोजन है। अरुणाचल में दस महीने बरसात होती रहती है इसलिए यहाँ भूस्खलन होता ही रहता है। अरुणाचल की एक खासियत ओपोंग भी है...चावल की शराब, जिसे घर में ही बनाते

हैं। इसके बगैर यहाँ के लोगों का गुजारा नहीं।

गौहाटी से जो रास्ता दिब्रगढ़ जाता है हम उसी से चले। रास्ता बीच में तेजपुर की तरफ फूटता है। तेजपुर पहुँचने के कोई पचीस किलोमीटर पहले ब्रह्मपुत्र पर बना पुल मिला, तीन किलोमीटर लम्बा। मुझे याद नहीं आया कि इससे अधिक लम्बा कोई दूसरा पुल अपने देश में मैंने देखा हो। ब्रह्मपुत्र तो हर जगह विशाल है। गौहाटी जब पहली बार देखी थी तब भी विशालता की प्रतीति उतरी थी मन में। गंगा की जो मान्यता है वह उसके हिमालय से निकलने और उस प्रदेश से बहने के कारण है जो आर्यों का प्रदेश था...इसलिए और शायद उसके पानी के गुणों के कारण शास्त्रों में गंगा को बहुत महत्त्व मिला, वर्ना ब्रह्मपुत्र की विशालता के आगे गंगा कुछ भी नहीं है। इस पुल पर से मैंने आरपार देखा दूर-दूर तक फैला पानी, जैसे कोई बड़ी नदी समुद्र से मिलने से पहले चौड़ा जाती है। 1962 के आक्रमण में चीनी फौजें तेजपुर से आगे नहीं बढ़ी थीं, तो एक वजह शायद ब्रह्मपुत्र भी रही होगी, यह पुल तब नहीं था। सामने दाहिनी तरफ के किनारे दूर से दरख्तों का एक बड़ा गुच्छा-सा दिखाई दिया, घने जंगल का एक टुकड़ा...बचा कैसे रह गया आदमी की नजर से!

तेजपुर, बोमडीला, सेला पास...इन नामों से सिर्फ चीनी आक्रमण की खरोंचें उठती हैं। मैं कल्पना कर रहा था कि इन जगहों पर अब भी चीनी आक्रमण के कुछ निशान होंगे, तेजपुर एक छोटा-सा कस्बा होगा, यहाँ चीनी शासन रहा था कुछ दिनों तक तो कुछ उससे संबंधित इमारतें होंगी। भूल गया कि तीस साल बह गये इस बीच। समय की रेत सब कुछ तोप देती है...और तब एक देश का दूसरे पर आक्रमण, भूखंडों के लिए युद्ध...ये सब कितने बेमानी लगते हैं। जी हाँ, आज तेजपुर के मायने हैं एक आम शहर, बाजार भरा, जिसमें घुसो तो घंटा गया। इसे एक किनारे छोड़ते हुए हम हाईवे से ही बालीपारा की तरफ बढ़ गये।

मुकुन्द और मेरी पत्नी के अलावा दो जो दूसरे मित्र साथ थे वे स्थानीय और जनजाति के थे। एक दुदुम...लम्बा चिकना चेहरा, चेहरे पर अक्ल की छाया दूर-दूर तक नहीं। उल्टे एक सपाटता, जैसे चिकनी कोई चट्टान। बात देर से समझते थे...पर यह छिपाना चाहते थे, इसलिए नहीं समझे

तो भी फट से उसे करने के लिए दौड़ पड़ते। दूसरे, दत्तो जो गाड़ी चला रहे थे...बहुत कम बोलनेवाले, चेहरे पर वफादारी की छाप। दुदुम दूसरी गाड़ी में थे। तय यह हुआ था कि वे हमारे पीछे-पीछे चलेंगे कि कहीं हमारी गाड़ी खराब हो तो उनकी मदद फट से मिल जाए। नौगाँव कस्बे की बाजार में हम एक जगह रुके, फिर दुदुम की गाड़ी की प्रतीक्षा करने लगे, लेकिन उनका कहीं कोई पता नहीं। हमें क्या मालूम कि इस बीच दुदुम भाई सीधे सन्नाते निकल गये। अब वे आगे कहीं हमारा पीछा कर रहे थे, जब कि हम उनके पीछे उनकी प्रतीक्षा कर रहे थे। थोड़ी देर बाद हमें यह पक्का हो गया कि दुदुम आगे ही निकल गये तो हम भी आगे बढ़े। बालीपारा के चौराहे पर गाड़ी रोकी कि शायद यहाँ दुदुम हमारी राह देखते मिल जायें...पर वे कहाँ, वे भाई तो इधर-उधर का सोचना जानते ही नहीं थे, भालुकपोंग जहाँ हमारा पहला पड़ाव था वहीं सीधे पहुँचकर रुकेंगे, तब तक उनका पक्का यही खयाल रहेगा कि हम आगे हैं और वे पीछे।

बालीपारा का चौराहा है जहाँ वहाँ तेजपुर, ईटानगर, भालुकपोंग और बालीपारा के रास्ते मिलते हैं। हमने भालुकपोंग की तरफ का रास्ता पकड़ा। थोड़ा दूर चलते ही अरुणाचल की सीमा लग गई, खूबसूरत नजारा जैसे एकाएक आपके सामने रख दिया गया—आसपास झिलमिलाते बहते झरने, छोटे-छोटे लकड़ी के पुल, बगल में जंगल, जो कहीं-कहीं काफी घना है और सड़क के किनारे-किनारे एक हरी दीवार-सी बनाता चलता है। कहीं-कहीं झरने जंगल की दीवार से सड़क पर उतर आते। झरनों में जहाँ-तहाँ लड़के-बच्चे नहा रहे थे। किसी झरने में अलग से नहाती दो-चार लड़कियाँ...झरने के किसी आड़वाले कोने में गुपचुप नहा रही थीं वे जैसे चिड़ियाँ पानी में फुरफुरा लें और झट से हटकर इधर-उधर ताकें, फिर पानी में उतरें और फिर वैसे ही जल्दी से हट जायें। लड़कियाँ बहुत सुन्दर नहीं थीं, कोई किसी कोने से थोड़ी लगती भी है तो मुँह पर गोदना था। पुराने जमाने में असम के अहंकारी राजा यहाँ की लड़कियों को उठा लेते थे, तब से लड़कियों को बदसूरत कर देने की प्रथा चली आ रही है। पीढ़ी दर पीढ़ी डर भी इनमें इसीलिए बैठा होगा।

सहसा प्रकट हुई कामेंग नदी, असम में जब यह पहुँचती है तो इसका

असमिया नाम जियाभरोली हो जाता है। विस्तार में ब्रह्मपुत्र की बच्ची...लेकिन फैलने का वही स्वभाव। पहाड़ से उतरती हैं नदियाँ तो जैसे पहाड़ों की कैद से तंग आयी हुई होती हैं और मैदान पाते ही बड़ी बेसब्री से इधर-उधर सब कोनों को छू लेना चाहती हैं। जिस तरफ सड़क और उससे लगी जंगल की हरी दीवार थी, कार्मेंग उधर ही काट रही है। इस तरह तो सड़क ही साफ कर देगी। फौजी लोग तारों में बाँधकर पत्थरों को किनारे-किनारे लगा रहे हैं, कटाव से बचाव करने के लिए। मैं नदी के पास गया। जब तक पास न जाओ, पानी न छुओ, लगता ही नहीं कि नदी से मुलाकात हुई। हमारे यहाँ इसीलिए स्नान, मज्जन...और नहीं तो आचमन का विधान बनाया हुआ है। कार्मेंग का बहाव तेज था, आवाज भी पहाड़ी नदी जैसी, घरघराहट से भरी...जब कि अभी हम मैदान में ही थे। ब्रह्मपुत्र जहाँ डरावनी लगती है, वहाँ कार्मेंग थोड़ा आत्मीय है, पर एक दूरी पर भी रखती है...'ठीक है, तुम मुझे प्रिय हो, पर...।' यहाँ से कार्मेंग साथ है, ऊपर की तरफ। जंगल थोड़ा घना होता जाता है, जिसके बींच से गुजरती कार्मेंग, कहीं-कहीं दो धाराओं में बँटकर द्वीप बनाती हुई, कितने नालों-झरनों को खुद में लीलती आगे बढ़ती हुई। वह इधर आ रही थी और हम उधर जा रहे थे जिधर से वह आ रही थी।

मुख्य सड़क पर ही भालुकपोंग की छोटी-सी बस्ती, ऊँघती-सी लेकिन बादलों के धुएँवाले वातावरण में थोड़ी रहस्यमय लगी। कुछ लोग बेंतों को काटने-छीलने में लगे थे। छोटे बेहद पतले झरनों में पानी कलकल करता, घरों के अगल-बगल से बह रहा था। दोपहर के बाद का समय...औरतें बरामदे में निश्चिन्त-सी बैठी थीं। वे टूटी-फूटी हिन्दी बोल लेती थीं। एक गली में घुसा तो जुआ चल रहा है। टुकड़ों-टुकड़ों में लोगों से बात कर देखा, सब अपने-अपने कामों में पूरी तरह डूबे थे। बेंत को छीलनेवाले बेंतों में, तो जुएवाले ताश में। हम लोग उन्हें इधर-उधर से ताँक-झाँक रहे हैं या हम अजनबी लोग हैं...यह उन्हें जरा भी विचलित नहीं कर रहा था। वे अपने में डूबे थे, हमसे एकदम तटस्थ। प्रकृति के पास रहनेवालों के स्वभाव में ही ऐसी एकरसता देखी जाती है, शहरी लोग ज्यादातर विभक्त मन के मिलेंगे।

भालुकपोंग के गैस्ट हाउस में एक गोल-गोल बैठकी है। यहाँ से दूर बहती कामेंग नदी का अच्छा दृश्य दीखता है। आगे टी.पी. बस्ती है... टी.पी., नाले के नाम पर जो कामेंग नदी में मिलती है। नाले पर छोटा खूबसूरत-सा आर्मी का ब्रिज, जिसके नीचे से सफेद पत्थरों के बीच घरघर बहता पानी। थोड़ा-सा आगे टी.पी. का फौरेस्ट रैस्ट हाउस जहाँ हमें रुकना था। रैस्ट हाउस में सामान रख मैं पत्नी के साथ वापस आर्मी ब्रिज चला आया और नीचे उतर पत्थरों के रास्ते नाले के साथ-साथ उसके और कामेंग के संगम तक गया। नाला क्या पूरी नदी है यह। बताते हैं, कभी छोटा था लेकिन ऊपर पेड़-कटाई ज्यों-ज्यों ज्यादा हुई, इसका मिट्टी के पहाड़ों को काटना भी बढ़ता चला गया। आज यह खासी चौड़ी नदी है। पत्थरों पर चलना थोड़ा मुश्किल था पर मजा आ रहा था। चारों ओर हरी पहाड़ियाँ, नीचे सफेद उजले छोटे-बड़े पत्थर और टी.पी. का पानी जो कामेंग के मुकाबले तो निश्चित ज्यादा साफ था। अँधेरा होने के थोड़ा पहले ही लौटे। यहाँ दुदुम मास्टर ने दूसरी फुर्ती दिखा डाली थी। उन्हें भालुकपोंग के पास कहीं ठहरना था। वे गये तो दत्तो के कपड़े ही साथ लेते चले गये। यह भी पता नहीं था कि वह कहाँ ठहरेंगे...बेचारे दत्तो को रात उन्हीं कपड़ों से गुजारा करना पड़ा जिसे वे दिन-भर पहने रहे थे।

रैस्ट हाउस ठीक कामेंग पर था। ड्राइंग रूम से नदी का पूरा नजारा दिखता है। कामेंग यहाँ नाराज-नाराज दिखती है किनारे के बड़े-बड़े पेड़ों को तोड़ती-ताड़ती, कुछ गुर्राती हुई आवाज में बहती। नदी के उस पार सामने पाकोई सैंक्चुअरी है जहाँ जंगली हाथी बहुत हैं, नदी पार कर वे कभी इधर भी आ जाते हैं। इस इलाके में यह प्रथा है कि जहाँ हाथी देखो, उन्हें प्रणाम करो...प्रणाम जंगली हाथियों तक पहुँच जायेगा और वे फिर तुम्हें बख्श देंगे। रैस्ट हाउस का चौकीदार भोला उड़ीसा का है लेकिन असम में बस गया है। यहाँ सन् 84 से है, पास ही क्वार्टर में रहता है। एक घंटा लगा उसे अपना किस्सा बताने में—'आधी रात बाबा लोग आ गया, क्वार्टर को घेर लिया, एक बाबाजी से प्रार्थना किया...बाबा लोग खुश होकर वापस गया।' बाबा माने हाथी। भोला ने रैस्ट हाउस के सामने एक बड़ा धूना अमारी का पेड़ दिखाया। वह पेड़ सिपाही की तरह खड़ा था, कामेंग

और रैस्ट हाउस के बीच। भोला ने बताया—'नदी नीचे से पेड़ को काट रही है, जिस दिन यह गिरा, रैस्ट हाउस जायेगा, कितनी बार बोला कि पेड़ के उधर पत्थरों का बाँध गिरवाओ, कोई सुनता नहीं...' मैंने जाकर धूना अमारी के उस पेड़ को ऊपर तक देखा, उस पर हाथ रखकर प्रणाम किया...'मैं तुम्हें फिर न देख सकूँगा दोस्त! तुम्हें बचाने की कोशिश कोई नहीं करेगा, उल्टे वे चाहेंगे कि तुम जल्दी ढह जाओ ताकि उन्हें लकड़ी मिले। तुम्हारा आभार कि मैं आज इस रैस्ट हाउस में रहने का सुख ले रहा हूँ।'

सवेरे बारिश थी...यहाँ का कष्टकर मौसम, जिससे प्रार्थना ही आपको बचा सकती है। न केवल निकल नहीं सकते, कहीं भी फँस सकते हो... इन पहाड़ों पर मिट्टी ज्यादा है, इसलिए लैंडस्लाइड खूब होते हैं, जो इधर-उधर अनाप-शनाप पेड़ों के काटे जाने से और भी बढ़ गये हैं। आज भी आगे के रास्ते में लैंडस्लाइड हुआ था, रास्ता खुलने में समय लगेगा। हम रैस्ट हाउस में ही रुके रहे। सामने सैंक्चुअरीवाली पहाड़ी की हरी-हरी खोहों में जहाँ-तहाँ बादल घुसे हुए थे, नदी के ऊपर बादलों की एक पतली पर्त चादर जैसी तनी थी। सिर्फ पानी की आवाज...पिछली शाम टी.पी. नाले से लौटकर रैस्ट हाउस के ठीक बगलवाले छोटे नाले के किनारे-किनारे भी कामेंग नदी तक गया था। कल जो पतला-सा झरना था, आज छोटी-मोटी नदी बन गया था।

दोपहर के थोड़ा पहले ही हम निकल पाये। टी.पी. के आगे कामेंग के किनारे-किनारे पहाड़ पर चढ़ते हैं तो दोनों तरफ के पहाड़ों से गिरते अनगिनत झरने मिलते हैं—एक से एक खूबसूरत, अलग-अलग डिजाइनोंवाले। एक झरना बहुत ऊपर से गिरता था...पहले वह आवाज, फिर धार नीचे एक चौड़ी चट्टान पर गिरकर फटती हुई,...वह आवाज, फिर धार में एक कुंड में गिरती थी और कुंड से कामेंग में...ये सब अलग-अलग देखे-सुने जा सकते थे। एक दूसरा झरना एकदम किसी मॉडर्न आर्कीटैक्चर की तरह का आकार बनाता था। एक तीसरा बहुत ऊपर कहीं दिखता, फिर गायब होता, हरी खोहों में छिपता-छिपाता नीचे आता था। ये झरने करीब-करीब हमेशा रहते हैं क्योंकि यहाँ दस महीने तो बरसात होती है। जहाँ लैंडस्लाइड

हुआ था, वहाँ दोनों तरफ से आनेवाले लोगों की छोटी-मोटी भीड़ थी। पहाड़ का एक कटा हिस्सा सड़क पर गीली मिट्टी के ढेर-सा पड़ा हुआ था। सड़क के नीचे नदी की तरफ दो-तीन बड़े पेड़ कल्थे पड़े थे, मलबा भी था। कुछ गाड़ियाँ दूसरी तरफ रुकी पड़ी थीं और लोग इधर से उधर जाते हुए रास्ते का मुआयना कर रहे थे। हल्के वाहनों को पार कराने के लिए मलबे से किसी तरह समतल बनाने का क्रम जारी था। लगता ही नहीं था कि मलबे के नीचे कहीं सड़क होगी। भाग्य से ऐसा हुआ कि उस तरफ मुकुन्द के एक मंत्रीजी फँसे पड़े थे...वे भी बीच में आकर समतल की जाती मिट्टी का मुआयना कर रहे थे। उनके मिलते ही एक अच्छा हल निकल आया...वे इधर हमारी गाड़ी ले जायें, हम उधर उनकी। अरुणाचल में मंत्रियों का भी इस तरह औपचारिक होना अच्छा लगा...ये शायद इसलिए है कि छोटा प्रान्त है, पर शायद ज्यादा इसलिए कि जो मंत्री हैं वे अरुणाचली लोग ही हैं, अपेक्षाकृत सीधे-सादे, साफ-सुथरे, अपने यहाँ की प्रकृति की ही तरह। मैदानी राजनेताओं की तरह उन्हें काइयाँ नहीं बनाया है अभी तक राजनीति ने। आगे वह इलाका पड़ा जिसे फौज के लोगों ने 'फौजी एरिया' का नाम दिया है...इतना कोहरा कि कुछ भी नहीं दिखाई देता। मरजा गाँव में चाय के लिए रुके। आसपास बच्चों को पीठ पर बाँधे कम उम्र की माताएँ। 12-13 साल में शादी कर देते हैं... न बचपन ठीक से खेला, न जवानी ठीक से भोगी। लड़कियों के नाकनक्श बताते थे कि वे सुन्दर हो सकती थीं...लेकिन गरीबी और असमय में माँ बनने के कारण सब मुरझाया हुआ था।

कामेंग कहाँ छूट गयी और कहाँ रूपा नदी आ गयी—यह पता ही न चला। रूपा के किनारे टेंगा फौज की बड़ी छावनी है, पर उसके पहले नाग बाबा का मन्दिर मिलता है, सड़क की बायीं ओर एक छोटी-सी पहाड़ी पर। कहते हैं यहाँ एक नाग अभी भी प्रगट होते हैं, दूध पीकर गायब हो जाते हैं। अब इसकी सत्यता तो भगवान ही जानें या जिन्होंने देखा हो वे जानें, पर मैं ऊपर जाकर प्राकृतिक दृश्य देखने का लोभ संवरण न कर पाया। रूपा नदी यहाँ गहरा मोड़ लेती है, मन्दिरवाली छोटी पहाड़ी की परिक्रमा करती हुई गुजरती है एक तरह से। नीचे चौड़ी घाटी जिसमें

इधर की तरफ नदी की धारा, उस पार ऊँचे हरे पहाड़, जिधर को नदी जाती है उधर दूर-दूर तक फैला फैलाव...विशालता और विपुलता! नाग बाबा के मन्दिर में कई सुभाष भी लिखे देखे जिनमें एक-दो तो अद्‌भुत थे...'सबसे दुर्बल वह व्यक्ति है जिसे अपने पर नियंत्रण नहीं'। एक तो जैसे साफ-साफ लेखकों के लिए था...'पढ़ने योग्य लिखने से बेहतर है, लिखने योग्य किया जाए।' नीचे उतरकर आगे चले तो सड़क घुमावदार थी और जहाँ-तहाँ ड्राइवरों के लिए खासे मजाकिया अन्दाज में चेतावनियाँ लिखी हुई थीं, जैसे—'जानी जरा सँभलकर चल, मेरी लचकती चाल पर न जा'...या—'पद्‌मा नाच रही है, जरा सँभलके।' लिखने वाला कोई फौजी होगा क्योंकि सड़कों की सँभाल का काम उन्हीं का है। क्या अन्दाज है? हँसने-हँसाने की कला बेहद मुश्किल चीज है, साहित्य तक में विरल होती जा रही है और यहाँ यह अज्ञात लेखक सड़क पर साहित्य रच रहा था।

टेंगा से करीब-करीब सटी हुई बस्ती है रूपा, टेंगा छावनी है, तो यह सामान्य बस्ती, रूपा नदी के नाम पर। बस्ती बेहद खूबसूरत है...रूपा के अलावा एक छोटी नदी जैसा नाला है। दोनों जहाँ मिलते हैं वहाँ एक पुराना इंसपैक्शन बंगला है। रूपा के ऊपर बस्ती को जानेवाला एक छोटा सुन्दर आर्मी-ब्रिज है। मुकुन्द एक मंत्री के घर ले गये। छोटी जगहें हैं ये, मंत्री स्थानीय जनजाति के हैं। उनकी बस्ती से निकल जाओ और उनके घर न जाओ...तो उन्हें खराब लगता है। मंत्री जी दौरे पर थे, पत्नी थीं। अपना एक क्राफ्ट सेन्टर चलाती हैं। वे तिबतन हैं, अधेड़ावस्था को छू रही थीं लेकिन चेहरे पर चिकनाई और नमक। स्थानीयता में आधुनिकता की छौंक थी। मोहक व्यक्तित्व। उनका सैन्टर देखा और लौटते में यहाँ ठहरेंगे... यह तसल्ली खुद को देते हुए हम बौमडीला की ओर बढ़ गये।

'बौमडी'...माने बड़ा, 'ला' माने पास। यह बड़ा पास रहा हो, लेकिन चीनी लोग इसे बाई-पास करते निकल गये थे और यह बिना किसी लड़ाई के उनके कब्जे में चला गया था। आजकल बौमडीला वेस्ट कामेंग जिले का हैडक्वार्टर्स है। बौमडीला रूपा से बहुत दूर नहीं है, लेकिन पहुँचते-पहुँचते शाम हो गई थी। टूरिस्ट लौज में ठहरने का था। बौमडीला खासी ऊँचाई पर है, इसलिए ठंड थी। बुखारी लगाई गई। कमरों को गरम करने का

यह एक पुराना स्थानीय तरीका है। बुखारी नीचे बन्द सिगड़ी की तरह होती है, लेकिन धुआँ खिड़की के बाहर निकालने के लिए जो पतली नालियों के जोड़ पर जोड़ रोशनदान तक बिठाए जाते हैं वे इसे कमरे में लगी किसी छोटी-मोटी फैक्टरी का रूप दे देते हैं। आग सीधे-सीधे नहीं तापी जाती, वह अल्यूमीनियम की बन्द सिगड़ी और नलियों के मार्फत पूरे कमरे को गरम रखती है। गरम नलियों के ऊपर लोग गीले कपड़े भी सूखने के लिए फैला देते हैं। बुखारी ने न केवल कमरे को गरम किया, वहाँ रौनक भी लगा दी।

सवेरे पत्नी और मैं पैदल बस्ती की टोह लेने निकले। एक सामान्य हिल-स्टेशन जैसा ही है बौमडीला। धुन्ध थी, वैसे भी कुछ ऐसा है कि यहाँ बादल हमेशा ही बने रहते हैं। यहाँ के हमारे मेजबान बंगाली भट्टाचारजी थे, अरुणाचल में नौकरी करते हुए बीस साल से ऊपर हो गये, लेकिन उनका बंगाली लहजा अब भी बरकरार है। बीस साल ऐसे इलाकों में बिता लेना ही बहुत बड़ी चीज है। घर में लकड़ी का भंडार रखना...इसे वे सबसे बड़ी सुरक्षा मानते हैं। कल उन्होंने बताया था कि यहाँ साल में कभी दस-पंद्रह मिनट के लिए सूरज से मुलाकात हो जाती है वर्ना ऐसा ही बादली मौसम रहता है। हम टूरिस्ट लॉज के पास नीचे बाजार की तरफ जानेवाली सीढ़ियों से उतरे...अपने छोटे-बड़े कामों के लिए तेजी से इधर-उधर जाती एक-दो महिलाएँ। उनकी तेजी और चेहरे पर ताजगी शुद्ध हवा और सर्दी के कारण हैं। मैं सोचने लगा कि, आदमी के बस में तो इतना भी नहीं कि तेजी से चल सके या तरो-ताजा दिख सके। नीचे छोटी-सी बाजार थी, दुकानें खुल गयी थीं...सवेरे से ही। हम एक दुकान में घुस गये। दुकानदार हिंदी समझ सकता था। दूसरी एक दुकान में एक बच्चा दुकान सँभाले था, उसका छोटा भाई दो साल का...बेहद प्यारा! वे हमारी बोली नहीं समझते थे...लेकिन प्यार की भाषा पूरी-पूरी उन नन्हों तक पहुँची। उन्होंने हमारे साथ फोटो भी खिंचाई। एक स्कूल में बच्चे श्रमदान करते दिखे। खेल का खेल, काम का काम। आगे बड़ा मैदान था जो मीटिंगों वगैरह के लिए इस्तेमाल में लाया जाता है। वहाँ स्कूल की लड़कियाँ खेल रही थीं, वे साफ हिंदी बोल सकती थीं। उन्होंने खुद जिद करके हमारे साथ फोटो खिंचवाए,

कहाँ सीढ़ियों से उतरते समय एक अधेड़ा फोटो खिंचाने को मना कर रही थी। लड़कियों का खुलता हुआ जीवन था और अधेड़ा में कुंठाओं की कीच जम चुकी थी। कितना अच्छा हो अगर हम इन लड़कियों की तरह निर्मल और मुक्त मन के रहे आयें ताउम्र, पर जीवन रहने देता है क्या ऐसे?

लघु उद्योगशाला और पास ही बौमडीला का शहरवाला गोम्पा देखा। दलाई लामा जब तिब्बत छोड़कर आये थे, तो यहाँ रुके थे। मेरे मन में चीनी आक्रमण की खुरखुराहट थी ही, तो उस समय के एक व्यक्ति को ढूँढ़ निकाला और उनसे मिलने जा पहुँचा। पेमा वाइजर, उम्र कोई अस्सी वर्ष। तिब्बत में पैदा हुए। जब तिब्बत पर चीनियों का कब्जा हो गया तो वे तवांग चले आये। 1962 का जब हमला हुआ तो वे तवांग में थे, भागे तो हिंदुस्तानी फौज ने ही चीनी मानकर पकड़ लिया। बाद में खैर फिर अपनी नौकरी पर बहाल हुए। अब अपनी पत्नी और बहन के साथ रहते हैं। बहन बीच-बीच में बोलने लगती, वह बहुत बोलना चाहती थी। हमारा दुभाषिया साथी उसे बीच में रोक देता। तब उस महिला के चेहरे पर कैसी छटपटाहट उतर आती। तीनों ने क्या-क्या देखा जीवन में। वह सब जैसे उनकी छोटी-छोटी आँखों में जमा था, उनमें पीड़ा थी, छटपटाहट थी जिसके पार वे टुकुर-टुकुर देखती थीं। उनका छोटा-सा लेकिन साफ-सुथरा घर था और निहायत सादी दिनचर्या...तमाम उठा-पटक के बाद यहाँ आकर टिकती है जिंदगी और तब जो-जो आपके साथ हुआ उसमें अधिकांश कैसा बेमानी लगता है। उन्होंने हमें चाय पिलाई, चाय के साथ भुट्टे के सूखे दाने। चाय बेहद स्वादिष्ट थी, नमकीन चाय, मक्खन, दूध और नमक से बनाते हैं। स्थानीय लोग ऐसी ही चाय पीते हैं यहाँ। घर के अंदर ही शराब बनाने का इंतजाम था, महिलाओं ने मुझे वह भी दिखाया। उन लोगों को हमारा आना बहुत अच्छा लगा था।

बौमडीला से दिरांग के रास्ते हम उस जगह रुके जहाँ से चीनी सैनिक बौमडीला को एक किनारे छोड़ते हुए नाले के किनारे-किनारे नीचे मैदान की ओर चले गये थे। थेम्बांग से चीनी फौज सामने के चंदर प्वाइंट पर आई और वहाँ से 12 कि.मी. दूर बौमडीला की तरफ भ्रम देने के लिए गोलाबारी करती रही। नीचे से फौज की असली टुकड़ी रूपा नदी पर जा निकली थी। '62 में

अखबार में पढ़ा था, आज जैसे सामने दिखाई दे रहा था।

दिरांग कस्बा पहुँचने के लिए दिरांग नदी का साथ मिल जाता है। यहाँ नदियों के नाम से ही बस्तियों के नामों की परम्परा है, जैसे टी.पी., रूपा...तवांग भी नदी का ही नाम है। नदी के लिए शब्द है 'चू'—दिरांग चू, तवांग चू। दिरांग नदी नीचे कहीं कामेंग में मिलती है। हम ऊपर जा रहे थे। दिरांग बस्ती पहुँचने के पहले संगती और दिरांग नदियों का संगम है। पहाड़ों पर जहाँ-तहाँ छोटे-छोटे स्तूपों जैसी सफेद गोल-गोल इमारतें बनी दिखीं। बताया गया कि इन्हें छोड़तिन कहते हैं—ग्रंथों को रखने के लिए होंगे ये छोटे-छोटे पूजास्थल ! एक बौद्ध मित्र ने बताया कि मन का स्वभाव है भटकना...तो हम छोड़तिन की तरफ देखें और मंत्रजाप करें...इसलिए हैं ये। कहीं से भी किसी भी स्थिति में सामने मंदिर प्रतिष्ठापित कर लो। उस जमाने में धर्मप्रचार के लिए लोग पैदल ही चलते थे। एक बार किसी तरफ पहुँच गये तो वापस लौटना मुश्किल। तो यह भी हो सकता है कि बौद्धभिक्षु पीछे आनेवालों के लिए पहचान-चिह्न छोड़ते जाते होंगे। वैसे रास्ता बताने के लिए तो हमेशा से ही नदियाँ थीं...केदारनाथ, बद्रीनाथ, गंगोत्री-यमुनोत्री में भी रास्ता नदी के सहारे-सहारे ही ढूँढ़ा गया होगा, आज भी किनारे-किनारे ही है। वैसे ही यहाँ भी है।

दिरांग बहुत ही सुंदर बस्ती है। पास-पास खड़ी दो हरी पहाड़ियों के बीच सफेद माँग-सी बहती दिरांग नदी। दूधिया धार और दोनों तरफ दिरांग बस्ती के छोटे-छोटे दो हिस्से। नदी पार करने के लिए लकड़ी का एक छोटा-सा पुल। कारवाला बड़ा रास्ता मुख्य सड़क से लम्बा चक्कर लेते हुए है। कुछ महीनों पहले बाढ़ आई थी तो यहाँ का पुराना पुल बह गया। तब से नदी और रेत का मिला-जुला पाट और चौड़ा हो गया है। टूटे हुए पुराने पुल के दो बड़े-बड़े हिस्से रेत पर अब भी पड़े थे। बाढ़ की विभीषिका के दूसरे निशान नहीं थे, जैसे कि बस्ती खुद को झाड़-पोंछकर मुस्कुराती हुई फिर उठ खड़ी हुई थी। दिरांग में देखने के लिए इधर-उधर से दिरांग नदी ही है, लेकिन यहाँ पर रहना ही अपने आपमें एक अनुभव है...पहाड़ियाँ और नदी इतने पास कि जब चाहें उन्हें छू लें, हर पल खूबसूरती के बीच। जिधर देखो आँखें तर हो जाती हैं। यहाँ के आदमी-औरत भी

अरुणाचल के अब तक देखे गये इलाकों में जो थे उनसे ज्यादा खूबसूरत। मैं और पत्नी सीधे नदी के किनारे घूम रहे थे कि लकड़ी के पतले पुल से दो लड़कियाँ आती दिखाई दीं...हमने उन्हें पास बुलाया, फोटो लिए प्रकृति की स्निग्धता जैसे उनमें पोर पोर आ उतरी थी...त्वचा और बालों का चिकनापन देख लो या हँसी में छिपा बैठा माधुर्य। एक सुंदर महिला गैस्ट हाउस के ठीक सामने एक छोटे से घर में थी...बाहर आती तो जैसे उजाले का एक थक्का बाहर फेंक जाती। चली जाती तो उस जगह पर अँधेरा उतर आता। अँधेरा होने के पहले बस्ती में अकेला टहला। मुश्किल से पाँच सौ गज में ही तो फैली है सारी बस्ती, इधर की पहाड़ी के बीच के कटाव से उतरकर नदी, नदी पार कर दूसरी तरफ नई कौलनी...बस। गैस्ट हाउस के बरामदे में बैठ जाओ और सामने की पहाड़ी का सौंदर्य देखते रहो।

दूसरे दिन सुबह चार बजे हम तवांग के लिए रवाना हो गये, क्योंकि सेलापास 10 बजे के आसपास पहुँच जाने को कहा गया था, वर्ना वहाँ बहुत बादल छा जाते हैं और कुछ भी नहीं दिखाई देता। सेलापास के नजदीक आते-आते एक मुकाम ऐसा आया जहाँ हमारे आजू-बाजू सिर्फ बादलों का समुद्र था। बादल नीचे जाते तो पहाड़ की कोई चोटी ऊपर आती चली आती, जैसे डुबकी लगाकर कोई श्यामवर्णा सुंदरी पानी के बाहर आ रही हो। सेलापास भी चीनी आक्रमण के समय मशहूर हुआ था। दो पहाड़ियों के बीच तंग और लम्बा रास्ता ही है सेला पास। जब बर्फ पड़ती है तो पहाड़ियों के बीच लबालब भर जाती है और महीनों रास्ता बंद रहता है। उस मौसम में मुश्किल होता है यहाँ से गुजरना। इसे पार करने के बाद चीनी फौज को कोई लड़ाई ही नहीं लड़नी पड़ी थी, बेशक यहाँ घमासान लड़ाई हुई थी।

सेलापास की सबसे ऊँची सतह पर एक गेट बनाया गया है, एक मंदिर भी है। इस पूरे इलाके में मंदिर भारतीय फौज के आने के बाद जगह-जगह उठ आये हैं। 1962 में फौजी तैयारी नहीं के बराबर थी, अब यहाँ चप्पा-चप्पा पर फौज फैली हुई है। दिरांग से सेलापास जाते हुए एक खूब सुनी बात को आँखों से देखा...कितना कठिन है फौजी का जीवन! इस ऊँचाई पर

रहना ही एक बड़ी तपस्या है।

सेलापास के गेट के कोई सौ गज आगे हम गाड़ी से बाहर आये। सूखे दिन भी बर्फीली पैनी-पैनी हवा। सामने पानी का एक कुंड था, बाद में पता चला कि वह दरअसल नूरोनांग नदी का उद्‌गम स्थल था जो अब हमारे साथ आगे चलनेवाली थी। आगे थोड़ी दूर तक रास्ता ढालू था, कार सरपट घाटी में आ गई लेकिन नूरोनांग जाने कहाँ से भटकती हुई सोते की एक पतली लकीर की तरह सामने की पहाड़ी से नीचे उतरती हुई दिखाई दी। सेलापास में दो पहाड़ियों के बीच का रास्ता जहाँ से शुरू होता है वहाँ एक छोटा-सा पुल और फौज की एक बहुत छोटी-सी टुकड़ी का अड्डा है। यहाँ हमें लेने मुकुन्द के एक सहकर्मी आ गये थे...एकदम चीनी नाकनक्श, चश्मे के पार से मुस्कान खुद को बुद्धिमान बताती हुई। पुल पर हम कुछ देर ठहरे। चारों तरफ गीली पहाड़ियाँ...एकदम पास वे बौनी थीं क्योंकि बर्फ पिघलकर बह चुकी थी, अब जैसे पहाड़ियाँ ही रिस रही थीं। सामने की ऐसी ही एक पहाड़ी से नीचे उतरती हुई नूरोनांग। अब नूरोनांग के बगल से रास्ता था जो झरने से धीरे-धीरे नदी बनती चली जाती है। दोनों तरफ की पहाड़ियों में वृक्षों के अनगिनत ठूँठ थे, जिससे अंदाजा लगता है किस बेरहमी से यहाँ के जंगल काटे गये हैं...इस ऊँचाई पर भी! बौने पहाड़ों पर तरह-तरह की रंगबिरंगी घास थी, जिसमें एक घास तो बहुत ही खूबसूरत थी, नाम बताया गया केमसंग...हल्के लाल और काले के मिले-जुले रंग की। कहते हैं अगरबत्ती बनाने के काम आती है। रास्ते में ताजा पानी में ट्राऊट मछली पालन-केन्द्र देखने के लिए रुके। जहाँ सेलापास खत्म होता है, वहाँ जसवंतसिंह रावत का स्मारक बना हुआ है। रावत गढ़वाल राइफल्स के थे और 11 नवम्बर, 1962 को चीनी फौज को रोकने की कोशिश में उन्होंने अपनी आहुति दी थी। स्मारकवाली पहाड़ी पर ही उस समय के बैरक्स हैं जिनके कवच से गोलियों की बौछार झेली गई होगी...मैं एक-दो बैरक्स में घुसा। जंग के उन एक-दो दिनों में उस पहाड़ी पर कैसी जान-मान-शान की पड़ी होगी। आज यह हम जैसे आरामतलबों को देखने के लिए एक आम पहाड़ी जैसी पड़ी थी। बैरक्स में घूमते हुए और स्मारक को देखते हुए मुझे हल्का रोमांच हो आया।

अच्छा हुआ कि जसवंतसिंह का स्मारक यहीं, मौके-ए-वारदात पर ही बनाया गया। वह एक मूल्य का बोध कराता है।

सामने बूमला चीन की तरफ की पर्वतश्रेणि थी। बादल छँटते तो हिमालय की एक बर्फीली चोटी चमक में चिलचिलाने लगती। तवांग की तरफ की श्रेणि का नाम गेशीला है। सड़कों के आस-पास चरते हुए यौक दिखाई दिये जिन्हें अब तक मैंने किताबों में ही देखा था। उसी ऊँचाई से सामने की एक पहाड़ी पर चिपकी दिखाई दी तवांग की बस्ती, जैसे किसी चित्र में हरी पहाड़ी बनाकर मकानों के सफेद-सफेद धब्बे रख दिये गये हों। यह वह पहाड़ी है जो बायीं तरफ भूटान को छूती है।

जांग बस्ती के इंसपैक्शन बंगले में छोटी-मोटी भीड़ थी—दो दिनों बाद किसी पर्वतारोहण दल की चढ़ाई का उद्घाटन था। स्थानीय एम.पी. तवांग से आये थे, मारुति जिप्सी पर लगा हुआ बोर्ड 'संसद-सदस्य'...जैसे कलक्टर या एस.पी. का होता है। जो बिरादरी अंग्रेजों की अफसरशाही के विरोध से शुरू हुई थी...आज खुद अंफसरशाह हो गयी। इंसपैक्शन बंगले की भीड़-भाड़ और आवाजाही को कौतुक से देख रही थी नीचे की सड़क पर चलती जनता। जांग बस्ती को छोड़कर जब हम नीचे घाटी के रास्ते के लिए उतरते हैं तो तवांग नदी मिलती है। नदी की बराबरी पर पहुँचने के पहले, रास्ते से थोड़ा हटकर एक बड़ा और सुंदर 'फाल' है, खासी ऊँचाई से तवांग में गिरता एक बहुत बड़ा झरना...सजा दिया जाय तो नायगरा फाल जैसा लगेगा। पहले तो मैं यही समझा कि यह नूरोनांग का ही मिलन-स्थल है, पर पता चला नूरोनांग तो जसवंतसिंह रावत स्मारक से ही तवांग की तरफ चली जाती है। पैदल चलकर हम ऊँचाई के उस छोर तक गये जहाँ से 'फाल' एकदम सामने दिखता है...मोटी दूधिया धार खासा नीचे गिरती और सफेद धुआँ छोड़ती हुई। सफेदी नीचे तवांग की हरी धार में मिलती हुई। ऐसा भव्य दृश्य कि हटने का मन ही न करता था।

आगे रास्ते में जगह-जगह एन सड़क के किनारे भुट्टे के दाने सूखने को पड़े हुए थे। ज्यों-ज्यों तवांग पास आता गया तो सड़क पर गेहूँ की बालें जैसी बिछी हुई दिखीं। यहाँ का कोई स्थानीय भोज्य, जिसे खेत से काटकर सीधा सड़क पर बिछा देते हैं, वह एक साथ सूखता और कूटा

जाता रहता है। राई जैसा दाना होता है तो गुजरती गाड़ियाँ उसे पीस नहीं पातीं। कहीं-कहीं आधे-आधे फर्लांग तक कारें इन बालों पर चलती हैं। किनारे से आदमी और औरत-बच्चे कौतूहल और खुशी से देखते रहते हैं।

कुछ दूर तक रास्ता तवांग के साथ-साथ चलता है, फिर तवांग चू तवांग बस्ती की ओर जाते समय नीचे छूट जाती है। मुझे बताया गया कि वह भूटान से होकर सिलीगुड़ी में निकलती है, और मेरा सिलीगुड़ी में जाकर इस नदी से फिर मुलाकात करने का मन हो आया। एक सपना पल आया...देखिए कब पूरा होता है। कहाँ तक...कब तक पीछा कर सकोगे इन नदियों का बड़े भाई! इस यात्रा में भी तो वे छूटती ही चली गयीं...कामेंग, दिरांग फिर नूरोनांग...वैसे ही अब तवांग भी। हर सुन्दर चीज जीवन में यों ही मिलती है, खुनक पैदा करती कुछ देर साथ चलती है और फिर छूट जाती है।

तवांग पहुँचकर सर्किट हाउस में जाकर जमने के पहले एक ऊँची पहाड़ी से हमने कस्बे का जायजा लिया—चारों तरफ पहाड़ियाँ और इनमें से ही एक पर सिर टिकाये पड़ी है तवांग बस्ती। बस्ती में अब भी अलग दीखती है मोनेस्ट्री...जो यहाँ की सबसे पुरानी इमारत है। अगर हर बस्ती का व्यक्तित्व किसी एक इमारत से बनता है तो तवांग का इस मोनेस्ट्री से जिसे स्थानीय लोग 'गोम्पा' ही कहते हैं। सर्किट हाउस काफी ऊँचाई पर है और फिलहाल मुख्यमंत्री के आने की तैयारी में था। किसी तरह हमारे लिए दो कमरे कर दिये गये। शाम को हम नीचे उतर बस्ती का एक चक्कर मार आये। छोटी-सी तो बस्ती है। मुख्य सड़क बाजारवाली ही है, वहीं चौराहे पर एक छोटा गोम्पा है। रात तक मुकुन्द और मेरी पत्नी की तबीयत खराब हो गई...सर्दी खा गये और शायद तवांग की ऊँचाई की वजह से यहाँ ऑक्सीजन की भी कमी होगी। दूसरे दिन मैं सूर्योदय के पहले ही उठ गया। नीचे तवांग की पूरी बस्ती जैसे थाली में सजी रखी थी। ओस में नहाए अलग-अलग घर, जैसे मूर्तियाँ नहलाने के बाद सजाकर रख दी गयी हों। बन्द घर, कहीं कोई आवाज नहीं, कोई हलचल नहीं। चारों तरफ पहाड़ियाँ-छंगला, सेला, गेशीला और जाने कौन-कौन...शान्त

खड़ी कब्र से ये मनुष्य जाति के खेलकूद देख रही हैं...कभी कोई मोनेस्ट्री खड़ा करते हैं, कभी दलाईलामा भागते हैं, कभी चीनी आते हैं, बन्दूकों की आवाज करते हुए, फिर चले जाते हैं...मंत्री-अफसर-विधायक दौड़ते फिरते हैं और कभी मुझ जैसे नाचीज भी कुछ नहीं तो सिर्फ अपने फेफड़ों में हवा भरने चले आते हैं। पहाड़ियाँ कुछ नहीं कहतीं, सिर्फ खड़ी रहती हैं, लेकिन इनका मौन कहता है कि देखो समय की धूल कैसे मनुष्य की चेष्टाओं को व्यर्थ सिद्ध करती है...देखो।

गेशीला पहाड़ी पर से सूरज निकला...चिलकते हुए काँच-सा और पीली-पीली धूप ने सबसे पहले मोनेस्ट्री को छुआ। क्या जगह चुनी मोनेस्ट्री स्थापित करने वालों ने। वहाँ रहनेवाले सीधा उस दिशा की ओर देखें जहाँ से सूरज निकलता है...और सूरज क्या होता है यह तवांग जैसी जगहों पर ही समझा जा सकता है।

मुकुन्द और मेरी धर्मपत्नी अब भी बीमार थे, सर्किट हाउस में ही आराम करते रहे। मैं एक स्थानीय व्यक्ति को साथ लेकर मोनेस्ट्री देखने पहुँचा...भीतर वही ललक जैसे कोई ज्ञानपिपासु आश्रम को जाता है...क्या पिछले किसी जन्म में मैं कोई लामा था?

1643 से 1649 के बीच बनी मोनेस्ट्री संभवतः भारत में सबसे पुरानी मोनेस्ट्री है, तिब्बत की पुरानी मोनेस्ट्रियों में से भी एक होगी। यहाँ 500 लामाओं के रहने की जगह है। 2700 मीटर्स की ऊँचाई पर यह उस जगह पर बनायी गयी हैं जहाँ तिब्बत, भूटान और पश्चिम कामेंग को जाने के रास्ते मिलते हैं। बौद्ध धर्म के प्रसार की दृष्टि से यह कितनी उपयुक्त जगह बनायी गयी। दूर से जो सिर्फ एक इमारत दीखती है, वह दरअसल छोटी-छोटी गलियों से भरी एक पूरी की पूरी बस्ती है। तवांग के माने हैं ता (घोड़ा), वांग (आशीर्वाद) घोड़े का आशीर्वाद। मेरा नाम के लामा ने यह मोनेस्ट्री उस जगह बनवायी थी जहाँ उसका घोड़ा अप्रत्याशित रूप से आ निकला और ठहर गया था।

सीढ़ियों से ऊपर जाते हुए एक तरफ स्कूल जैसा दिखा। हम उसमें घुस गये। बच्चों को प्रारम्भिक शिक्षा देने के लिए स्कूल...अपने आप में पूरा स्कूल, छोटे दर्जे से आठवें दर्जे तक, लेकिन कमरे अँधेरे और गरीबी

की सीलन भरे। छोटे-बड़े बच्चे लामावाली लाल पोशाक में थे। स्कूल में छोटे बच्चों की आवाजें थोड़ी बहुत चहक उपजाती थी लेकिन कुल मिलाकर सब कुछ उदास-उदास था वहाँ। मुझे इन बच्चों के नसीब पर दया आयी। कहते हैं बौद्ध धर्म को माननेवालों में जिनके यहाँ भी तीन लड़के हुए वह बीचवाले को धर्म की शिक्षा के लिए मोनेस्ट्री को दान कर देता है। ये ही वे बच्चे थे। उनके मासूम चेहरों पर हल्की छाया थी उस एकरसता की जो भविष्य उनके लिए लायेगा। उनसे वह स्वतंत्रता छीन ली गई जो हर जीव की होती है, जिससे वह अपने जीवन को जैसे चाहे बिताने के लिए स्वतंत्र होता है। मुझे लगा उनके जीवन को एक खास दिशा दी जा रही थी...जबरदस्ती। हर धर्म, थोड़ा झाँककर देखो तानाशाह नजर आता है, बौद्ध जैसा शान्तिप्रिय धर्म भी।

स्कूल से हमारे साथ एक लामा हो लिये...बच्चों को पढ़ानेवालों में एक। प्रांगण में काम चल रहा था। प्रार्थना भवन का गेट जिसे काकालिंग कहते हैं, जो लकड़ियों का था उसकी जगह अब सीमेन्ट का एक ढाँचा खड़ा किया जा रहा था...विशाल लेकिन प्राचीनता की जो खुशबू लकड़ियोंवाले गेट में थी वह इसमें कहाँ होगी। पुराने गेट के बड़े-बड़े हिस्से निकालकर एक किनारे रखे हुए थे...मैं उन्हें ही देख सकता था। शायद वैसी ही डिजायन नये गेट में ला भी दी जाये, लेकिन वह पुराना तो नहीं हुआ न। प्रांगण में एक बहुत ऊँचा लकड़ी का स्तम्भ था जिससे मोनेस्ट्री का झंडा दूर-दूर दिखाई देता है। स्तम्भ दस-बारह साल में बदलने का चलन था। यह पहले संभव था क्योंकि पेड़ थे...अब तो इधर के पेड़ों को भी सफाचट्ट कर दिया गया है (दिरांग की बाढ़ यों ही नहीं आयी थी !)...कहाँ मिलेगा इतना ऊँचा एक भी पेड़ जिससे यह स्तम्भ बदला जा सके। जल्दी ही यहाँ लौहस्तम्भ खड़ा करना होगा। प्रांगण में ही एक कमरे में बहुत पुरानी मूर्तियाँ रखी थीं, एक में बुद्ध की विशाल प्रतिमा जिसे हॉल में मुख्य स्थान पर लाया जायेगा और एक कमरे में घूमते हुए धर्मचक्र रखे थे। एक तरफ गेहूँ आदि का भंडार था। मोनेस्ट्री का सबसे सुन्दर हिस्सा पुस्तकालय लगा। ऊपर की मंजिल पर पुराना और साबुत उजला-उजला-सा छोटा हॉल। पाँच सौ से ऊपर पांडुलिपियाँ हैं, और सबसे पुरानी तीन सौ तीस साल पहले

की। खोलकर दिखाते नहीं हैं...काँच के पार वे बँधी, बेहद करीने से रखी हुई दीखती हैं। एक किनारे कुछ नये लामा वेदोच्चारण जैसे तरीकों से याद कर रहे थे। हमारे यहाँ पुराने शास्त्रों की परम्परा... संस्कृत से जुड़ी परम्परा को बचाये रखने की जो जद्दोजहद है, वहीं मुझे यहाँ भी दिखाई दी। आधुनिकता की चली आती बाढ़ के सामने परम्परा को बचाये रखने की ये कोशिशें कैसी निरीह-सी दिखती हैं। पुस्तकालयवाली इमारत मोनेस्ट्री का पिछवाड़ा है, जिसके पार नीचे की तरफ गहरी खाई है। कभी पानी नीचे खाई से लाया जाता था, अब ऊपर ही इन्तजाम हो गया है। यहीं खड़े दिखे दो पुराने एक-से पेड़, बोलते हुए से। मैंने पूछा तो लामा ने बताया कि वे नब्बे वर्ष पुराने हैं, तवांग के राजा कलवंप और उनकी रानी खड्डुदवासांभो ने लगवाये थे। मैं उन पेड़ों को छूकर उन राजा-रानी की संवेदना को छूता रहा...इतने वर्षों बाद! हमारे बच्चे तो वंश भर बढ़ाते हैं, कभी-कभी हमारे खून, संस्कारों को बाद की पीढ़ी में ले जाते हुए दिख सकते हैं, लेकिन वृक्ष और पुस्तकें ही हैं जो हमारी संवेदनाओं का वहन करती हैं...एक पीढ़ी से दूसरी पीढ़ी तक...यहाँ तक कि सैकड़ों वर्षों बाद वाली पीढ़ी तक।

वापस आने के पहले मैं थोड़ा उन गलियों में घूमा जहाँ लामाओं के घर थे। एक घर के अन्दर भी गया। नीचे बैठकी जैसी...लकड़ी का जीना, ऊपर रसोई, सोने की जगह आदि। कहीं कोई फर्नीचर नहीं, सब कुछ सपाट...बेरंग, अनाकर्षक। नीची सीलिंग, अँधेरा और सीलन, गरीबी के चिह्न भी। कुल मिलाकर उदासी का माहौल। रिम्पोशे (जो लामाओं के मुख्य हैं) उनका घर थोड़ा बेहतर होगा...पर ये लोग जो सीधे-सीधे धर्म-प्रचार में लगे हैं, प्रचारकों को तैयार करते हैं...उनका अन्तःकरण क्या बनता होगा ऐसी जगहों में रहकर। धर्म उज्वलता का भास न कराये तो फिर धर्म क्या हुआ।

थोड़ा भारी मन लिये नीचे आया...लामाओं के वे सीलन-भरे घर, उनमें रहते बालक जिन्हें जबर्दस्ती ही धर्म-प्रचारक के काम के लिए चुन लिया जाता है और फिर ऐसी कंडीशनिंग की जाती है कि वे, और कुछ करने के लायक ही न रहें। शायद धर्म-प्रचार का जो काम है वह इसी तरह

किया जा सकता है...कठमुल्ला बनाकर ही, चाहे वह फिर कोई धर्म या विचारधारा हो।

दूसरी तरफ से आकर फिर मुख्य गेट पर खड़ा हुआ और मोनेस्ट्री की जड़ से आखिरी निगाह उस पर डाली—'दूर से ही खूबसूरत दीखती हो तुम।' मेरे साथी ने बताया कि सामने की पहाड़ी पर एक दूसरी मोनेस्ट्री है—'अग्निगोम्पा', महिला लामाओं के लिए। वह जगह दुर्गम है। वैसे भी देखने के लिए बहुत उत्साह नहीं था मुझमें।

शाम को क्राफ्ट सैन्टर में स्थानीय चीजों को बनते देखा। ये सैन्टर एक महत्त्वपूर्ण काम कर रहे हैं...गाँव के लड़के-लड़कियों को 'स्टाइपेन्ड' देकर उन्हें किसी खास कारीगरी में निपुण किया जाता है ताकि वे आत्मनिर्भर हो सकें। उनके द्वारा बनाया सामान सैन्टर द्वारा बेचा जाता है...लकड़ी, कपड़ा, ऊन आदि के सामान जैसे छोटे-बड़े गलीचे। रात को उसी सैन्टर के लोगों का छोटा-सा सांस्कृतिक कार्यक्रम था। उनके अपने नाच-गाने। प्रोफेशनल फिनिश नहीं थी, लेकिन अनगढ़ता का भी अपना माधुर्य होता है। मजेदार बात यह कि भारत का यह सुदूर कोना...और यहाँ करीब-करीब सब हिन्दी जानते थे। अपने नाच-गाने में उन्होंने हमें शामिल किया तो लगा कि भूगोल की दूरियाँ दरअसल दूरियाँ होती ही नहीं। क्या था जो उन्हें यह महसूस कराता था कि हम उनके ही हैं...मेरा खयाल है, जानवरवाली गंध, आदिम गंध जो पहचान लेती है कि यह मेरा अहित चाहता है या कि हितैषी है।

अगले दिन हमें वापस होना था। सवेरे से ही कल के कार्यक्रमवाले लड़के-लड़कियाँ सर्किट हाउस में इकट्ठे हो गये थे। कई की आँखों में आँसू थे...प्रकृति के पास रहनेवाले लोगों की भावनाएँ किस तरह बेरोकटोक प्रकट हो लेती हैं, जब कि शहरी व्यक्ति छिपाने, रोक-रोककर प्रकट करने के सभ्य तरीके सीख चुका होता है।

लौटना उसी रास्ते से हुआ। रात रूपा में बिताई। अगले सवेरे गैस्ट हाउस के बाहर बस्ती तक टहलने निकले तो सामने की पहाड़ी पर चिपका, बादलों में छिपता बाहर आता दिखाई दिया—बौमडीला। वैसे सुन्दरता के क्रम में दिरांग और तवांग के बाद रूपा ही है...उजली साफ-सुथरी बस्ती।

बहुत जाड़ा नहीं है तो आरामदेह भी है। रूपा और नाले जैसी एक नदी जिसके किनारे-किनारे हमारा रैस्ट हाउस था...इनकी सफेद धार और कलकल आवाज से बस्ती दिन-भर चहक भरी रहती है। तवांग के उदास वातावरण के बाद यहाँ की गुनगुनी धूप और नदी-नाले का कलकल संगीत बहुत अच्छा लगा। अगले दिन लौटते हुए बारिश मिली और एक जगह हमें रुक जाना पड़ा। यहाँ कहीं रुके तो घंटों फँसे रह सकते हो...आगे भूस्खलन का अंदेशा था, इसलिए गाड़ियाँ इसी तरफ रुक रही थीं। छाता लगाकर हम लोग मुआयना करने निकले तो जहाँ खतरा था वहाँ कुछ नहीं दिखा...सिवा इसके कि कभी-कभार बरसात के साथ मिट्टी के कुछ कंकड़ नीचे सड़क पर चले जाते थे। दत्तो देखकर वापस गया और बिना किसी से पूछे फटाक से अपनी गाड़ी पार ले गया। देखादेखी कई हल्की गाड़ियाँ भी निकल गयीं, हल्की कंकड़-पत्थरों की बरसात झेलते हुए। कार इधर आ जाने पर हम निश्चिंत थे और इत्मीनान से इधर-उधर का नजारा ले रहे थे, बरसात भी थोड़ी धीमी हो गई थी...कि एकाएक सीटी बजी और लोगों में भगदड़-सी मच गयी, ऊपर पहाड़ का हिस्सा किसी भी क्षण नीचे आ सकता था। घबराहट में हम भी कार की तरफ भागे...पता नहीं कौन हिस्सा कहाँ से गिरे और किन्हें दबा डाले। इस मामले में मिट्टी के पहाड़ काफी भयानक हैं...एक तो ये मिट्टी के, ऊपर से बरसात जो हमेशा होती रहती है, तिस पर उन पेड़ों की कटाई जो पहाड़ों को जमीन से चिपकाये रख सकते हैं। पहाड़ के नीचे दबकर जीवन-लीला की इति का जो भय कुछ क्षणों के लिए उगा उसने वहाँ सबको बदहवास-सा कर दिया। सब भाग रहे थे...किसी भी तरफ कुछ तो उसी तरफ, जहाँ अब कंकड़ों के साथ-साथ पत्थरों की बारिश शुरू हो गयी थी...सीटी बजानेवाला उन्हें दूसरी तरफ ढकेलता। कुछ क्षणों के लिए बदहवासी और भगदड़ का समाँ था वहाँ। हम मौत के मुँह में थे। कार के पास आकर, कार के नीचे दुबके...पर धीरे-धीरे सब शान्त हो गया। कंकड़-पत्थर की बारिश, पानी की बारिश भी बन्द हो गयी। हम अपने रास्ते बढ़ चले।

बालीपारा से हम सीधा ईटानगर निकल गये। रास्ता मैदानी और सीधा है पर सड़क बेहद ऊँची-नीची। रात दस बजे ईटानगर पहुँचे।

पहले अरुणाचल की राजधानी नीचे की बस्ती नहारलागुन थी, बाद में कोई दसेक किलोमीटर ऊपर की पहाड़ी पर ईटानगर बसाया गया। ईटानगर चंडीगढ़, गाँधीनगर का ही एक छोटा रूप है। पहाड़ी पर है तो हिलस्टेशन लगता है। ईटा फोर्ट, गवर्नर का मकान, पार्क...एक पहाड़ी के ऊपर मुख्यमंत्री का मकान...ये ही देखने की चीजें हैं। एक स्थान सोलुंग और मोपिन उत्सवों के लिए बनाया गया है। इन त्योहारों पर एक विशेष जनजाति के लोग मिथुन काटते और साथ खाते हैं। अरुणाचल की यह सबसे खराब चीज लगी मुझे। मिथुन...सुन्दर बैल जैसा जानवर, पहले एक परिवार उसे बड़े प्यार से पालता है, फिर घंटी बाँधकर मुक्त छोड़ देगा जंगलों में। ऐसा कुछ खाना शायद नमक देता रहेगा कि वह बराबर आता रहे, घर से बँधा रहे...और फिर एक दिन उत्सव मनाते हुए बलि देना, काटकर मिलजुलकर खाना। यह बलि है या कि सहभोज या कि अपनी रईसियत दिखाना...समझ में नहीं आता, लेकिन क्रूरता तो साफ है। अगर इसके पीछे अपने प्रिय को त्यागने, मन में वैराग्य पैदा करने की बात है तो वह मिथुन को दूसरे को दान कर देने से भी पूरी हो जाती। सालों से चली आ रही एक जनजाति की यह परम्परा एक समय महाभोज के रूप में प्रचलित रही होगी। आज उसे सिर्फ इसलिए जीवित रखा जा रहा है कि उस जनजाति से जुड़ा रहता है, वह भी इसलिए कि उसके राजनैतिक फायदे हैं। वह जुड़ा होना दिखाने के लिए ऐसी घृणित परम्पराओं पर गर्व भी करना है।

ईटानगर से लौटते हुए दोईमुख गाँव के पास अरुणाचल विश्वविद्यालय की एक झलक देखी। यहाँ डिकरौंग नदी पर एक सुन्दर पैदल-पुल बना हुआ है। विश्वविद्यालय नदी के पार है। नदी जैसे मोड़ लेती हुई थोड़ी दूर तक साथ चलती है, वह दृश्य मनमोहक है। मुझे क्यों नदियों से ऐसा संवेदनात्मक लगाव हो जाता है...सभी को होता होगा। जहाँ ये हैं, पेड़ हैं, वनसम्पदा हैं...वहीं तो सौन्दर्य है।

इस बार तेजपुर कस्बे से होकर वापस गुआहाटी आये। जैसा सोचा था, तेजपुर मात्र एक बड़ा कस्बा निकला। देखने को बाजार और सड़कों के अलावा कुछ नहीं।

एक सपना जैसा जिया पिछले हफ्ते। एक दूसरा संसार था भालुकपोंग के आगे। इस प्रदेश को छिपा हुआ भूखंड कहते थे, वह उपयुक्त ही था क्योंकि आज भी यह प्रदेश अवगुंठनवती नारी की तरह सिर्फ थोड़ा-थोड़ा झलकता है...बाकी हरी-हरी बादलों-भरी गीली, धसकती पहाड़ियों की करवटों में छिपा रहता है। लौटा हूँ तो आँखों में पहाड़ दर पहाड़ लहरियों में बिछी हरीतिमा है, और कानों में इधर-उधर कहीं से भी निकलते, कहीं को जाते छोटे-बड़े झरनों की तरह-तरह की आवाजें हैं...चूरा-चूरा संगीत। शायद गये समय में ऐसे ही लोक को गंधर्व लोक कहते थे।

रावी से मुलाकात

अपने ढंग की एक छटपटाहट थी भीतर, काफी समय से। छटपटाहट जिसमें उद्विग्नता नहीं, विषाद नहीं, खिन्नता भी नहीं...एक तरह की उबास...अपने से, अपने वातावरण से और जो भी मैं कर रहा था उससे। जैसे एक छोटा-सा चक्कर है जिसमें मैं वही-वही, वैसी ही चीजें करता घूम रहा हूँ...कब से वही माहौल, वही वातावरण...जरा भी कहीं कोई नयापन नहीं। छटपटाहट का पीछा करते-करते मैं उस बिन्दु तक पहुँच गया जहाँ मुझे एकाएक लगा कि मैंने कब से कोई नयी जगह नहीं देखी है, नयी जगह के लिए यात्रा नहीं की है। जो यात्राएँ करता रहा हूँ, उसकी भी शायद एक तरह की आदत बन जाती है...सिगरेट, शराब की तरह ही। कुछ समय बाद वह चाहिए—वही झोला लटकाकर, एक अटैची लेकर चल देना, उस तरफ जिधर तुम पहले नहीं गये थे।

इसलिए आयकर विभाग के नौजवान अफसरों के साथ एक ट्रैकिंग पर जाने का निमंत्रण हाथ आया तो मैंने फट से लपक लिया। जिधर जाने का था वह इलाका देखने को मैं कब से सोचता भी रहा था—डलहौजी, खजिहार, चम्बा, भरमौर। आयकर विभाग...जैसे कि किसी भी सरकारी विभाग में काम करनेवाले लोग सूखे नहीं तो सीमित संवेदनशीलता के तो होते ही हैं...या कहिए कि उनकी संवेदनशीलता कुछ ज्यादा ही तेजी से सूखती है। सीमित दायरे का सोच, वैसा ही उठना-बैठना...उनके तौर-तरीके तक घिसे-पिटे से निकल आते हैं तब भी जब वे यात्रा पर बाहर निकलते हैं...इसलिए जहाँ तक हो सके मैं इस जमात से बचता हूँ। घूमने के लिए वैसे भी अपने साथ के अलावा कोई दूसरा साथ मुझे

रास नहीं आता, पर इस समय—अरुणांचल के आम मुहावरे में कहें—'कोई उपाय नहीं था।' मुझे नयी जगहों से मुलाकात (गुजराती मुहावरा!) के लिए निकलना था—असली मकसद यह था तो अपने लिए लोगों से यह शर्त ले ली कि वे गाहे-बगाहे मुझे अकेला भी छोड़ देंगे।...ट्रैकिंग—जो, मेरे खयाल से यात्रा का गहन तो नहीं पर बेशक ज्यादा 'प्रोफेशनल' तरीका है—यह भी मेरे लिए एक नया अनुभव होगा...मैंने सोचा। अभी तो अपने ढंग से ही यात्रा करता रहता हूँ...मुँह उठाया और चल दिये। चलो देखते हैं...यह भी पता लग जायेगा कि अब पैदल चलने का माद्दा कितना बचा है!

ट्रैकिंग पार्टी को मैंने पठानकोट से पकड़ा। पठानकोट शहर से कोई दसेक किलोमीटर दूर रावी नदी पर एक गैस्ट हाउस बना है...ऊपर रावी नदी पर बाँध है और छोड़ी जाती रावी जो नीचे आती है, उसी के ऊपर यह गैस्ट हाउस है। रावी नदी का विहंगम दृश्य...भीतर पुलक थी, रावी से पहली मुलाकात की। जी हाँ, अब तक रावी नहीं देखी। मुगालता है कि बहुत घूमे-फिरे हैं। और किसी क्षेत्र में घमंड फिर भी थोड़ा बहुत टिकने की गुंजाइश है, यात्रा के मामले में तो दो मिनट में पंचर हो जाता है, हवा सू से बाहर। छोटी-सी जिन्दगी, उसमें भी कितना कम समय आप निकाल पाते हैं...कितना देख सकेंगे आप! हाँ सतलज देखी, व्यास की बराबरी से तो रोहतांग पास तक गया, झेलम भी, चिनाब...छोटी-सी मुलाकात हुई है...कहाँ, याद नहीं पड़ता...पर रावी से तो नहीं ही मिला, आधी जिंदगी बीत गयी। कैसा लगता है किसी नदी से पहले-पहले मिलना, बिल्कुल किसी खूबसूरत लड़की से पहली मुलाकात जैसा...कितनी मिठास, ऊपर हल्की झेंप और फिर कशिश...पास सटने की। गैस्ट हाउस की पहाड़ी पर से ही देखता रहा—दूर पहाड़ियों के बीच से आती धारा, थोड़ा चलकर एक मोड़ लेती हुई, फिर इधर मैदान में फैलती हुई, एकदम सामने दो धाराओं में विभक्त होकर बीच में एक द्वीप बनाती हुई...पहले दर्शन में ही मैं मुग्ध। रावी नीचे बुलाती रही...धूप थी और रावी बहुत नीचे, तो सटना आगे की यात्रा के लिए मुल्तवी करना पड़ा...चलो, कशिश को थोड़ा और गहराने दो।

अपराह्न निकले और अँधेरा होत-होते डलहौजी। वह जगह जिसका

नाम ही मन में रोमांस पैदा करता था...कोई बेहद शान्त और खूबसूरत जगह होगी, अवगुंठनवती नारी-सी, अकलुषित...क्योंकि उधर बहुत पर्यटक जाते सुने नहीं जाते थे। वे अनगिनत लड़ाइयाँ जिनमें लार्ड डलहौजी अपने भारत-प्रवास के दौरान खपा...उसने अपनी थकान मिटाने के लिए, अपने गिरते स्वास्थ्य को सँभालने के लिए यह एकान्त जगह ढूँढी थी। डलहौजी तो उसी रास्ते चला गया जिस रास्ते व्यक्ति जाते हैं...धीर-धीरे घिसना और फिर खत्म हो जाना, पर अपनी यह अनुपम खोज वह बाद के लोगों के लिए छोड़ गया। अंग्रेज लोग या अंग्रेज इतिहासकार डलहौजी की प्राप्तियाँ कुछ और आँकते रहें, मेरे लिए मानवता को उसकी सबसे बड़ी देन इस जगह की खोज है जिसे इत्तफाक से अब भी डलहौजी कहते हैं। स्वतंत्र भारत में इसका नामकरण बदला नहीं गया...ताज्जुब है। बदला नहीं जाना चाहिए क्योंकि कौमी नफरत इस बात को कैसे अनदेखा कर सकती है कि डलहौजी को नक्शे पर लानेवाला डलहौजी ही था।

शाम स्वेटर कन्धे पर डाल, आम हिल स्टेशनवाले अन्दाज में खरामा-खरामा जब मैं गाँधी चौक पहुँचा तो मेरा सारा रोमांस छू से उड़ गया। गाँधी चौक क्या दिल्ली की चाँदनी चौक थी...जरा-सा चौराहा और हजारों लोग चेंचें करते हुए। तमाम तरह के शोर उठ रहे थे। या अल्लाह ! मैदान से ये लोग पहाड़ों की शान्ति भीतर उतारने यहाँ आते हैं, या मैदान का शोर नीचे से ऊपर लाने। आज की पीढ़ी कितनी असभ्य और फूहड़ है...यह देखना हो तो इन पर्यटकों को देखिए, जिनके पास धन तो आ गया है पर शिक्षा (सही माने में) और संस्कार नहीं हैं। इन बेचारों को पता ही नहीं कि अपने समय का, धन का क्या करें। क्या कहाँ पाना है—यह सोचने का उनमें न धैर्य है, न कूवत। चलो पहाड़, ले चलो म्यूजिक सिस्टम और खाओ, बक-बक करो और नाचो। गाँधी चौक की छोटी-मोटी बाजार के पास चिपके और शोर मचाते लोग। मैं पस्त होकर जल्दी ही लौट गया...इससे तो अच्छा होटल का कमरा...पर वहाँ भी अगल-बगल के कमरों से उठता टी.वी. का शोर। कुछ हो, शान्ति एक विरल चीज होती जा रही है अब। लोग म्यूजिक सिस्टम, टी.वी., ए.सी., इनको लिए-लिए चलने के अभ्यस्त हैं, पहाड़ में भी वही चाहिए। वह चुपचाप दरख्तों के नीचे

टहलना...हवा को पीना, चिड़ियों की महीन आवाज सुनना, उसके पीछे-पीछे चिड़ियों को ढूँढ़ना...इन चीजों का सुख हमारी नयी पीढ़ी जानती ही नहीं।

120 वर्ष पुरानी बस्ती डलहौजी पाँच छोटी-छोटी पहाड़ियों पर बसी है। पहाड़ियों पर चीड़ और देवदार और दूसरे दरख्तों का घनाव अब भी है। हिमालय की श्रेणि धौलाधर श्रेणि की नीचे की पहाड़ियाँ हैं ये। डलहौजी अंग्रेजी अंक 8 की तरह पड़ी है, जिसका बीच का बिन्दु है सुभाष चौक। एक घंटे में आराम से पूरा का पूरा घूम लीजिए।

अगली सुबह सूर्योदय देखा, खिड़की से नीचे फैली घाटी का दृश्य देखता रहा और फिर डलहौजी की 108 वाली फिगर को नापने निकल गया। रात को शोर मचानेवाले पर्यटक इस वक्त सोये पड़े होंगे। वृक्षों के नीचे की सड़कें अपेक्षाकृत शान्त थीं...सिर्फ इक्का-दुक्का लोग ही आते-जाते हुए। खाने की तलाश में घूमते बन्दर और चिड़ियाँ। गाँधी और सुभाष चौक की दुकानों पर झाड़ू लग रही थी। घुमावदार रास्तों के इर्द-गिर्द चीड़-देवदार के पेड़...वर्ना यह भी किसी आम कस्बे की सुबह-जैसी ही होती। रेडियो और फिल्मी गानों का शोर छोटे-मोटे होटलों और दुकानों से बाहर आ रहा था। वह सोंधी-सोंधी गन्ध एकदम नदारद थी जो पहाड़ों की जमीन से उठती है। कहाँ चली जाती है वह...जब कि ऊँचाई के अनुपात से, पेड़ों की वजह से तो यहाँ होना चाहिए। मुझे लगता है इतने सारे लोग जो अपने-अपने जिस्मों की दुर्गंध लिए आते हैं, इससे पहाड़ की स्वाभाविक गन्ध जाती रहती है। मेरे नथुनों में भारतीय पहाड़ों की ठेठ वह गन्ध ऐसी बसी है कि पहाड़ पहुँचते ही सबसे पहले मैं उसे सूँघता घूमा करता हूँ। जिन्दगी में पहली हिल स्टेशन मसूरी देखी थी, जब ट्रेनिंग के लिए वहाँ गया था...बाईस वर्ष की उम्र में। मसूरी में आम बस्तियों से फर्क उस गन्ध की वजह से ही लगी थी। उन दिनों गर्मियों में पहाड़ों पर भीड़ तो हो जाती थी, पर इतनी गाड़ियाँ नहीं थीं, पेड़ ज्यादा थे। मसूरी में लोग लाइब्रेरी प्वांइन्ट से पैलेस सिनेमा तक पैदल जाते-आते और चलते हुए ही मिलते-मिलाते थे। एक ही जगह की चकर-चकर नहीं थी, खाने-पीने और कूड़ा फेंकने का यह दौरदौरा नहीं था, म्यूजिक का ऐसा शोर तो एकदम नहीं था।

दस बजे करीब लकड़मंडी पहुँचे जो डलहौजी से 7-8 किलोमीटर की दूरी पर है। यहाँ से मोटर का रास्ता खजिहार की तरफ को है और एक रास्ता ऊपर दैनकुंट की पहाड़ी की तरफ जाता है। लकड़मंडी...कभी लकड़ी की मंडी रही होगी या छोटे-छोटे लकड़हारे यहाँ से लकड़ी काटकर डलहौजी बेचने ले जाते होंगे। गड्ढे में फैली सौ-एक झोंपड़ियाँ—यही है लकड़मंडी। झोंपड़ियों की बनावट में एक दिलचस्प बात यह भी कि वे झोंपड़ियाँ जो सड़क के पास थीं, उनमें सड़क से सटाकर झोंपड़ी के ऊपर मिट्टी की एक छत भी निकाल ली गयी थी जो बच्चों के खेलने के भी काम आती थी। दैनकुंट इधर की सबसे ऊँची पहाड़ी है। चोटी से नीचे बिछी खजिहार की गोल-गोल घाटी और पोखरे-सी झील दिखाई देती है। दैनकुंट पर ही एयरफोर्स का राडार और पहलवानी माता का मंदिर है। महादेव की तरह देवी के भी तरह-तरह के नाम हैं हमारे यहाँ। हिन्दू धर्म की बुनियादी उदारता के पीछे जो कई वजहें हैं उनमें एक यह भी कि हमीं अपने देवी-देवताओं के नाम गढ़ते-बदलते रहते हैं। गणेश शंकर, देवी के एक से एक नाम और स्वरूप मिल जायेंगे हमारे यहाँ। माता की सवारियाँ शेर से मुर्गा तक...किसी देवता की सवारी चूहा तो किसी की कुत्ता। यहाँ और नहीं तो नाम ही देखिए—पहलवानी माता! जहाँ भक्तों की परिकल्पना में ही अपने देवी-देवताओं के लिए मजाक का पुट शामिल हो वहाँ कट्टरता कहाँ से आ सकती है।

लकड़मंडी से पैदलवाला रास्ता कालाटोप और वहीं कहीं से खजिहार को जाता है। बस, इसी रास्ते से मुझे एक-दो साथियों के साथ ट्रैकिंग पर जाना है। आज कालाटोप में ग्रुप की पिकनिक थी। मोटर छोड़ हम जैसे ही पैदल रास्ते में उतरे पहाड़ की गन्ध, जिसके लिए नथुने कल से छटपटा रहे थे, वह हम पर छा गयी। अब समझ में आया कि यह गन्ध देवदार की ही है। जहाँ ये घने होते हैं और जहाँ आदमियों, गाड़ियों, बस्ती की दुर्गंध हवा को विदूषित नहीं करती...वहाँ यह गन्ध मिलती है।

पिकनिक में मैं उखड़ा-उखड़ा ही चिपका रहा। अपने से कम उम्र के लोगों का साथ मुझे निश्चित ही ज्यादा भाता है, लेकिन यह पिकनिकबाजी, इसकी फूहड़पंती...इस सबमें उतर नहीं पाता अब।

अगले दिन लकड़मंडी से उसी रास्ते पर चलते हुए कालाटोप के फौरेस्ट हाउस पहुँचे। साथ में थे सैनी—करीब-करीब एक प्रोफेशनल टैकर, जवान और चमनलाल—एक स्थानीय जिसे बहैसियत गाइड लिया था कि पहाड़ और जंगल का मामला है। उससे पूछा तो बड़े आत्मविश्वास से बोला—हाँ, खजिहार कई बार गया। कालाटोप में फौरेस्ट रैस्ट हाउस से नीचे उतरे तो वहीं शक होने लगा कि रास्ता सही था क्या और वहीं चमनलालजी की पोल खुल गयी—उस इत्मीनान की भी जो पहाड़ के लोगों के चेहरे के हर हिस्से से टपकता दिखता है। उसने कहा कि वह सचमुच खजिहार कई बार गया है, उसने यह कब कहा कि इस रास्ते से गया है...युधिष्ठिरवाली अदा! अब हम चमनलालजी का इस्तेमाल बतौर कुली ही कर सकते थे, बीच रास्ते उन्हें बदला तो नहीं जा सकता था। छोड़ देने में उसकी रोजी-रोटी की बात थी...गाँव में पाँच बच्चे हैं, पर्यटन के मौसम में इसी तरह के काम करके ही तो वह दसेक हजार कमा लेता है जिससे अगले पर्यटन-मौसम तक काम चलता है।

हम काफी नीचे उतर गये थे। वापस चढ़कर ऊपर फिर कालाटोप रैस्ट हाउस आये, वहाँ चौकीदार से उस रास्ते के बारे में पूछा जहाँ खजिहार के ट्रैकिंगवाले रास्ते का बोर्ड लगा हुआ था जिसे हमने देखा था। चौकीदार ने भी बजाय नीचे के समतल रास्ते से जाने के ऊपर-ऊपर पहाड़ी से जाने को बता दिया...हम ट्रैकिंग जो करने निकले थे। जब तक हम सही रास्ते पर नहीं आ गये, थोड़ा तनाव रहा। बाद में लगा, जंगल में रास्ता न भूले तो क्या किया, गनीमत यही थी कि हम शुरू में ही भूले और अँधेरा दूर था...तो वह घबराहट नहीं थी। फिर भी दो किलोमीटर का फालतू चलना...और वह भी पहाड़ियों पर ऊँचे-नीचे। एक बात साफ हो गई कि पहाड़ में दिशा-भ्रम जबर्दस्त होता है...जिस दिशा में मैं खजिहार समझ रहा था, उसी में चलता तो डलहौजी पहुँच जाता। खजिहार के रास्ते की सही पगडंडी पर दो किलोमीटर चलने के बाद जब देवदार का घनाव शुरू हुआ तो पिछला तनाव, श्रम जैसे बहुत पीछे की चीजें हो गये थे। कैसी शान्ति, कैसी सुगंध...नीचे जहाँ तक नजर जाती थी देवदार ही देवदार थे, उसी तरह ऊपर भी देवदार ही देवदार। पहाड़ के बीच कहीं निकाली गयी

एक पतली पगडंडी पर हम चल रहे थे। अनोखी अनुभूति...शान्ति, दिव्यता, स्फूर्ति की मिली-जुली...जैसे मैं उस पतली पगडंडी पर चलता पर्यटक नहीं, प्रकृति माँ की गोद में खेलता एक बच्चा था। देवदार के उस घने जंगल में प्रकृति की विराटता और भव्यता का अहसास एक साथ मन पर उतरता था। चारों तरफ शांति...आवाज सिर्फ हवा के गुजरने की या कहीं किसी पक्षी की, मन नहीं था आगे चलने का, पर इन पैरों ने एक ही चीज तो सीखी है—चलना। आलोचक कहते हैं मेरे लेखन में भी चलने की गति है, एक जगह ठहरने की स्थिरता...थमाव नहीं।

जंगल के उस रास्ते में एक मुसीबत हो रही थी—कहीं कोई चाय-वाय के लिए रुकने की जगह नहीं, कोई आता-जाता नहीं मिलता था कि बता सके कि हम सही रास्ते पर थे या नहीं। इधर हम तीनों बुद्धू। पगडंडी एक ही थी...इसलिए इसी पर बढ़ते जा रहे थे, डरते हुए कि गलत पहुँचे तो श्रम जो बेकार गया वह गया...जंगल में फँस जाने का भी डर...पर पूरा दिन अपने पास था, साथ में पानी और थोड़ा नाश्ता भी था। इसलिए बढ़ते रहे। एक बूढ़े देवदार से टिककर बैठा, वहाँ नाश्ता किया, सोते का ठंडा पान्नी पिया और आगे बढ़े। एक बड़े झरने में पहुँचकर नहाया...पानी इतना ठंडा कि जिस अंग को डालो उसे सुन्न कर देता था। झरने के फौरन ऊपर एक पहाड़ की चढ़ाई थी...एकदम सरपट, पतली पगडंडी के सहारे। साँस उखड़-उखड़ आती थी...सोचता रहा कि मैं अपने साथ थोड़ा ज्यादती करता हूँ। लड़कों की उम्र नहीं रही पर काम उस उम्र के करता हूँ। अब यह पहाड़ी नहीं...पूरा पहाड़ चढ़ना था। उसके बाद उतरना जो शुरू हुआ तो एक ही पहाड़ी पर साँप की चाल जैसा रास्ता...इधर से उधर, फिर उधर से इधर। आप जहाँ के तहाँ, सिर्फ थोड़ा नीचे उतर आये...और क्या! रास्ता सूखे पत्तों से लदी पगडंडी का था इसलिए फिसलवाँ था। शारीरिक थकान तो पहाड़ और जंगल की शुद्ध हवा सोख लेती थी, मन जरूर थक आया था। लगता कि पक्का रास्ता मिल जाये तो पकड़ लें। वहाँ कम से कम सीधा चलना तो होगा, यह तो पता चलेगा कि कितने किलोमीटर चले, कितना और चलना है...यहाँ तो बस चले जाओ, चलते चले जाओ! तब समझ में आया कि हमारी आदत खराब हो गयी है—आदत यह कि

यहाँ से वहाँ पहुँचना ही है और इतने बजे तक पहुँचना है...अगर हम इन सीमाओं में स्वयं को बाँधे नहीं रखते तो घबरा उठते हैं।

आखिर खजिहार की सड़क पर हमारी पगडंडी निकली। पैदल चले सबेरे 6 बजे से दो बजे तक लगातार... सिर्फ चलना... चलना। आठ घंटे में बारह-तेरह किलोमीटर तो चला ही होऊँगा। सड़क पर आते ही किनारे बने एक छुटके मन्दिर के पास चित पड़ रहा, नंगी जमीन पर, एक देवदार के नीचे।

खजिहार...चारों तरफ देवदार के घने दरख्तों के बीच पड़ा एक हरा कटोरा। सन् 62 में जब कश्मीर गया था गुलमर्ग ऐसा ही लगा था...फर्क सिर्फ इतना कि गुलमर्ग पहाड़ियों के ऊपर कटोरा था, जब कि खजिहार पहाड़ियों के नीचे पड़ा कटोरा है। खूबसूरत जगह है। कम लोग खजिहार के बारे में जानते हैं, फिर भी डलहौजी आनेवाले सभी पर्यटक दौड़ने लगे हैं इधर। बीचोंबीच छोटी-सी झील है जो लगातार सूखती जा रही है। कहते हैं दस वर्ष पहले यह झील लबालब थी। जब से इस जगह को मनुष्यों ने ढूँढ़ निकाला और वे यहाँ बढ़ती तादात में आने लगे...झील सूखती चली गयी है। निश्चित ही प्रकृति की कुछ चीजें ऐसी हैं जिन्हें मनुष्य के स्पर्श से परहेज है...बद्रीनाथ के रास्ते 'वेली ऑफ फ्लावर्स' भी सुना है इसी तरह संकुचित होती जा रही है। झील देखकर मन दुःखी हुआ तो मैदान का प्राकृतिक आलम देखकर सुखी...मैदान में अब भी मवेशी चर रहे थे।

जिस होटल में हम ठहरे थे, उसमें मात्र एक चित्र था, नीचे उतरनेवाली सीढ़ियाँ जहाँ मुड़ती थीं, वहाँ दीवार पर लगा हुआ। मीनाकुमारी— ब्लैक एण्ड व्हाइट में, दिल अपना प्रीत पराई की गम्भीर मुद्रा। थोड़ी देर को चित्र में खो गया...एक जमाना था मीनाकुमारी की ऐसी गम्भीर और भावात्मक मुद्रा में डूब जाता था, फिर क्या-क्या उगता था मन में। अब ऊपर-ऊपर से बह जाता हूँ...यह है वह घिसावट जो मुझमें आयी है वर्षों के साथ बहते-बहते। कहाँ वह समय जब मैं जहाँ भी रहता, मीनाकुमारी का कोई-न-कोई चित्र लगा होता था, कहाँ यह जब यह भी भूल गये कि कभी वह दीवानापन था। होटल के मालिक व्यवसाय में होते हुए भी अपने घिसाव को बचाये हुए हैं। मैं होटल के मालिक से मिला और उनकी तारीफ

की—पूरी इमारत में एक मीनाकुमारी का ही फोटो...यह उनकी भावनात्मक गहराई बताता था। मैंने तारीफ की तो उन्होंने झेंपते हुए स्वीकार कर ली।

अगले दिन सुबह थोड़ा पैदल, थोड़ा कार से चलकर चम्बा पहुँचे। चम्बा देखने की लालसा कब से थी। सुनते थे बहुत खूबसूरत जगह है पर अभी जो लोग मेरे साथ थे, उनका कहना था चम्बा आम शहर जैसा है, वहाँ देखने को कुछ भी नहीं है...लेकिन जैसे ही रावी नदी की घरघराहट और तेज बहती धारा के ऊपर बसा चम्बा दिखाई दिया, मैं मुग्ध रह गया। चम्बा की सामनेवाली पहाड़ी आते ही, गाड़ी छोड़ दी और पैदल चल पड़ा...रावी की ओर, पुराने पुल की ओर जिससे चम्बा में प्रवेश करते थे। राजकुमारी चम्बा थी—राजेश साहिल वर्मा की पुत्री—जिसने भरमौर की बजाय यह जगह राजधानी के लिए चुनी। रावी यहाँ कई घुमाव लेती है जिन्हें बस्ती के ऊपर से देखा जा सकता है। पुराने पुल से एक तरफ बस्ती को आते हैं, दूसरी तरफ के रास्ते पर आगे साल नाला रावी से मिलता है। कहते हैं नाला पर वह नदी जैसा ही है...चम्बा साल और रावी के बीच की पहाड़ी पर बसा है। पुराने पुल पर थोड़ा समय गुजार मैंने पहले साल और रावी संगम की तरफ जाने की सोची। मन रावी के पास जाने को ललक रहा था, लेकिन जा पहुँचे संगम के ऊपर साल के किनारे-किनारे भूरीसिंह पावर हाउस। कम लोग जानते होंगे कि हिंदुस्तान में कलकत्ते के बाद दूसरे नम्बर पर बिजली का सुख लेनेवाली जगह चम्बा थी। 1904 में राजा भूरीसिंह ने मात्र अपनी प्रशासनिक सूझ-बूझ के बल पर यहाँ पैंतीस किलोवाट का पावर हाउस बैठाया। आज यहीं पर एक नया पावर हाउस बनाया जा रहा है। पावर हाउस के नीचे साल के शुद्ध पानी के पास बैठकर सन्दीप और टुटेजा के साथ नाश्ता किया, फिर पावर हाउस के लिए बनी सीमेन्टवाली नहर की जगह पर नहर के उल्टे रास्ते उस जगह तक गये जहाँ से पानी पावर हाउस की तरफ को काटा जाता है। मेरा एक-एक कदम राजा भूरीसिंह की सूझबूझ की दाद दे रहा था। हुजूर दरबार में जो सांकेतिक ढंग से कहा है आज खुलकर कह सकता हूँ कि तमाम खामियों के बावजूद अधिकांश राजा आज के राजनेताओं से बहुत अच्छे थे।

लौटते में साल और रावी के संगम के पास सड़क पर कार रुकवा

ली और पैदल संगम की ओर चल दिये। संगम मुझे बहुत आकर्षित करते हैं...एकदम उस बिन्दु पर जाने का मन होने लगता है जहाँ दो धाराएँ मिलती हैं। क्या है जो खींचता है...शायद एक धारा का दूसरे में विलुप्त हो जाना, अपने को पूरी तरह दूसरे में विलय हो जाने देना...कैसे थोड़ी दूर तक इस धारा के पानी का रंग दिखाई देता है, फिर दूसरे के रंग में रँगकर खो जाता है। प्रेम भी तो यही है...लेकिन अब कहाँ लोग इस तरह दूसरे के रंग में रँगते हैं, कहाँ खुद को यों दूसरे में विलुप्त हो जाने देते हैं। अब तो जमाना वैयक्तिकता का है, उसे बचाये रखने का है। झपटकर मैं रावी के पास गया, हाथ-मुँह को ठंडे पानी का स्पर्श दिया। शीतलता भीतर तक पैठती चली गयी...जैसे सामने से भरर-भरर बहता आता पानी मेरी आत्मा में प्रवेश कर रहा था।

काफी समय तक संगम में रहे, धूप तेज हो आयी तो चले। बस्ती आकर भूरीसिंह संग्रहालय में घुस गये। संग्रहालय में चम्बा की संस्कृति सम्बन्धी ढेरों चीजों के साथ-साथ रंगमहल की राजसी चीजें भी सुरक्षित हैं...लेकिन उससे भी बड़ा आकर्षण हैं काँगड़ा और बशोली शैली के चित्र। चम्बा के भौगोलिक विकास सम्बन्धी भी कुछ चीजें हैं...जिन्हें देखकर काल की प्रतीति हुई—काल, उसका धीरे-धीरे सरकना, अपने सरकने के सुबूत जमीन पर छोड़ना। जैसे आज मैं चम्बा में गुजरे हुए काल के चिह्न देख रहा था, ऐसे ही कभी आनेवाली पीढ़ियाँ इस काल के चिह्नों को देखेंगी...वैसी ही छोटी उत्सुकता और बड़ी उदासीनता के साथ। जो अपने समय में कितना सत्य, कितना महत्त्वपूर्ण, मरमिटने पर उतारू कर देनेवाला होता है वही गुजरते ही कैसे बेमानी होने लगता है!

चम्बा में जिधर भी जाओ कलकल बहते पानी का संगीत है, जहाँ से भी सामने नीचे की ओर देखो, मोड़ पर मोड़ लेती आगे बढ़ती रावी है। कहीं भी ऊपर देखो, हरे-हरे पहाड़ों की श्रेणियाँ हैं।

अपराह्न चामुण्डा मन्दिर में अपनी पार्टी से आ मिला जिसे मैंने खजिहार में छोड़ दिया था। मन्दिर खासी ऊँचाई पर बना है। वहाँ से नीचे फैली चम्बा की बस्ती और उसमें प्रवेश करती रावी को देखा। बस्ती में जो बड़ी इमारत अलग नजर आती है, वह राजाओं के महल की है...जिसमें

आजकल स्कूल है। राजाओं के महल जहाँ होटल बने वे मुझे खटकते हैं और जहाँ वे स्कूल या कालेज हैं तो देखकर अच्छा लगता है...जैसे पहले में राजाओं की विलासी परम्परा अब भी चली आ रही है और दूसरे में जैसे वह परम्परा उदात्त हो गई हो। चामुण्डा के बाद लक्ष्मीनारायण मंदिर देखने गये। ग्यारहवीं शती के उत्तरार्ध के ये मंदिर अब भी अच्छी हालत में हैं...मुख्य मंदिर भगवान विष्णु का जहाँ भगवान के चार हाथोंवाली प्रतिमा बहुत सुन्दर तो नहीं लेकिन अपनी प्राचीनता और स्वाभाविक गढ़ता लिये हुए है, बनावटी सौन्दर्य कतई नहीं। आसपास छोटे मंदिरों का जमावड़ा है...कुछ विष्णु मंदिर, कुछ शिवजी के। मुख्य मंदिर को स्थानीय लोग हरिरायजी का मंदिर कहते हैं। नीचे उतरकर चौगान में आये। चौगान चम्बा की प्रसिद्ध जगह है...अपने अलग ढंग की। पहाड़ी भी नहीं, ठेठ चम्बई माहौल लिए हुए। एक किलोमीटर से कम का घासी मैदान...जो आसपास की पहाड़ियों से आये हुए छोटे व्यापारियों का तिजारती अड्डा भी है और चम्बावालों के लिए मिलने-मिलाने की एक तय जगह। शाम यहाँ घास पर बिछे आदमी-औरतों के झुंड के झुंड दिखाई देते हैं। यहाँ हर साल एक बार बड़ा मेला लगता है जिसमें आसपास के गाँवों के लोग अपनी स्थानीय रंग-बिरंगी वेशभूषा में शामिल होते हैं, तरह-तरह के सांस्कृतिक और खेलकूदवाले कार्यक्रम होते हैं। मेला एक हफ्ता चलता है। मुझे घास के मैदान से भी ज्यादा अच्छा वह पैदल रास्ता लगा जो रावी की तरफ चौगान के साथ-साथ उसकी पूरी लम्बाई तक चलता है। बीच-बीच में बैठने के लिए छोटे-छोटे घेरे बने हुए हैं...बैठिए और रावी का नजारा लीजिए। चौगान के भीड़ भरे इलाके में होते हुए भी आप उसी क्षण एकान्त में चले जाते हैं, जिस क्षण किसी घेरे में बैठे और रावी की तरफ मुखातिब हो गये।

गैस्ट हाउस लौटते हुए एक लड़की दिखी...बला की खूबसूरत, नई उम्र और प्रकृति के बीच होने...दोनों की ताजगी अपने में लिये, और अपनी खूबसूरती से बेखबर। हाँ, भूल गया था चम्बा अपने लोगों की खूबसूरती के लिए भी बहुत प्रसिद्ध है। यहाँ के लोग चम्बियाल कहलाते हैं...बहुत गोरे और आकर्षक नाकनक्श वाले। कुछ लोग तो इन्हें भारत की सबसे

खूबसूरत नस्ल मानते हैं। अब चम्बा में तो हर तरह के लोग रहते हैं इसलिए सुन्दरता भी कम दिखती है...पर मुझे वह नमूना दिख गया जो यहाँ कभी बहुतायत में दिखाई पड़ता होगा।

रात गैस्ट हाउस में लॉन पर बैठा मैं आसपास की पहाड़ियों में जगमग छुटपुट रोशनियों और ऊपर तारों को देखता रहा। आसमान और तारे बहुत पास थे, पहाड़ और वहाँ की रोशनियाँ भी आसमान और सितारों का विस्तार ही लगती थीं। एक दिन एक रात रहा यहाँ...और इतना जुड़ गया चम्बा से। कैसा रहस्यमय है यह कि जहाँ शायद जीवन में दोबारा आना न हो उससे ऐसा जुड़ाव...जैसे कब से यहाँ रह रहा हूँ और अगले बहुत समय तक यहाँ रहनेवाला हूँ...और हम जहाँ दिनों, महीनों-सालों, रोज-रोज रहते हैं वहाँ उखड़े-उखड़े रहते हैं। आदमियों के साथ भी यह होता है—जिसके साथ रोज-रोज, सालों रहना होता है, वह व्यक्ति दूर, पराया और अजनबी रहा आता है और जो इतना कम मिला, इतना कम साथ रहा वह कितना अन्तरंग हो जाता है।

अगले दिन भरमौर...चम्बा के पहले जो राजधानी थी। रावी के किनारे-किनारे यह रास्ता खूबसूरत है...खासतौर से छोटे-बड़े झरने जो जगह-जगह रावी से मिलते हैं...उनका साफ नीला पानी, रावी के मटमैले पानी में तिरोहित होता हुआ। इधर की सड़क को उधर की बस्तियों को जोड़नेवाले छोटे झूले जैसे दिखते पुल रास्ते में कितने पड़े। एक में तो मैं इधर से उधर गया भी...पुल मेरे वजन से ही हिल रहा था, नीचे बहती रावी की तेज धारा। खासा डर लगा। भरमौर पहुँचते-पहुँचते बर्फीली चोटियाँ दिखाई देने लगीं, उनमें एक मणि महेश की थी। सिर्फ ऊपर बर्फ थी...नीचे की पिघलकर जा चुकी थी जो हमें रास्ते भर मिलती रही थी। भरमौर बस्ती बहुत छोटी। गैस्ट हाउस पहुँचते ही एक सज्जन ने घेर लिया। वह वनविभाग का कोई अवकाशप्राप्त अधिकारी था...पहले चाहे वनों को काटने में शामिल रहा हो, अब वनों का हितैषी बना था। वह विस्तार से बताता चला गया...कहाँ-कहाँ उसने पेड़ लगवाये। भूल गया कि पेड़ लगाना तो कोई बड़ी बात नहीं...लेकिन कितने साल लगते हैं उनके बड़े होने, वह ऊँचाई पाने में जिसे हम कुछ ही घंटों में काटकर गिरा

देते हैं। अधिकांश वन तो अब वनविभाग के हैं और जो पेड़-कटाई उनमें होती है वह वन संरक्षण विभाग की साजिश से ही होती है। खाने के पहले एक सोते में स्नान करने चला गया...कई धाराओं में गिरता झरना, खूब ठंडा पानी...शरीर सुन्न पड़ जाता था। वहाँ की हवा का स्पर्श, पानी का स्पर्श, और जमीन का स्पर्श...तभी तो हुआ कि आप फलाँ जगह गये थे।

शाम को भरमौर से कोई तीन किलोमीटर आगे एक झरने के पास चाय-पकौड़े का कार्यक्रम था। अपनी भेड़ों की भीड़ को समेटते-समेटते आगे बढ़ते एक गद्दी भाई मिल गये। गायों, भेड़ों, भैंसों को यों घूमते हुए चरानेवाले मैंने जगह-जगह देखे हैं। गुजरात में मालधारी थे जो अपनी भैंसों को चराते हुए सूखे प्रदेश को छोड़ बहुत दूर निकल जाते हैं। हिमाचल में भी भैंसों को चराती फिरती एक जाति है जिसे गुज्जार कहते हैं और एक ये गद्दी जो भेड़ों को लिए चलते हैं। साथ एक असिस्टैण्ट जैसा और एक कुत्ता। इनका कुत्ता बड़ा वफादार होता है...वह भेड़ों की रक्षा करता है और खोयी हुई भेड़ को ढूँढ़कर/हाँककर भी ले आता है। यह जो गद्दी भाई थे...वह गर्मी में एक गरम कोट पहने, पीठ पर अपना बिस्तर लादे एक छड़ी से भेड़ों को हाँकते चल रहे थे। सड़क पर किसी वाहन के आने से भेड़ें बिखर जाती हैं, उन्हें समेटते समय जो भाव इनके चेहरे पर होता है वह देखने लायक होता है...जैसे किसी मुसाफिर की गठरी से खुल्ल-खुल्ल कभी यह गिरा जाता हो कभी वह...ज्यों-ज्यों वह समेटने की कोशिश करता हो। भरमौर के उस झरने के पास पहुँचकर गद्दी भाई निश्चिन्त हो गये क्योंकि वे आज के पड़ाव पर पहुँच गये थे। भेड़ें पड़-पड़ ऊपर की पहाड़ी पर चढ़ गयीं और चरने लगीं...एक मेमना साथ था, वह पहाड़ी की एक खोह में जा बैठा और गद्दी हजरत अपने साथी के साथ दूसरी तरफ की पहाड़ी पर जा पहुँचे और बीड़ी का कश लेने लगे। क्या इत्मीनान का भाव था उनके चेहरे पर तब—एकदम रईसाना...पूरा आसमान उनकी छत, पूरा एक पहाड़ भेड़ों का बाड़ा और पूरी एक दूसरी पहाड़ी उनकी अपनी शैया। मैं गद्दी भाई के पास गया तो उसकी आँखों के नीचे एक खास चमक दिखाई दी जो उसके कम खाये-पिये, असमय मे ही झुराये शरीर पर भी साफ दृष्टिगोचर होती थी। आँखों में एक अपनी तरह की मुस्कान...जीवन

से बेहद तृप्त था वह जो इससे भी जाहिर हुआ कि हमारे ग्रुप को खाते-पीते देख भी वह चाय का एक प्याला माँगने नहीं आया—जो उसकी हालत में बड़ा स्वाभाविक होता। गद्दी भाई भरमौर के पास ही कहीं का है, पंद्रह दिनों पहले निकला है और लाहौल स्पीती होते हुए वापस आयेगा। अभी भेड़ों को लेकर ऊपर चलता चला जायेगा, जब वहाँ बर्फ पड़ने लगेगी तो नीचे आयेगा। इतनी सारी भेड़ों को चराने का मुफ्त इन्तजाम इसी तरह प्रकृति की गोद में हो सकता है, वर्ना वह घर बैठे इन्हें खिलाने लगें तो कमाई क्या रही...तो वह छः-आठ महीनों के लिए भेड़ों को लेकर निकल जाता है...यह दस्तूर पीढ़ियों से चला आ रहा है । गद्दी लोग रातें गाँव-शहर के बाहर ही गुजारते हैं...बस्ती में भेड़ों की चोरी का डर रहता है। यहाँ इस खुले मैदान में झरने के पास...वह सुरक्षित था...भेड़ें कहीं जायें, वे वहीं रहेंगी, सीटी बजाने से आ जायेंगी, नहीं तो कुत्ता ढूँढ़ लायेगा।

गद्दी भाई को प्रकृति के प्रांगण में छोड़ हम वापस गैस्ट हाउस यानि अपने दर्भों की तरफ चले। गैस्ट हाउस में घुसने से पहले भरमौर की बाजार के ऊपर बने मंदिरों का सामूहिक स्थान देखने गये। शिखर शैली में बने ये मन्दिर 8वीं से 10वीं सदी के बीच के हैं...लेकिन अब इस पूरे संकुल का दिलचस्प माहौल था। एक तरफ फुटबाल खेला जा रहा था तो एक तरफ पंचायत की तरफ से टी.वी. लगा हुआ था जिसमें तब अंग्रेजी खबरें आ रही थीं...पहाड़ी भाई एक दूसरे पर टिके टी.वी. को एकाग्र होकर सुन रहे थे। कुल अस्सी मंदिर बताते हैं यहाँ...मुख्य मंदिर शिव का है जिसमें जब आरती होती है तो सौ गज दूर स्थित स्वामीजी के मंदिर के वाद्य बजते हैं। पूरे प्रांगण में माहौल चम्बा के चौगान का ही था...आरती के समय बस्ती के सब मिलनेवाले उसी तरह इकट्ठे होते, मिलते-बैठते, गपशप करते हैं। मंदिर का मंदिर, क्लब का क्लब।

शाम को कैम्पफायर और उसके इर्द-गिर्द गाने-बजाने का कार्यक्रम था...यात्रा समापन मनाने के लिए । मैंने लकड़ी न जलाने का आग्रह किया तो मेरे साथी मान गये...आग भीतर पैदा करो...मैंने कहा—दिल को जलाओ कि रोशनी है कम! देर रात सब मस्त्याते और गाते रहे। हमारे लीडर नायर जो 'पेट्रोल शैट्रोल' की दुहाई देकर थोड़ा चुस्की मारने को हमेशा

जायज ठहराते थे, वे बहुत बढ़िया भाँगड़ा नाचे, घूँट मार-मारकर नाचे।

अगले दिन वापस हो लिया। छोटी-सी यात्रा लेकिन ताजगी भरपूर मिली क्योंकि बहुत दिनों बाद निकल पाया था। जैसे प्रकृति माँ के पास से फेफड़ों में भरकर प्राणवायु ले आया था...वापस दिल्ली के प्रदूषण में रहने के लिए...प्रदूषण शारीरिक और मानसिक दोनों!

इंद्रधनुषों का देश—मौरीशस !

पिछले कुछ दिनों से अपने एक संदर्भ को लेकर मैं तनाव में था कि मौरीशस जाने का मौका हाथ लगा। मौरीशस की हिंदी प्रचारिणी हीरक जयंती मना रही थी उसमें शिरकत करना था, आमंत्रण बड़े अच्छे मौके पर आया। इस बात का अभ्यास मैं लड़कपन से करता आया हूँ कि जब परेशान हो तो लम्बा चलने को निकल जाओ, इलाहाबाद में जब इम्तहान का एक पर्चा बिगाड़ आता था तो फिर शाम सर सुंदरलाल होस्टल से फाफामऊ तक पैदल निकल जाता था, लौटता तब तक सुस्थिर। मौरीशस...नई जगह के लिए स्वाभाविक उत्साह के साथ-साथ लम्बा निकल जाना भी था।

मौरीशस उतरने के पहले दो द्वीप जहाज से ही नीचे दिखाई दिये जिनमें थोड़ी बहुत आबादी थी, एक शायद रौडरिग हो। समुद्र ही समुद्र के ऊपर उड़ने के बाद जब जमीन दिखाई दी तो छोटी पहाड़ियाँ और नीचे घास...जैसे जहाज एक वीरान घास के मैदान में उतर रहा था। बाद में देखा कि दरअसल वह घास नहीं गन्ने के खेत थे, जिससे पटा पड़ा है मौरीशस। यहाँ कमाई तीन चीजों से होती है—शक्कर, पर्यटन और बने-बनाये कपड़े। पहले गन्ने के खेत ही थे।

प्लेसाँ एयरपोर्ट में हाईकमीशन के नवल शर्माजी लेने आये थे। सीधे, सरल, विनयशील...लेकिन जितना मैं मौरीशस की किसी चीज को लेकर उत्साह में होता, वे जैसे फट से पानी डाल देते। सात बच्चों के पिता हैं, पूरे परिवार के साथ यहाँ रहते हैं, तो उन्हें तो प्रसन्नचित्त होना चाहिए था...पर वे रूखे लगे मौरीशस के प्रति। लम्बे अर्से तक विदेश में रहने से जो एक तरह की उबास आ जाती है वह उनके हर वाक्य में बोलती थी—"वहाँ

तो मैं कभी गया नहीं...", "मैं नहीं जानता, मैं तो बस दफ्तर, घर...यहाँ बस ऐसा ही है!" शायद उनकी दफ्तर से सीधा घर पहुँचने की मशीनी आदत थी और आज वे पटरी से खिसक गए थे, सो थोड़ा बेचैन थे। मुझे मैरीटिम होटल में स्थापित कर अपने एक अन्य साथी के साथ वे चले गये। वह ढीलेपन में शर्माजी से भी एक हाथ आगे था। कुछ पूछो तो उदासीन! जैसे कह रहा हो—कहाँ और क्यों आ गया यह बंदा!

मैरीटिम होटल, एयरपोर्ट से करीब 48 किलोमीटर है। एयरपोर्ट एकदम दक्षिण में तो यह उत्तर। होटल पहुँचने के क्रम में ही हम आधे मौरीशस से गुजर गये...और मुझे आभास ही न हुआ। मैरीटिम होटल फाइव स्टार था जिनकी एक-सी संस्कृति, तौर-तरीके होते हैं...वे कहीं भी हों। चेहरों पर चिकनी-चुपड़ी मुस्कान, हर चीज के पँचगुने दाम। मेरा यहाँ रहना मुफ्त था, साथ में नाश्ता भी मुफ्त। बाकी हर चीज इतनी महँगी कि पहुँच के बाहर, लेकिन दो चीजों की वजह से इस होटल में मन लग गया। सामने समुद्र था और होटल भी एक विशाल बहुमंजिली इमारत न होकर बिखरा-बिखरा और कुछ गाँव का माहौल पैदा करने के खयाल से बनाया गया था ताकि विदेशी पर्यटकों को छुट्टी बिताने का पूरा मौका मिल सके। उन्हें यहाँ पहुँचकर किसी भी चीज के लिए बाहर जाने की जरूरत नहीं थी—घुड़सवारी, टेनिस, गौल्फ, समुद्र के सारे खेल, तरह-तरह के बार...यहाँ सब मौजूद थे इनके लिए। बाद में देखा कि यहाँ ज्यादातर होटल ऐसे ही हैं। मेरे लिए उपलब्ध था खूबसूरत नजारा। मैं और पत्नी समुद्रतट पर घूमने गये तो मुग्ध रह गये...बेहद साफ समुद्र और सफेद महीन रेत...जो मौरीशस के समुद्रतटों की खूबसूरती है। जल्दी ही रात हो गई तो देखा कि यहाँ आसमान और तारे बहुत पास थे, जैसे थोड़ा ऊँचा उछलो और अपनी अंजुरी को सितारों से भर लो।

दूसरा दिन होटल में ही बीता...होटल के आसपास कोई बस वगैरह नहीं है, कार उपलब्ध थी नहीं। समुद्रतट पर पड़े सैलानियों के बीच इधर-उधर घूमते रहे। पश्चिमी आदमी सिर्फ चड्ढी में तो औरतें भी पीछे क्यों रहें। मेरे लिए ऊपर से नंगी स्त्रियों का यों सार्वजनिक स्थल पर देखने का यह पहला अनुभव था। (बस्तर की आदिवासी स्त्रियों को जरूर देखा

था लेकिन वहाँ वे अपने परिवेश में इतने स्वाभाविक ढंग से बसी-खपी थीं कि ऊपर कपड़ा न रहना, या हल्का-सा आवरण रहना एकदम स्वाभाविक लगता था उनके लिए) यहाँ एकदम अच्छा नहीं लगा। स्त्रियों का सबसे आकर्षक हिस्सा वस्त्रों के बिना कितना घृणित लगता है। रूप थोड़ा अवगुंठन में रहे तभी शोभित होता है...मेरे भारतीय संस्कार शायद ! पर पश्चिमी स्त्री के दृष्टिकोण से देखें तो वे सौंदर्य की वस्तु बनकर प्रस्तुत होने के खिलाफ हैं...इसलिए स्वयं को जानबूझकर कुरूप भी बना डालती हैं अक्सर।

समुद्रतट पर होटल में काम करनेवाले लड़के-लड़कियों से भी बातचीत हुई। सभी काले...कुछ अफ्रीकन नस्ल के, कुछ भारतीय...यहाँ दोनों धाराएँ एक हो गई हैं जैसे। मौरीशस में पहले पोर्चगाल के लोग आये...पर उनके लिए यह केवल गोआ या मलक्का जाने के लिए रास्ते का पड़ाव था। 1598 में यहाँ डच लोग जमे और राजकुमार मौरिय के नाम पर इस द्वीप का नाम मौरीशस रखा। डच लोग तहसनहस करनेवाले लोग थे...उन्होंने यहाँ के जंगल खत्म कर डाले और प्रसिद्ध पक्षी डोडो की नस्ल को दुनिया से खत्म कर दिया। बेचारा डोडो अपनी मूर्खता के कारण मारा गया...वह आदमी के पास आ जाता था, अपना बचाव करने की कोशिश नहीं करता था, मारा गया ! इसीलिए मूर्खता के लिए मुहावरा चल पड़ा है—"ही इज ए डोडो!" डोडो मूर्ख रहा हो, पर आज भी उसकी याद की जाती है। मौरीशस से यादगार बतौर ले जानेवाले कपड़ों और दूसरी चीजों में 'डोडो' पक्षी की तस्वीर अंकित रहती है। पृथ्वी से गायब होकर जैसे आज वह और भी आकर्षण की चीज बन गया है।

डच लोगों ने 1710 में मौरीशस छोड़ दिया। 1715 से 1810 तक यहाँ फ्रांसीसी रहे, पोर्ट लुई जो आज राजधानी है उसे बसाया, पहली सुगर मिल की स्थापना की और द्वीप का नाम 'आइल द फ्रां' (फ्रांस का द्वीप) रखा। 1810 में अंग्रेज आये तो नाम वापस मौरीशस हो गया। अंग्रेजों से स्वतंत्रता 1968 में मिली। अब मौरीशस प्रजातंत्र है...राजभाषा अंग्रेजी है, पर ज्या फ्रैंच ज्यादा बोली जाती है। क्रियोल और हिंदी बोलनेवाले भी काफी हैं। मौरीशस के लोग भारतीय, अफ्रीकी, चीनी, यूरोपियन नस्लों के हैं...इस मायने में यहाँ न केवल भाषाओं बल्कि खाने-पीने की ऐसी

विविधता है जो शायद ही कहीं और देखने को मिले। जब गुलाम-प्रथा खत्म हुई तब यहाँ भारतीय और चीनी मजदूर गन्ने के खेतों में काम करने के लिए लाये गये...जिनके पीछे-पीछे कुछ व्यापारी भी गये। यहाँ करीब-करीब हर गन्ने के खेत के बीच में या आसपास ही कहीं बड़े-बड़े पत्थरों के टीले दिखाई देंगे। ये वे पत्थर हैं जिन्हें भारतीय और अफ्रीकी मजदूरों ने खेत बनाते समय सफाई करके एक तरफ डाला था। बहुत से टीलों पर अब घास उग आई है। इन टीलों से जैसे उस समय के लोगों की मेहनत की आवाज आज भी उठती है—'ऐसे ही नहीं ये गन्ने के खेत तैयार हो गये हैं, हमारा खून-पसीना लगा था इसमें।' एकदम समुद्र के किनारे तक खेत हैं। एक में आज सुबह घूमते-घामते मैं आ निकला था। एक अकेला व्यक्ति टमाटर की खेती कर रहा था—शिवदत्त भीचुक। कुमढ़े की बेल भी किनारे-किनारे थी। इसे आज भी कोहड़ा कहते हैं यहाँ। शिवदत्त पूना से ग्रेजुएट हैं और हिंदी बोल लेते थे, खूब बातें हुईं...एकदम खेतिहर व्यक्तित्व—काला रंग, खुरदुरे पैर। अकेले ही खेत को सँभालते हैं, जब जरूरत हुई आसपास के गाँव की महिलाएँ मजदूरी करने आ जाती हैं जिन्हें शिवदत्त 'कामकार' कहते थे। उम्दा शब्द...और क्या मजे से बन गया!

होटल के कमरे लौटे तो ठीक हमारे नीचे एक यूरोपियन युगल की शादी हो रही थी। स्कौटिश थे, लड़की के माँ-बाप अपनी पारम्परिक वेशभूषा में। युगल को हमने सवेरे समुद्रतट पर धूप लेते देखा था। तब लड़का थोड़ा उदासीन-सा ऊँघ रहा था, लड़की अपने उघारे बदन पर मालिश कर रही थी। अब वह लड़की शादी की राजकुमारी वाली सफेद पोशाक में थी। एक मेज सजाई गई, एक तरफ से लड़की अपने माँ-बाप के साथ आई, दूसरी तरफ से लड़का अपने लोगों के साथ। एक पादरी ने वहीं आकर कुछ पढ़ा, रजिस्टर पर दस्तखत हुए और युगल ने चुम्बन लेते हुए फोटो खिंचवाई। हर बार चुम्बन के बाद लड़का अपने होंठों से लिपस्टिक साफ करते हुए थोड़ा मुँह बनाता था, जिसे लड़की हैरत से देखती थी। एक होटलवाला हल्के से गिटार को यों ही टुनटुना रहा था। शादी के बाद चार-छः लोग जो उपस्थित थे, उनकी तरफ से चूमाचाटी हुई, उसके बाद शैम्पेन खुली और केक कटी...और शादी, मुश्किल से आधे घंटे में सम्पन्न। कहाँ

के रहने वाले कहाँ आकर शादी कर रहे हैं। मौरीशस न केवल इसकी सुविधा देता है, यहाँ विदेशियों का आकर शादी कराना खासा लोकप्रिय भी है...हनीमून के लिए कहीं और जाने की जरूरत नहीं।

शाम को हिंदी प्रचारिणी सभा के लोग औपचारिक निमंत्रण देने आये। प्रधान का नाम 'माताबदल' था जो अजीब लगा। बाकी सब चीजें...यहाँ तक कि बीवियाँ भी बदली जा सकती हैं, पर माता ? बाद में डॉ. रामप्रकाश ने बताया कि जिस स्त्री के बच्चे न हों तो वह दूसरी स्त्री ले आने की इजाजत दे देती थी...उसके जने बच्चे माताबदल कहलाते थे। बाद में यह सरनेम ही हो गया। माताबदल जी से मैंने थोड़ा चाय-चीनी लेते आने को कह दिया था क्योंकि सवेरे की चाय पीने की मुझे आदत है और वह इस होटल में इतनी महँगी थी कि गले के नीचे न उतरती थी...तो मैंने एक तरकीब निकाल ली (हिंदुस्तानी हर हालत में कोई जुगाड़ बिठा लेता है !) टी बैग और चीनी रखो और सवेरे आराम से रूम सर्विस को पीने के लिए गरम पानी का आर्डर दो। वह आ गया तो अपनी चाय तैयार। अभी इन होटलों को यह पता नहीं था वर्ना कौन जाने हौट वाटर का भी चार्ज शुरू कर देते।

अगला दिन गोष्ठी में निकल गया...उद्घाटन भाषण में भी मुझे बोलना था...प्रधानमंत्री, उपराष्ट्रपति, शिक्षामंत्री...सब मौजूद। छोटे देश में इन हस्तियों का कार्यक्रमों में आ जाना उतना मुश्किल नहीं है फिर भी हिंदी के कार्यक्रम में आना, हिंदी में बोलना, यह यहाँ की उदार नीति दरशाता है। कोई भाषा हो—कोई धर्म, नस्ल या जाति हो...सबकी कद्र है यहाँ और हो सकता है सही अर्थों में सह-अस्तित्व का संदेश संसार को देनेवाला साबित हो सके यह देश...मैंने अपमे भाषण में यह कहा भी।

रात का भोजन एक दूसरी संस्था के परिसर में था। वहाँ जीवन बीमा निगम के चीफ अभिताभ पांडे मिल गये...वे मेरे पाठक निकले। हँसता हुआ व्यक्तित्व, हालाँकि यहाँ ज्यादातर अकेले रहते हैं। उन्होंने मुझे अपने घर आकर रहने की खुली दावत दे डाली। यहाँ खाने के बाद सांस्कृतिक कार्यक्रम था, जिसमें दो-तीन गाने हुए—'राधेश्याम मेरे सपने में आये...जब श्याम ने खिड़की खोली, खिड़की बोले चरर-चरर...' इसी तरह 'जब श्याम ने मटकी

फोड़ी, दही बहे झरर-झरर...आँचल उड़े फरर-फरर...' बढ़िया बनाया गया सामान्य गीत और बढ़िया गाया गया भी...गम्मत स्टाइल में जिसमें ढोलक खूब मस्ती से चलती है, लेकिन दो गीतों के बाद ही भाइयों ने भाषणबाजी शुरू कर दी। उकताकर मैं चला आया।

मैं होटल से बाहर जाने घूमने के लिए बेचैन हो रहा था, दो दिन ऐसे ही गुजर गये थे। जब मौरीशस के हिंदी लेखक अभिमन्यु अनत ने होटल के आसपास घूमने का प्रस्ताव रखा तो जैसे साफ हवा का झोंका आया। सबसे पहले उनके ही घर जो त्रियोले में है, वहाँ गये...सरिता भाभी से परिचय दिल्ली में ही हो चुका था। बढ़िया दोतल्ला घर है अभिमन्यु का, कार भी है। अच्छे से रहते हैं। वे अपनी ही कार में मुझे पास की कुछ खास-खास जगहें दिखाने ले चले। मैरीटिम के उत्तर में ही—बालाक्लेव से होते हुए पोइतोपीमा जो समुद्रतट पर बसा एक गाँव है। यहाँ समुद्रतट छोटी-मोटी चट्टानोंवाला है...इस इलाके में बहुत होटल हैं। आगे त्रो ओ 'बीच' जिसके हिंदी में माने होंगे हिरणियों का कुंड। इसी नाम से होटल भी है। उसके बाद आ निकले हम बहुत ही लोकप्रिय समुद्रतट पर—मों चोइजी...लम्बा तट और महीन रेत। पूर्व में अगर बैलेमेयर है—सबसे बड़ा और जहाँ सबसे ज्यादा लोग जाते हैं—तो मों चोइजी दूसरे नंबर पर आता है। देखकर पुरी समुद्रतट की याद आ गई...वहाँ भी तट खासा लम्बा है...लेकिन वहाँ समुद्र इतना शांत नहीं है जितना मौरीशस में क्योंकि यहाँ द्वीप के चारों तरफ ही कोरल रीफ (चट्टानों की कतार) है जो समुद्री लहरों के वेग को पहले झेल लेती है, फिर मौरीशस के समुद्रतटों पर लहरें जैसे शांत होकर आती हैं। इसीलिए मौरीशस में समुद्रस्नान इतना लोकप्रिय है। अनत ने बताया कि एक कथा के अनुसार इस चौतर्फा चट्टानों के घेरे को ही राम का सेतुबंध मान लिया जाता है। आगे ग्रां बे (बड़ी खाड़ी) थी। यह बहुत ही खूबसूरत इलाका है...खाड़ी के शांत नीले पानी पर छोटी-बड़ी सफेद नावें ढिली थीं...जिनसे खाड़ी और सुंदर लग रही थी, खाड़ी के घेरे में बराबरी से सड़क जाती है जिसमें रंग-बिरंगे रेस्तराँ हैं। यह मौरीशस का रईस इलाका भी है। आगे चलकर मौरीशस का सबसे बड़ा और भव्य होटल रौयल पाम है जहाँ भारत के प्रधानमंत्री ठहरे थे।

इसकी टक्कर का एक होटल तुशोरौक था जो हमने आखिरी दिन देखा। होटल इस तरफ चट्टानी तट तक चला गया है जहाँ खाड़ी का मुँह है एक तरह से। यहाँ चट्टानों के आसपास महीन रेत में पड़े रहने का सुख है। कुछ विदेशी पर्यटक पड़े हुए थे। यह जगह 'क्यू वैत' कहलाती है क्योंकि यह बाल्टी की शक्ल की है। वापस पैराबियर होते हुए अभिमन्यु हमें महेश्वरनाथ के मंदिर ले गये। मंदिर सौ साल पुराना है। पंडित संजीवन लाल ने बनवाया था, उनकी पत्नी मुसलमान थीं इसलिए मंदिर की बनावट से ऐसा लगता है जैसे पहले मस्जिद बनाई जा रही हो, फिर एकाएक ऊपर से मंदिर बना डाला गया हो। दोनों कलाओं का मिश्रण है। दोनों पति-पत्नी की समाधियाँ भी परिसर में हैं। अभिमन्यु ने बताया कि यहाँ आकर पेड़ों के नीचे बैठकर वह लिखा करता था। मौरीशस के पहाड़ों में एक चोटी ऐसी है जैसे कोई लड़का गोल टोपी लगाये बैठा सामने देख रहा हो। इसे मुड़िया पहाड़ कहते हैं और मौरीशस की करीब-करीब हर जगह से यह दिखता है। इसके पीछे एक कहानी हैं—शियन्तक नाम का एक ग्वाला उस पार गाँव दूध देने जाता था, एक बार उसे इस पहाड़ी पर रात हो गई और उसने वहाँ रात में परियों को नाचते देख लिया। परियों की रानी ने उससे कहा, कोई बात नहीं...लेकिन अगर उसने यह रहस्य किसी से प्रकट किया तो वह पत्थर हो जाएगा। कुछ दिनों बाद शियन्तक की बारात उधर से गुजरी। शियन्तक इधर-उधर ताकता कुछ ढूँढ़, कुछ याद कर रहा था कि उसके एक मित्र ने कुरेदा। शियन्तक ने बता डाला और तब से वह पत्थर होकर यहाँ बैठा हुआ है। क्या है इस कहानी के पीछे...क्या यह कि अलौकिक जो तुम देखो उसे सिर्फ महसूस करो, किसी से कहो नहीं। महसूस करते रहोगे तो तुम्हारी उस तरह की अनुभूतियों में विस्तार होगा वर्ना जड़ हो जाओगे। लेकिन कोई क्यों न दूसरों से सहभागिता करे ? बहरहाल बैठा है वह लड़का, चिरशापित मनुष्य-सा गोल टोपी लगाये, सामने की तरफ ताकता हुआ।

ग्रां बे इलाके में थोड़ा घूमकर हम पांटलेमोसिस बौटनीकल गार्डन में आये, काफी कुछ कलकत्ते के बौटनीकल गार्डन की तर्ज पर बना हुआ। कहते हैं कि पियरे बोइबरे नामक एक शख्स ने भारत से एक पौधा लाकर

इसे गुलजार किया...पर उसका कहीं नाम नहीं है। अब यह भूतपूर्व प्रधानमंत्री सर शिवसागर रामगुलाम के नाम पर हैं। घुसते ही रामगुलामजी का नाम अंकित दिखेगा और जिसने उनके नाम पर इस बगीचे का नाम रखा उसका भी नाम एक तरफ खुदा हुआ है। पृथ्वी पर अपना नाम रह जाये...उसके लिए कैसी होड़, वह भी राजनेताओं में...जो जाहिर हैं अपने को ही नाम दे डालते हैं। भारत में भी यह है। बगीचे में मशहूर हैं कमल के चौड़े पत्ते। पत्ते सरोवर में ऐसे बिछे थे जैसे छोटी-बड़ी हरी परातें तैर रही हों। इस पौधे को नेन्यूफा कहते हैं। मसालों के बगीचे के अलावा यहाँ सुप्रसिद्ध तालीपो पाम है जो 60 वर्षों में एक बार फूलता है और उसके बाद समाप्त हो जाता है। हम तालीपों के सामने खड़े हुए...एक लाइन में छः-सात पेड़ ही थें। किसी पर फूल नहीं था। अभिमन्यु ने बताया था कि कुछ समय पहले एक फूला था—और तब वह एक घटना होती है। एक पेड़ की सारी पत्तियाँ झड़ गई थीं और वह फूलने की तैयारी में था। मैं उन पेड़ों को देखता रहा...अद्‌भुत है प्रकृति की लीला—पहले अपने सारे लिबास, आडम्बर उतार फेंकना, फिर झव्वा भरकर एक बार ही फूलना और फिर साठ वर्षों के लिए शांत हो जाना! हर व्यक्ति अपना जीवन ऐसा ही चाहेगा...पर क्या सबको यह नसीब हो सकता है। हममें से ज्यादातर तो बुढ़ापे में खिचुरते-घिसटते हैं...घिसटते चले जाते हैं और घिनौने होकर मरते हैं।

बगीचे से हम निकोलेयर झील की तरफ बढ़ गये। बहुत बड़ी नहीं पर सुंदर झील है यह...प्राकृतिक। मौरीशस में ऐसी छोटी-बड़ी कई झीलें हैं। झील के बाद ऊपर पहाड़ पर चढ़कर क्रीव कोयर उतरे जिसके मायने होते हैं टूटा हुआ दिल। यहाँ खूब अन्नानास के खेत थे और ऊपर से नीचे की घाटी का नजारा दूर तक दिखता था! पास में ही मुड़िया पहाड़। हिंदी प्रचारिणी सभा की गोष्ठियाँ लांग माउन्टेन में होती थीं, जहाँ से भी मुड़िया पहाड़ दिखता है, हम उसी तरफ से निकलते हुए होटल पहुँचे। अभिमन्यु अनत बहुत व्यस्त रहते हैं, उन्होंने इतना समय निकाला...हमारे लिए बहुत था। मैं जरूर यह सोचता रहा कि क्या लेखक के लिए इतना व्यस्त रहना ठीक है?

अगले दिन गोष्ठी आन्सलारा में थी...मौरीशस के एकदम उत्तर का समुद्रतट। यहाँ भी समुद्र दो-तीन छोटी खाड़ियाँ बनाते हुए थोड़ा भीतर घुसता है। सामने हैं क्वाँद मियैं, इल प्लत और इल रौंढ के छोटे-छोटे द्वीप जिनमें आबादी नहीं है। नीला पानी और बीच-बीच में हरियाली से भरे छोटे-छोटे टीले। दृश्य मनोरम है। आज हमें एक कार मिल गई थी तो हम गोष्ठी से उठकर पोर्तलुई की तरफ निकल गये। पोर्तलुई के ऊपर सिलाडेल...पुराने किले का एक छोटा-सा भग्नावशेष...आज इसलिए मशहूर है कि वहाँ से नीचे फैले पोर्तलुई शहर का उम्दा नजारा मिलता है। सामने फैला बंदरगाह जिसमें शक्कर के निर्यात से संबंधित बिल्डिंग है, इधर घुड़दौड़ का मैदान, ऊँची उठी इमारतें...एल.आई.सी., मौरीशस बैंक की। नीचे उतरकर पैदल चले। मौरीशस पार्लियामेंट की छोटी-सी इमारत फहराते हुए झंडों के पीछे, सामने के बंदरगाह की तरफ देखती हुई, सामने छोटी-सी खूबसूरत सड़क है जिसमें दोनों तरफ नारियल के वृक्ष झूमते रहते हैं...कुल मिलाकर खूबसूरत इलाका है। टहलते हुए हम पोर्तलुई के कर्वड बाजार में घुस गये जहाँ ज्यादातर कपड़ों की दुकानें हैं। यहाँ खासा मोलभाव चलता है। सड़क पार थी सब्जी बाजार जिसे देखने का लालच मैं...कहीं नहीं रोक पाता। वहाँ भाव चिल्लाने की कुछ-कुछ वैसी आवाजें हो रही थीं जैसी हिंदुस्तान की एक आम सब्जी मंडी में होती है। नारियल पीने का मन किया तो बीस रुपये का एक नारियल...माने हिंदुस्तान के चालीस रुपये। मन मार लिया।

शाम को महात्मा गाँधी इंस्टीट्यूट मोका में सांस्कृतिक कार्यक्रम था। यहीं अभिमन्यु काम करते हैं...भव्य हाल में उम्दा कार्यक्रम। कुछ हिंदी प्रचार संबंधी गीत...फिर मौरीशस की उदार नीति के लिए प्रशंसा मन में उठी जहाँ हर कोई अपनी भाषा के पक्ष में ऐसे गीत गा सकता है। प्रचारिणी सभा का रात का खाना जहाँ तय था, आयोजकों को वहाँ से हटाकर कहीं और रखना पड़ा। बैठे बस में 8 बजे और चले जा रहे हैं, चले जा रहे हैं अँधेरे में...रास्ता भी भूल गये और बतानेवाला कोई नहीं। मौरीशस में रात यों चलना खासा भयावह है, थकान जल्दी आती है...मीलों चले जाओ और एक भी बंदा नहीं कि कोई पूछ तो ले। बहरहाल, भटकते-भटकते

जब पहुँचे तो एकदम पूर्व पहुँच गये--सैंत द फ्ला। समुद्रतट सुंदर था, छोटी-सी खाड़ी और समुद्र के बीच दिखता एक छोटा द्वीप। बताया गया वहाँ एक मंदिर है। दिन होता तो मजा आता पर हम लोग थकान और खीझ से भरे हुए थे...इसलिए खाया और 11 बजे रात वापस।

पोर्टलुई तो राजधानी है, पर रईसों के रहने का इलाका क्यूपिप है, जब कि कत्रबोर्न अपेक्षाकृत कम रईस लोगों की बस्ती है। क्यूपिप में मौसम खराब रहता है, बरसात ही होती रहती है, कत्रबोर्न इस लिहाज से बेहतर है। अमिताभ पांडे, नवलकिशोर शर्मा वगैरह यहीं रहते हैं। आज अमिताभ ने हमारे लिए कत्रबोर्न से सटा हुआ पश्चिमी इलाका देखने का कार्यक्रम बनाया था और ड्राइवर मार्यू भी दे दिया था। पहले उसने हमें बसेला बर्ड पार्क में छोड़ा। यह एक छोटा-सा चिड़ियाघर है, खास मशहूर है एक लाल तोते के लिए। हमारा सौभाग्य कि वह सुंदर पक्षी कोटरे के बाहर था...पूरा लाल और आम तोते से बड़ा। ईश्वर की सर्जना में कितनी विविधता है—एक फल आम हजारों किस्म का, इसी तरह तोता भी किस्म-किस्म के। चिड़ियाघर थोड़ा ऊँचाई पर है जहाँ से दूर समुद्र का नजारा उम्दा है। चिड़ियाघर में एक घंटा बिता हम पश्चिमी समुद्रतट फिक इन फ्लैक गये। लम्बा समुद्रतट...और वही होटलों की कतार। मौरीशस में यह है—जहाँ भी बढ़िया समुद्रतट हुआ इसके पास कतार में होटल ही होटल...पर्यटन को खूब बढ़ावा दिया जा रहा है यहाँ। उसके बाद मैंने तमारिन फाल्स को नक्शे में तलाश रखा था। मार्यू पहले तमारिन की खाड़ी ले गया। जाते समय रापा हिल्स की सुंदर पर्वत श्रेणि पड़ती है...ज्यादा ऊँचे नहीं हैं ये पहाड़ लेकिन लम्बी श्रेणि है, ऊपर से हरियाली...इसलिए सुंदर दिखते हैं। मार्यू ने बताया कि तमारिन फल का एक पेड़ है, उसी के नाम पर तमारिन कस्बा और तमारिन की खाड़ी। उसका उच्चारण ऐसा था कि हम समझे नहीं, फिर उसने हमें वह पेड़ दिखाया। यह तो इमली का पेड़ था। पास में बेरी के भी थे। हमारे भारतीय पूर्वज शायद ये पेड़ भी साथ लाये होंगे। तमारिन कस्बे के पास नमक बनाया जा रहा था...सीमेन्ट के पक्के बने खेत, रेत पर नहीं जैसे अमूमन भारत में होते हैं। तमारिन खाड़ी में बारा स्वा नदी समुद्र से मिलती है, मिलने के पहले एक छोटा-सा द्वीप बनाती

हुई। यहाँ की नदियाँ छोटी ही हैं, पर चलो हैं तो नदी। तमारिन फाल्स की ओर इधर से जानेवाला रास्ता प्राइवेट था इसलिए हम घूमकर हैन्नेटा कस्बे से होते हुए गये। तमारिन फाल्स छोटा था—दो पतली धाराएँ ही नीचे गिरती हैं...लेकिन सुंदर यों है कि दृश्य एक जगह सिमटा न होकर फैला हुआ है। पहले धाराएँ गिरती हैं, नीचे एक बड़ा कुंड-सा बनता है...फिर पानी बहता हुआ काफी दूर जाकर रिजर्वौयर में इकट्ठा होता है जो दो पहाड़ियों के बीच है। जहाँ से हम देख रहे थे वहाँ से यह सब दिखता था—एक बड़े चित्रफलक-सा। वहाँ से हम मारो वाकोवा गये। वर्षा के पानी से बनी एक झील...कुछ-कुछ निकोलेयर जैसी ही, लेकिन बड़ी। वहाँ से आगे मार्यू हमें एक पहाड़ी पर ले गया, जिधर कई पर्यटक जा रहे थे। पहाड़ी छोटे-छोटे चीड़ के पेड़ों से भरी है, साफ दिखता था कि ये अभी लगाये गये हैं, पर कुछ वर्षों में ही मौरीशस में यह जगह चीड़ों से भरी होगी! एक जगह उसने कार रोकी, वहाँ पहले से ही ढेरों कारें खड़ी थीं। बोर्ड लगा था—'ब्लैक रिवर व्यू प्वाइंट' कोई सौ गज दूरी पर भव्य दृश्य था...नीली पहाड़ियाँ, नीचे हरीभरी घाटी की गहराई और दूर समुद्रतट का सफेद रेतीला मैदान, हमारे बगल में एक छोटा झरना भी गिर रहा था। जैसे सब कुछ एक जगह! इसे 'प्लेन शैम्पेन' कहते हैं। यथानाम तथा गुण, नहीं यथा गुण तथा नाम! शायद यह मौरीशस की सबसे ऊँची चोटी है।

लौटते में क्यूपिप के पास ही 'त्रो ओ सर्फ' पर रुके—वह जगह जहाँ कभी ज्वालामुखी फटा था, लावा बहा था। करीब 85 मीटर गहरा और 200 मीटर चौड़ा एक गोल-गोल गड्ढा था जिसमें अब पानी भरा हुआ था। नीचे से ऊपर आती हुई गोलाई अब भी आभास देती है कि कभी यहाँ ज्वालामुखी का मुँह रहा होगा...ऊपर से नीचे की तरफ देखते हुए। पेड़, मिट्टी, कंकड़-पत्थर के अलावा कुछ नहीं दीखता पर अवचेतन में जैसे पृथ्वी के गर्भ के रहस्य उतराने लगते हैं। कभी यह ऊपर से शांत एक पहाड़ी टीला रहा होगा...क्या-क्या छिपा था भीतर, क्या-क्या उमड़-घुमड़ चल रहा होगा वहाँ कि एकाएक मुँह खुला और आग पानी की तरह बहने लगी। नीचे देखते हुए हल्का रोमांच हो आया।

मैरीटिम होटल छोड़कर हम अमिताभ भाई के घर आ गये। कत्रबोर्न में एक छोटा-सा बंगला है उनका। अमिताभ स्वयं खुले मिजाज के हैं, वैसा ही खुलाखुला...साधारण तरतीब में रखा हुआ उनका घर। अमिताभ की तबीयत कुछ-कुछ साहित्यकाराना है, तभी तो वे मुझे बतौर साहित्यकार ही जानते थे, और भी कई लोगों को पढ़ रखा है उन्होंने, इसके अलावा उन्हें लोगों में खासी दिलचस्पी है। बातें-बातों में कहानी के रूप में उन्होंने कई विचित्र से लोगों के बारे में बता डाला। मौरीशस में ही उनके एक परिचित पूरन पांडे हैं जो फोन उठाते ही बोलेंगे—"जय सियाराम" और उसके बाद रामायण की एक चौपाई पढ़ेंगे, फिर आगे बात करेंगे। उनकी कार का नम्बर है 'पी-420' हालाँकि स्वयं बेचारे एकदम उलट हैं। विवाह नहीं हो पा रहा था और उम्र हो गई चालीस के आसपास। अंततः बनारस में एक जगह बात ठहरी, मौरीशस से बनारस सबको कहकर सिर्फ इसी खातिर गये कि विवाह करके लौटेंगे पर वहाँ लड़की की दादी ने सत्याग्रह कर दिया—"मैं प्राण दै दहियों, जो बिटिया ऐखे घरै जहिये"—बेचारे रामायण की चौपाइयाँ दोहराते मौरीशस लौट आये। अमिताभ के माली हैं संजयदत्त तुलसी पर वे जिमी नाम से पुकारा जाना ज्यादा पसंद करते हैं। सीधा-साधा व्यक्ति। हफ्ते भर जमकर कमाते हैं, तरह-तरह के कामों से...और शनिवार-रविवार अपनी प्रेमिका से मिलते हैं, शादी नहीं कर सकते क्योंकि घर नहीं है...कमाकर पहले कोई छोटा-सा घर कर लें, फिर शादी। मजेदार बात यह कि अमिताभ भाई के अधिकांश दोस्त यों शादी के लिए किसी-न-किसी बिंदु पर अटके हुए हैं। मार्यू का किस्सा और भी अजीब है। बाप मुसलमान, माँ ईसाई। दोनों नेक इनसान। पहले मार्यू की जो प्रेमिका थी उसके घर की तरफ से केवल विरोध ही नहीं हुआ, लड़की को हमेशा के लिए इंगलैंड भेज दिया। दूसरी एक लड़की ने शादी रचाई तो मार्यू को लूटने के चक्कर में। अदालत ने तलाक मना कर दिया क्योंकि लड़की ने इस आधार पर माँगा था कि पत्नी और पति के धर्म अलग-अलग हैं। मौरीशस की अदालत ने कहा कि मौरीशस में एक छत के नीचे अलग-अलग धर्म के लोग रह सकते हैं और रहते हैं। अब तलाक और कुछ वजहों से माँगा गया है...तब तक मार्यू इंतजार करे। मार्यू स्मार्ट और अपने ढंग

से काला पर खूबसूरत है। पहले जो प्रेम का झटका लगा तो आगे की पढ़ाई ठप्प और ड्राइवर बनकर रह गया, अब उम्र होती जा रही है, कोई सिलसिला नहीं बनता दिख रहा। अमिताभ के चारों तरफ शादी का इंतजार करते लोग हैं, कौन जाने इस कारण ही खुश गृहस्थ अमिताभ पर भी असर पड़ा कि पत्नी को अधिकांशतः बंबई रहना पड़ता है। वैसे अमिताभ के आसपास जो लोग हैं उनमें सबसे मीठा बोलनेवाली माला है...जो घर का काम करने आती है—एक अधेड़ा स्त्री जिसके पास अमिताभ के घर की एक चाभी रहती है। वह दिन में कभी भी आकर काम कर जाती है। हिंदी बोलती है तो शब्दों को अलग-अलग रखने के प्रयास में जैसे हर शब्द चासनी में डुबोकर निकालती है। भले ही अमिताभ खाना बनाने के लिए एक-दो आइटम बताये पर माला फोन पर ऐसे ध्यान से सुनती है जैसे कोई बड़ी गूढ़ बात हो। पहले दिन ही बेचारी माला के लिए हम समस्या पैदा कर गये...बाहर किवाड़ों पर बिना ताले की चाभी घुमाये ही घूमने निकल गये, गनीमत कि किसी की नजर नहीं पड़ी, सिर्फ माला ने ही घर खतरनाक ढंग से खुला देखा। हमसे मिलते ही उसने मीठी-मीठी शिकायत शुरू की—"जब हम आया तो पीछे एकदम खुला था...हम सोचा कि साहब लोग अंदर होगा! काम खत्म कर रुका रहा कि साहब लोग के पास चाभी नहीं होगा..." जब वह हिंदी बोलती है तो मैं उसके मुँह की तरफ देखने लग जाता हूँ, एकदम बच्चे की तरह। कोशिश कर-करके बोलती है, हर शब्द मिठास में पूरा पगकर निकलता है।

शुक्रवार की अपराह्न अमिताभ हमारे साथ आनेवाले थे तो हमने सवेरे वकोआ और पाई में सिलेसिलाए कपड़े तैयार करनेवाली फैक्टरियाँ देखीं। एक हाल में अधिकांशतः लड़कियाँ सिलाई मशीन पर काम करती हुईं और समानांतर मनोरंजन के लिए चलते गाने, हिंदी फिल्मों के। बोलें चाहें जितना ये फ्रेंच...जैसे कि मार्यू बोलता है, लेकिन मन को सुकून देने के लिए भाईजान आखिर में हिंदी ही है। यहाँ यह भी हो सकता है कि काम करनेवाली जिस वर्ग की हैं वे ज्यादातर हिंदीभाषी हैं...पर नहीं, हिंदी फिल्मों का संगीत, विशेषकर पुरानी फिल्मों का अहिंदी-भाषियों को भी भाता है क्योंकि वह शास्त्रीय संगीत पर आधारित होता था। तमिलनाडु के हिंदी विरोधियों

तक में कई एक हिंदी फिल्मों और गाने पर लट्टू देखे जा सकते हैं।

कुछ खरीदने को नहीं मिला। कल कत्रबोर्न की हाट में गये थे। मौरीशस की हर महत्त्वपूर्ण बस्ती में दिन बदल-बदलकर एक रोज सब्जी और एक रोज कपड़ों की हाट लगती है...सवेरे से दिन भर इतनी ठसाठस कि सटकर चलना पड़े, मोल-भाव आराम से होता है, खूब रौनक रहती है...शाम को बाजार उठता है तो उसी जगह कैसी वीरानी छा जाती है। हाट के बाद मैंने बाहर एक खोमचे पर बैठी औरत से उबली मूँगफली माँगी—दो रुपये बढ़ा दिये। उसने मुझे खासी हिकारत से देखा...दो रुपये माने हिंदुस्तानी चार रुपये...उतने में यहाँ पचास ग्राम मूँगफली भी नहीं? महँगा है मौरीशस...मैं थोड़ी देर भुनभुनाता रहा।

अमिताभ आज़ हमें एक खास जगह दिखाने ले जानेवाले थे। रोस वैल एरिया में यू ग्रूव और प्लेंम्याँ बस्तियाँ होते हुए हम सवाना पहुँचे जहाँ सवाना सुगर फैक्टरी के बाद कच्ची सड़क शुरू हो जाती है। दोनों तरफ अच्छी खासी हरियाली! छोटे पेड़ हैं पर हैं खूब सारे, जंगल नहीं फिर भी जंगल का आभास देते हुए। कच्चे रास्ते में थोड़ा दूर चलने के बाद एकाएक प्रकट होता है पहाड़ से छिंका हुआ नीला समुद्र अपनी पूरी अल्हड़ता में—ल सूफ्ले। इस जगह की बीहड़ सुंदरता के बारे में लोगों को अभी बहुत पता नहीं है, तभी हमारे अलावा कोई नहीं था वहाँ। समुद्र यहाँ बेहद खतरनाक है, शायद इसीलिए बहुत प्रचार नहीं किया गया। नीला समुद्र पहाड़ियों में घुसता, खुँखारता, चिंघाड़ता। असंख्य छोटे-बड़े छेदोंवाली बड़ी चट्टानों की छोटी पहाड़ियाँ थीं, मोटी लहरें दो तरफ की खोहों से घुलती भीतर कहीं टकराती और भयंकर गुर्राती हुई आवाज में ऊपर जाते मोटे फव्वारे की तरफ धुएँ में ऊपर निकलती थीं जैसे कोई अनारदाना फूटकर ऊपर जा रहा हो। वहीं पूरी पहाड़ी को कोई बड़ी लहर आकर नहला जाती और फिर हजारों धाराएँ उस पहाड़ी से नीचे गिरती हुई जैसे पल भर पहले जो सूखी पहाड़ी थी उसमें असंख्य झरने एक साथ प्रकट हैं और नीचे बहने लगें...थोड़ी देर बाद फिर कोई उतनी ही मोटी लहर पहले पहाड़ी को नहलाने आ जाती। उन खोंहवाली पहाड़ियों को पार करती जो लहरें किनारे तक आती थीं, किनारे दीवार-सी खड़ी पहाड़ियों से टकराकर

दूध-दूध हो जातीं। अंडमान और गोआ में तरह-तरह के समुद्रतट मैंने देखे हैं पर ऐसा खतरनाक कोई नहीं। जो सामने का दृश्य था, आर-पार भी वैसा ही कुछ काफी दूर तक चला गया था, किनारे से लगी एक पहाड़ी पर मैं थोड़ा दूर आगे समुद्र की तरफ चला कि फटी हुई इन पहाड़ियों को करीब से देख सकूँ। सालों से चले आ रहे समुद्र के क्षण-प्रति क्षण कटाव ने पहाड़ियों को कहीं काटा, कहीं फाड़ा और कहीं उनमें असंख्य छोटे-बड़े छेद कर डाले हैं। प्रकृति की कितनी रहस्यमय क्रिया है यह कि पहाड़ जैसी जमी हुई ठोस चीज को अन्ततः काटती है पानी की तरलता...पानी जो मुट्ठी में नहीं ठहरता। समुद्र का विराट और भीषण रूप था यहाँ। जहाँ से आगे जाना खतरनाक था और जहाँ पहाड़ियों पर तरह-तरह के कीड़े चिपके दिखाई दिये...वहाँ से मैं लौट आया। जीवन और मृत्यु के बीच कितना कम फासला है यहाँ। अगर कोई किसी धुन में जहाँ तक मैं गया था उससे थोड़ा आगे चला जाय कि यह जगह तो सूखी है...तो लहरों का उछाल, संभवतः उनका धुआँ ही आदमी को बहा ले जाये और फिर समुद्र उसे पीस डाले। अमिताभ किनारे पर घबराए हुए थे...मैं लौट पड़ा तभी उनकी जान में जान आई।

ल सूफ्ले से हम त्वा बूटीक (तीन सुंदर चीजें) होते 'ब्ल्यू बे' आये। रास्ते में एक गली का नाम बौम्बे लेन भी देखा। ब्लू बे, ग्रां बे जैसी सुंदर नहीं है। सामने एक छोटा द्वीप—जमीन का टुकड़ा...थोड़ी दूर पर साफ दिखती कोइल रीफ जो मौरीशस के चारों ओर है। समुद्रतट पर जहाँ लोग नहा रहे थे वह एक बड़े तालाब की तरह ही था...इतना सुरक्षित।

लौटते हुए हम वकोआ में मार्यू को उतारने उसके घर गये। साफ-सुथरा घर, अलबत्ता छोटा-सा, लेकिन यह नहीं लगेगा कि यह किसी ड्राइवर का घर है। ऐसे ही वहाँ ड्राइवर बाहर एक किनारे नहीं खड़ा रहेगा...वह आपके साथ रेस्तराँ में बैठ बराबरी से खाना खायेगा, सिगरेट पियेगा। हाँ, दफ्तर में सब अपनी-अपनी नौकरी के अनुशासन में रहेंगे। मार्यू की माँ आम क्रिस्तानी महिला थीं। उनके पिता थे तो मुसलमान पर लगते थे मुसलमान ईसाई के बीच की चीज।

शाम को डा. नवलकिशोर शर्मा के घर पर खाना था। उनका आग्रह

ऐसी भाषा में था कि टाला ही नहीं जा सकता था। 'आइए सुदामा की कुटिया में'...वगैरह...पर कुटिया क्या, यहाँ तो वे पूरे बँगले में अपने सात बच्चों के परिवार के साथ थे। हँसकर बोले भी—खाना बनाने में हमारे यहाँ तकलीफ कहाँ! सात बच्चों ने एक-एक चीज बना ली और भोजन तैयार। इसके पहले रोज अमिताभ के सहायक श्री कुलकर्णीजी के यहाँ दावत थी...बहुत ही सीधे सज्जन...लेकिन जाने क्यों दोनों जगह मुझे लगा जैसे उदासी छाई हुई है। दोनों ही ठेठ भारतीय, सीधे-साधे लोग...यहाँ के माहौल में खप नहीं पा रहे थे, जब कि मौरीशस काफी कुछ भारतीय है और वे अपने परिवार के साथ थे। शायद रिश्तेदार, उनसे जुड़े उनके जैसे दूसरे लोग यहाँ नहीं थे...इसलिए। शर्माजी, कुलकर्णी अपने घरों में उदासी के साथ चिपके हुए थे...चेहरों पर वह स्वाभाविक ओज नहीं था। इन्हें देख पता लगता है कि समाज और देश की भी अहमियत है, व्यक्ति सिर्फ अपनी नौकरी, परिवार के सहारे नहीं रह सकता।

पिछली रात अमिताभ के साथ क्यूपिप का कसीनो (जुआघर) देखने निकले थे। रात के साढ़े दस बजे तक क्यूपिप में जुआघर के आसपास चक्कर काटते रहे और पहुँच न पाये। सड़कें वीरान, कहीं कोई बंदा नहीं जिससे पूछा जा सके, जो रास्ता बता सके। आज अमिताभ ने तय कर लिया कि पहुँचेगा ही, पूछपाछ कर पूरी तैयारी से निकले, थोड़ा-सा भटके और आखिर पहुँच गये। मशीन में डालो कुछ सिक्के, ज्यादातर हजम, पर कभी-कभी खनाखन नीचे गिरते पाँच गुने, दस गुने। एक जगह दाँव लगाते लोग और घूमता चक्का...पाँसा किस खाने में आखिर जाकर ठहरता है। एक और जगह ताश का खेल। सभी जुए तेजी से वारा-न्यारा करनेवाले—ब्रिज, रमी या फ्लाश की तरह रस देनेवाले नहीं। ताश की भाषा में कहें तो तीन पत्ता जैसे नहीं, माँग पत्ता जैसे। जुआघर की मशीनें और दूसरे जुए आदमी की एक बुनियादी कमजोरी का फायदा उठाते हैं कि आदमी जीतकर नहीं जायेगा, उसके पास जितना पैसा आयेगा उतना वह और लगायेगा...लालच! इसलिए कुल मिलाकर जुआघर ही जीतता है और आदमी हारता है। आज जीत भी जाये तो कल हारेगा। मुझे तो सारा सिलसिला वक्त बरबादी का लगा। आदमी को अगर वक्त को आरी

चलाकर काटना है तो जुआघर चला जाये। ग्यारह बजे हम तीनों अपनी रेजगारी मशीनों के पेटों को भेंट करके वापस आ गये।

अगला दिन शनिवार था और शनि और रवि दोनों दिन अमिताभ हमारे साथ पूरे दिन रहनेवाले थे। सुबह जल्दी तैयार होकर हम पहले ग्रां बेसिन, जिसे यहाँ के भारतीय लोग गंगा तालाब कहते हैं, पहुँचे। एक झील है जिसमें हिंदुस्तानियों ने भारत की नदियों का पानी डाल गंगा-तालाब बना लिया है। शिवजी का मंदिर है, ऊपर चोटी पर हनुमानजी का मंदिर है...सत्संग के लिए हाल वगैरह हैं। शिवरात्रि को यहाँ बहुत भीड़ हो जाती है, बंदर हैं, न कलमुँहे, न ललमुँहे...जैसे भूरे बाल वैसा ही मुँह तो लगता दाढ़ीवाले बंदर हैं। हाथ से उन्हें खाना देने का चलन हो गया है जो धर्म भी है और खेल भी। गंगा तालाब से सतरंगी मिट्टी...यह भी यहाँ की खास चीज बताई जाती है...एक छोटा-सा भूमिखंड जहाँ मिट्टी सात रंगों की है...वाकई काला भूरा से शुरू करके, लाल-पीले रंगों तक...जैसे यहाँ अभी-अभी जमकर होली खेली गई हो। मैंने थोड़ा खोदकर देखा...ऊपर भर नहीं भीतर काफी दूर तक वही रंग था। वहाँ से लौटते हुए एकाएक ऊँचाई से गिरता एक बड़ा झरना दिखाई दिया जो नक्शे के हिसाब से रोचेस्टर फाल्स नहीं हो सकता था। काफी ऊँचाई से गिरती चार धाराएँ...नीचे सड़क से रास्ता नीचे को जाता था पर वहाँ जाने का प्रयास छोड़ हम आगे बढ़ गये, क्योंकि ऐसे झरने तो एक पचमढ़ी में ही ढेर सारे हैं। प्लेन शैम्पेन के नजारेवाले प्वाइंट को एक किनारे छोड़ते हुए हम एक बहुत ही खूबसूरत रेस्तराँ में आ निकले। उसका नाम था वरांज सुमोन। रेस्तराँ से लैमों का भव्य दृश्य...(लैमों द ब्रवैं—पहाड़ का नाम है)। हम ऊँचाई पर थे, वहाँ से नीचे हरी पहाड़ियाँ और एकदम नीचे समुद्र...। ऐसे दृश्य मौरीशस में कई हैं पर रेस्तराँ खुला नहीं था तो नीरवता ने नजारे को गहरा दिया था। रेस्तराँ में दीवारों पर बिजली से चलनेवाले कुछ खिलौने लगे थे...कहीं मिस्त्री लकड़ी पर रंदा चला रहा है, कहीं सिलाई की मशीन चल रही है...कहीं शराब बनाई जा रही है। जो सबसे आकर्षण की चीज थी वह जब चाय पीकर बाहर निकलने लगे तब दिखी। मौरीशस का राष्ट्रीय फूल त्रोचेंतिया बूतोनालियाँ खिला था। अमिताभ ने कल ही अखबार में

पढ़ा था। यह सुनकर अजीब लगा कि यह है राष्ट्रीय फूल और खिला हुआ, इतनी मुश्किल से देखने को मिलता है कि अमिताभ जैसे ही सिर्फ इसके लिए इतनी दूर आ सकते हैं। आगे हम बे दु कैप की तरफ चले। यहाँ से सुयाक तक का रास्ता समुद्र के किनारे-किनारे और खूबसूरत है। बे दु कैप...इसलिए कि बी की शक्ल का है। एक जगह एक पेड़ के नीचे खुली मधुशाला चल रही थी...जो सभ्य मौरीशस में थोड़ा अजीब पर सुंदर लगी। पास में मछुआरों का गाँव था। उनके लिए इंतजाम। आगे बेलों समुद्रतट...जिसके मायने होते हैं अच्छी छाँह। सुगर मिल में पेरे जाते गन्नों की खुशबू उठ रही थी, वहाँ से शा मे ग्रतिये (अनाज की जमीन) और सूरीनाम (जी हाँ मौरीशस में सूरीनाम भी है!) होते हुए सूयाक जो ग्री-ग्री के नाम से ज्यादा जाना जाता है। यह सूफ्ले की तरह का भव्य नजारेवाला स्थान है...आरपार समुद्र, नीला समुद्र, किनारे और चट्टानों तक आकर दूधिया बनता हुआ। पर्यटकों के लिए खासी लोकप्रिय जगह है। आइसक्रीम की मोटर यहाँ भी—जैसे मौरीशस में दूसरी जगहों पर मैंने देखा है, महीन संगीतात्मक टुन-टुन में बच्चों और बच्चों जैसे लोगों को आकर्षित करता हुआ यम-यम आइसक्रीम! हम पठार पर थे और नीचे जैसे खाई में एक छोटा-सा साफ-सुथरा समुद्रतट था, इधर पठार और उधर एक किलेनुमा बड़ी दीवार के बीच कैद। दूसरी तरफ दो चट्टानों के बीच में घुसता पानी, ऊँची उठती लहरें थोड़ा-थोड़ा वैसा ही जैसा हमने ल सूफ्ले में देखा था। सूफ्ले में समुद्र की अल्हड़ता, और पूरी भयावहता थी जो ज्यादा सुंदर थी। यहाँ सुंदरता बँधी हुई थी लेकिन समुद्र के अनेकों रंग यहाँ भी थे, विशेषकर हरा रंग। एकाएक बारिश आ गई और हमें जल्दी लौटना पड़ा 'रिवर दे आंगी' ब्रिटानिया (जहाँ सुगर मिल और कम्पनी की साफ-सुथरी बस्ती है), नौवेल फ्रांस होते हुए क्यूपिप...जहाँ की खूबसूरत अफगान चर्च क्यूपिप में आ जाने का ऐलान-सा करती है। चर्च के सामने पौल एण्ड वर्जिनी की मूर्ति के आगे फोटो खींची। यह एक सुंदर पार्क है जहाँ जोड़े छाते से आड़ किये हुए प्यार, प्यार की बातें कर रहे थे। पौल एण्ड वर्जिनी की कहानी टकराए जहाज और पुराने प्रेमी युगल पौल और वर्जिनी की है। जहाँ उनकी मूर्तियाँ हैं, वहीं प्यार...मैंने समुद्रतटों पर सैलानियों की

थकी-थकी मोहब्बत तो देखी थी लेकिन मौरीशस के मूल निवासियों, उनके नौजवानों को प्यार करता अब तक नहीं देखा था। देखकर अच्छा लगा, पौल और वर्जिनी के इर्द-गिर्द प्यार और भी अच्छा लगा।

इतवार...मौरीशस में हमारा अंतिम दिन। अच्छा ही था कि इस दिन के लिए हम कुछ खास रखते। इलोसिफ...जो अमिताभ के अनुसार मौरीशस की सबसे सुंदर जगह है। होटल तुशोरोक अपने आपमें एक स्वप्न जैसी जगह है...छोटे एक द्वीप में खूबसूरत झोंपड़ियों की तरह बनाये गये कमरे और वह सब जो पाँचसितारा होटल में होता है...पर हर जगह उसे स्वाभाविक और देहात जैसी छौंक देते हुए। बीच में एक जगह समुद्र की शांत धारा पड़ती है तो उसे इलोसिफ के लिए मोटरबोट का स्टेशन बना दिया गया है। तुशोरोक होटल के सामने भी छोटे-छोटे द्वीप हैं जहाँ सैर-सपाटे के लिए जाया जा सकता है। पर सबसे लोकप्रिय है इलोसिफ जो सिर्फ होटलवालों के लिए नहीं है। मैंने अब तक मौरीशस में समुद्रस्नान नहीं किया था—इस लालच में कि वही समय देखने-घूमने में क्यों न लगाया जाय। अमिताभ ने आज स्नान और आम सैलानियों की तरह पूरा आराम का दिन रखा था। इलोसिफ मोटरबोट से पहुँचे। जब घर से निकले थे तब दिन खुला था तो अमिताभ बहुत खुश थे लेकिन तुशोरोक आते-आते बादल आ गये, बूँदाबाँदी होने लगी तो वे थोड़ा बुझ आये पर उन्हें विश्वास था कि दिन फिर खुल जायेगा, क्योंकि इलोसिफ में समुद्र स्नान की हमारी भीतरी इच्छा उतनी ही बलवती थी। इलोसिफ पहुँचने पर भी ठंडी हवा थी...पर धीरे-धीरे सचमुच बादल छँट गये और धूप निकल आई। अब रेत में लेटने, लोटने का सुख भी था, पानी भी उतना ठंडा नहीं होगा।

इलोसिफ छोटा-सा द्वीप है और उसे स्नान के लिए ही रखा गया है। इतनी दूर और वीरान-सी जगह, फिर भी देखते-देखते इतनी भीड़ हो जायेगी...मैं कल्पना नहीं कर सकता था। एक लड़का पतंग उड़ा रहा था उससे पतंग लेकर मैंने भी थोड़ा उड़ाया। एक जगह एक छोटे-से बच्चे को उसका पिता रेत के किले बना-बनाकर दे रहा था, मैं थोड़ा उसमें भी शरीक हुआ। हम ही थे जो दूसरों में दिलचस्पी ले रहे थे, बाकी सब अलग-अलग अपने-अपने में डूबे हुए, उम्र के हिसाब से अलग-अलग कुछ

भी करते हुए। कोई अपनी साथिन को गोद में बिठाए उसकी पीठ हल्के-हल्के खुजला रहा था तो कोई युगल एक दूसरे की पीठ में तेल मल रहे थे। कितनी औरतें सिर्फ चड्ढी पहने पड़ी और धूप सेंक रही थीं। एकाएक एक बात कौंधी...धूप सेंकते, करीब-करीब नंगे पड़े हुए गोरे लोग ही थे, काले चाहे वह मौरीशसवासी ही क्यों न हों, करीब-करीब नहीं थे। वे ज्यादातर रेस्तराँ में काम पर लगे, कुछ मौरीशस की कमीजें वगैरह बेच रहे थे। काले सैलानी क्यों नहीं थे...जब कि मौरीशस तो अफ्रीका के इतने पास है। जैसे आज भी काले लोग गोरों की सेवा करते ही दिखाई देते हैं, एक गौरतलब चीज यह भी थी कि ऊपर से नंगी औरतों में एकाध ही थीं जो आकर्षक हों। तीखी धूप में घंटों पड़े रहकर ये अपनी खाल जला क्यों लेती हैं...क्या रेशमी मुलामियत की जगह जली हुई गोरी त्वचा ज्यादा खूबसूरत मानी जाती है इनके यहाँ ?

तीन बजे तक नहाना, बियर, खाना, फोटो खींचना चलता रहा। अमिताभ बाबू का बियर से पेट नहीं भरा तो थोड़ी थैले से रम भी निकाल ली उन्होंने। मुझे थोड़ी चिंता हुई कि मार्यू आज नहीं था, गाड़ी अमिताभ ही चला रहे थे। वे थोड़ा बोलने ज्यादा लगे, पर उसके आगे नहीं बहके। साढ़े तीन बजे हम वापस हो लिए। मुख्य सड़क पर आये तो चुएदूस गाँव में अमिताभ एक अपने स्थानीय मित्र का क्रियोल स्टाइल की रहन-सहनवाला घर दिखाने ले गये। छोटे बसे कम्पाउंड में छोटा-सा घर...तीन छोटे-छोटे कमरे जिसमें एक सोफे से भर गया था, एक में पत्नी-पति अपने नये बच्चे के साथ, एक में शेष बच्चे। भारतीय परिवार जैसा ही घर, अलबत्ता ज्यादा साफ।

घर पहुँचने से पहले दो जगहें और हो लिए जो हमसे बराबर छूटती रही थीं। एक यूनिवर्सिटी ऑफ मौरीशस...जो एक बेहतर कौलनी जैसी ही थी, थोड़ा पेड़ ज्यादा...और कुछ विशेष नहीं। दूसरी 'दोमे ल पाई' जिसके हिंदी में मायने होते हैं—घास का प्रदेश। यह एक छोटा-सा पार्क है जिसमें सैर करने के लिए बग्घियाँ हैं, बच्चों के लिए एक रेल है, एक पुरानी स्टाइल की शक्कर बनाने की मिल है। छोटे-छोटे पेड़ों के बीच छोटी-छोटी मूर्तियाँ रखी हैं। यहाँ जैसे समुद्र के अलावा मौरीशस की सभी चीजें एक जगह

इकट्ठी कर दी गई हैं—झरने, हिरण, चिड़ियाँ आदि के अलावा तीन रेस्तराँ भी हैं जहाँ फ्रैंच, इटैलियन और इंडियन खाना मिलता है।

बारह दिनों की यात्रा आज समाप्त। मौरीशस को सभी दिशाओं में देख डाला। एक अफसोस रहा कि मौरीशस के चारों तरफ भी छोटे-छोटे द्वीप हैं उनमें रौडरिग शायद जा सकता था...जहाज जाता है, देखता 35 हजार आदमीवाला द्वीप कैसा लगता है।

सुंदर देश है मौरीशस...इस मायने में कि पश्चिम की इसने अच्छी चीजें ली हैं और पूर्व की कुछ चीजें अभी भी चिपकी हैं, उन्हें बचाए रखने की कोशिश भी चल रही है। ईश्वर करे यहाँ की कुछ चीजों से दुनिया सबक ले—कैसे सभी धर्मों और भाषाओं के प्रति न केवल सहानुभूति बल्कि प्रेम रखा जा सकता है, कैसे एक देश बिना सेना के रह सकता है, रेलें भी नहीं हैं यहाँ...कुछ दिनों तक थीं, बाद में बंद कर दी गईं। बहुत दिनों तक याद रहेगा यह देश...रंग-बिरंगे समुद्र, भयावह ऊँची-ऊँची लहरोंवाला सूफ्ले और एकदम शांत और उथले फ्लिक इन फ्लैक ब्लूबे जैसे समुद्रतट, सफेद रेत और सबसे ऊपर जो एक यह दिन इलोसिफ में बिताया...समुद्र की लहरों में बहते चले जाना, जाने कहाँ-कहाँ से आये सैलानियों के बीच पड़े रहना।

इलोसिफ जाते और लौटते हुए आसमान में कई इन्द्रधनुष दिखाई दिए, कभी तो पास ही पास, चार-चार। इतने सारे इन्द्रधनुष मैंने एक साथ कहीं नहीं देखे थे। लगा, मौरीशस इन्द्रधनुषों का देश है और यह तो सच है कि आज संसार के दबदबे माहौल में, रात में अपनी भीगी वीरान सड़कों के बावजूद मौरीशस उदास नहीं है। यहाँ के लोगों में बनावटी और बाहर का उत्साह भले न दिखता हो, यहाँ की फिजाँ में उत्साह है। इस भूखंड से, चाहे जिस कोने में आप हों, एक रहस्यमयी आत्मिक गरमाहट निकलती है जो इसे सुवासित रखती है और जो साल के किसी भी हिस्से में इतने सारे परदेशियों को यहाँ लाकर शांति का अहसास देती है। मुझे लगता है मौरीशस समूचे विश्व के लिए आशा है...ऐसा देश जो समृद्धि, सेना जैसी चीजों के बल पर नहीं—आत्मीयता, प्रेम के बल पर खड़ा है।

मुड़िया पहाड़ के पास एक पर्वत है ला पूस...जिसके माने है अँगूठा।

इस पहाड़ की चोटी अँगूठे जैसी है। जैसे मौरीशस दुनिया को अँगूठा दिखा रहा है—तुम पड़े रहो न्यूक्लीयर हथियारों, चकाचौंधी चीजों के चक्कर में...मैं अपनी सफेद मुलायम रेत, रंग-बिरंगे समुद्र, इन्द्रधनुषों के बल पर बिना रेल, बिना सेना के खुश हूँ और दुनिया को भी खुश कर रहा हूँ।

एक यात्रा—ऊबड़खाबड़

त्रिनिडाड, 4 अप्रैल, 1996। लम्बी यात्रा के बाद कल बारह बजे रात अपनी मूर्खताओं को कोसता हुआ, सम्मेलनों के आयोजकीय भब्बड़ों और तकलीफों से गुजरता यहाँ हिल्टन होटल पहुँचा। तकलीफों को गिनाने की क्या जरूरत...वे तो मानवीय दुर्बलताओं से पैदा होती हैं, खासतौर पर जब विदेश में भारतीय मिशनवाले इन्तजाम कर रहे हों और सम्मेलन भी उनके लिए उपेक्षणीय...हिन्दी का हो। ट्रिनडाड में अन्तर्राष्ट्रीय हिन्दी सम्मेलन है...मिशन के चीफ भारतीय डेलीगेशन के चीफ, गवर्नर साहब को लेकर चल दिये। शेष हम एयरपोर्ट पर ही उनके मातहतों की कमजोरियों से जूझते रहे—कभी सामान यहाँ पड़ा है, बस में नहीं चढ़ रहा, कभी बस में सवारियाँ ही जा सकती हैं सामान नहीं, कभी यह बस इस होटल के लिए नहीं...बेचारे इन्तजाम करनेवाले ! रात के दस बजे से साढ़े बारह बजे तक इधर से उधर दौड़ते रहे, पसीना पोंछते हुए...और हम सम्मेलन के तथाकथित सम्माननीय अतिथि-साहित्यकार वगैरह...एयरपोर्ट पर झुँझलाए अटके हुए हैं, अटके हुए हैं। ईश्वर उन्हें माफ करे, वे नहीं जानते इन्तजाम कैसे करें, क्या करें।

हिल्टन...पाँचसितारा होटल...पर मेरे लिए कैद ही है, लेकिन कैद में...जेलों में लोगों ने लिखा है। मैं भी यहाँ के प्रवास/कारावास को आवास में बदल सकता हूँ लेखन के सहारे...अब जब कि परममूर्खता का आचरण करता हुआ आ ही गया हूँ, तो जिससे हर हालत में सम्बल लेता हूँ वह करूँगा, लिखूँगा...यात्रावृत्त, डायरी दोनों के बीच की कोई चीज सही...कुछ भी। लिखूँ भीतर से भीतर की चीजें, यात्रा के बाह्य विवरण नहीं। कल

रात पहुँचा तो बहुत भूखा था, पास में थीं—लखनऊ की डा. रमासिंह जो न्यूयार्क में एयरपोर्ट पर ही छूट गयी थीं। बाद में वहीं ढूँढ़ निकाली गयीं। क्या गुजरी होगी इस महिला पर...न्यूयार्क जैसे जगह में अकेले छूट जाना। उन्होंने मुझे चार गुलूकोस के बिस्कुट दिए। खाकर सो गया, जितना सो सका। आज सुबह उठकर नीचे चाय पीने गया तो हिन्दुस्तानी आदत न खर्च करने की—एक यू.एस. डौलर का एक कप...माने पैंतीस रुपये की एक कप चाय। हिम्मत की—सोचा, पाँच दिनों में पाँच डालर ही तो इस मद पर खरचूँगा। हम हिन्दुस्तानियों के जीवन में डर और हिम्मत के अनुभव क्षण-प्रतिक्षण छोटी-छोटी चीजों में होते रहते हैं तो हमें डिजनेलैंड के गेम्स या वाटर गेम्स जो हमें डर की अनुभूति से गुजरने का अभ्यास देते हैं,...इनकी जैसी चीजों की जरूरत नहीं पड़ती। रमासिंह डर से गुजरीं। मैंने आज हिम्मत कर डाली—एक डालर की एक कप चाय पीने की।

सोचा था कि सुबह उठते ही नाश्ता—जो होटल के किराये के साथ है इसलिए खर्च करने की हिम्मत की जरूरत नहीं—उस पर जुटूँगा...लेकिन चाय से लौटकर बालकनी खोली (जिस पर सलाह लिखी है कि उसे अपनी सुरक्षा के लिए बन्द ही रखें)। सामने की पहाड़ी, उस पर उगी हरियाली देखी तो कैद का खयाल जाता रहा। ये हैं तो मैं यहाँ रह सकता हूँ। सामने बाँस के पेड़ हैं, पार मैदान...मैदान के बाद सड़क और फिर एक त्रिभुजाकार पहाड़ी जिस पर सफेद धब्बों से उछले सिर्फ पाँच-सात घर हैं। यह पहाड़ी पहाड़ियों की शृंखला की ही है क्योंकि चार दूसरी पहाड़ियों के सिर उसके पार दिखाई देते हैं। पहाड़ी से आती साफ हवा...लिखने बैठा और लिखने का बल। मुझे लगता है लिखने का एक बड़ा प्रयोजन यह है—अपने आत्मबल को जगाना, जिसके लिए लोगों ने जेलों में भी लिखने का सहारा लिया, अपने भीतर खखोरना और फिर पाना कि क्या-क्या नहीं है अपने भीतर...तो मैं खखोरूँगा। यहाँ उसे फिर से पाने की कोशिश करूँगा जो दिल्ली के इस प्रवास के दौरान मैंने खोया है—थमाव। मजाक देखिए कि थमाव पाने चला हूँ भारत से इतनी दूर! इतनी लम्बी यात्रा के बाद! है न अजीब...पर प्रकृति के करिश्मे वही जाने। वह क्यों मुझे इस यात्रा पर, मेरे न चाहते हुए भी ले आयी...और अब व्यवस्थित कर रही है, धीरे-धीरे।

यहाँ आने के पहले एक शाम, रात को न्यूयार्क रुके थे। मैं न्यूयार्क जैसे शहर में नहीं जम सकता, ट्रिनिडाड जैसे में जम सकता हूँ। वहाँ गगनचुम्बी इमारतें हैं, यहाँ प्रकृति है। खास न्यूयार्क में कहीं से भी आसमान पूरा नहीं दिखता, ऊँची इमारतों के नीचे सजावट में लगाये छोटे-छोटे पेड़ हैं। घरों को पेड़ों से छोटा ही रहना चाहिए, प्रकृति को अपने से ऊपर रखो तभी जीवन में तारतम्य रह सकता है। बड़े शहरों की भयावह जीवनशैली, वहाँ मनुष्य की मनुष्य के लिए जो एक क्रूर मशीनी उपेक्षा का भाव है उसका एक अपरोक्ष कारण यह है कि वहाँ इमारतें ऊँची हैं, पेड़ नीचे हैं।

मूर्खता की बात आई तो देखा कि मैं अकेला नहीं था। पंडित विद्यानिवास मिश्र जो अपने ज्ञान के बल से ही स्थितप्रज्ञ होंगे, जब चाहे हो सकते हैं, वे भी अपनी मूर्खता को कोसते नजर आये। वे आये हैं विश्व हिन्दी सम्मेलन में सम्मानित होने...और यहाँ यह भी तय नहीं कि उनका किराया कौन देगा, उन्हें कहाँ रहना हैं । हम लोग भारतीय डेलीगेशन में थे तो हमारे लिए तो होटल था। विद्यानिवासजी सम्मेलन द्वारा आमंत्रित अतिथि थे...तो उनके रहने का कुछ पता नहीं ! किसी तरह खींचखाँचकर उन्हें अपने ही होटल में ठहरने का इन्तजाम बैठाया गया। सम्मानित होना क्या इतना जरूरी है ? जो सम्मान-अम्मान से दूर रहता है, वह शायद ज्यादा फायदे में रहता है। वह प्रलोभन तो नहीं जो ऐसी तकलीफों में डाल दे।

पाँच अप्रैल, सुबह आठ बजे। पिछली रात खुद को बहुत कमजोर महसूस किया। बीच रात नींद टूटी, उसके बाद सोया नहीं गया और अवचेतन जाने कहाँ-कहाँ भटकता रहा। असुरक्षा-सी महसूस करता रहा—कैसे जाऊँगा वापस ! इतनी छोटी-सी चीज ही, जब कि आज के जमाने में टिकट हो तो आदमी लुढ़कता हुआ कहाँ से कहाँ पहुँच जाये, फिर मेरे साथ तो वापसी यात्रा में मियामी तक लोग हैं, मियामी में जहाज ही तो बदलना है। इसी तरह आगे हैं—जहाज ही तो बदलने हैं। मैं बूढ़ा हो रहा हूँ क्या...नहीं अर्धसुप्तावस्था में मन कहाँ-कहाँ भटक रहा था। इसलिए अशक्त

महसूस कर रहा था। जाग्रत में हम ज्यादा तार्किक ढंग से सोच लेते हैं। लेकिन बात इतनी-सी नहीं है। विदेश यात्रा में आदमी को बराबर चौकन्ना रहना पड़ता है, जरा झपकी आई की वह चौंक-चौंककर जाग पड़ता है। मैं जो पूरी नींद नहीं ले पा रहा उसका एक कारण यह भी होगा, कुछ यह भी कि शरीर अभी सोने-जागने के लिए हिन्दुस्तानी समय का अभ्यस्त है। यहाँ सब उलट-पुलट हो गया है...इसलिए असमय जम्हाई आती रहती है।

कल सवेरे नाश्ते के बाद कहीं निकलने का नहीं बन पा रहा था इसलिए परेशानी थी...समय है तो कहीं तो जाना चाहिए। आखिर गाड़ी किसी तरह हासिल करके बम्बई के हाजी अली शैली का एक मंदिर देखने गए, पोर्ट ऑफ स्पेन जहाँ हमारा होटल है उससे कोई तीस किलोमीटर दूर। डेढ़ सौ वर्ष पूर्व भारत से लाये गये मजदूरों के किसी वंशज साधोप्रसाद ने मंदिर त्रिनिडाड के भूखंड पर बनाने की कोशिश की, इमारत उखाड़ दी गयी कि यहाँ किसी भूभाग पर मंदिर बनाने की इजाजत नहीं है तो वे हजरत समुद्र में खिसक गये कि यह तो भूखंड नहीं है समुद्र है, यहाँ तो बना सकते हैं। एक ऐसी जगह चुनी जहाँ ज्वार में समुद्र का पानी आता था, भाटा में पीछे खिसक जाता था। कोई आपत्ति नहीं कर पाया...अब तो खैर सौ से ऊपर मंदिर हैं यहाँ। कहीं नहीं निकल पा रहे थे तो कैसी बेचैनी थी...निकले तो यह—एक साधारण-सा मंदिर! यहाँ त्रिनिडाड में देखने को बहुत है नहीं, इधर से उधर जाते हुए भारत जैसा ही दीखता है। फिर इतनी दूर आने की मूर्खता! कल उद्घाटन कार्यक्रम के दौरान एक पत्रकार महिला से बातचीत में निकल गया कि मैं यहाँ आने की मूर्खता कर बैठा तो वह कटाक्ष करती हुई बोली, बड़ी 'ग्लैमरस' मूर्खताएँ होती हैं आप लोगों की!

यहाँ की जमीन में कुछ गड़बड़ है। करीब 150 साल पहले आये भारतीयों ने कष्ट पाया था और अब हम पा रहे हैं। वे भूखे मरे होंगे, हम भी मर रहे हैं, अधिकांश शाकाहारी। नाश्ते के अलावा कुछ मिलता ही नहीं, नाश्ते को ऊँट की तरह कहाँ तक पेट में भरो। थोड़ा-थोड़ा मालूम होता है कि भूख क्या बला है। कल रात दो बजे के बाद उठ-उठकर मैंने

तीन बार केले खाए, गनीमत कि केले लाकर रख लिये थे।

क्या सचमुच मेरे शरीर को जरूरत है इतना खाने की...जितना मैं उठ-उठकर खाने को दौड़ता हूँ? क्या दस-बारह दिन भी कम खाकर नहीं रह सकता? क्या बना लिया है मैंने खुद को?

कल गिरिराज और केदारनाथ सिंह को चेहरे पर प्रसन्न मुद्रा धारण किये हुए उद्घाटन के अंग्रेजी भाषणों में रस लेते देखा। रश्क हुआ कि ये कैसे कहीं भी रम लेते हैं जब कि मैं उखड़ा-उखड़ा ही रहा आता हूँ। केदार से चाय के दौरान पूछा कि भाई आनंद ले रहे हो, चलो, अच्छा हुआ। वे बोले कि आने की मूर्खता का अहसास इतना ज्यादा है कि बोलती बन्द है। कौन जाने गिरिराज का भी हाल यही हो।

चाय के दौरान ही कितने ऐसों को देखा जो हमसे भी ज्यादा मूर्ख हैं। वे अपने पैसे लगाकर यहाँ आये हैं...कष्ट भोगने। न रहने का ठीक, न खाने-पीने का। बेचारों के कष्ट उनके चेहरे पर थे। एक महिला बोली, गोविन्दजी, बड़ी भूख लगी है...मैं झपटकर उसके लिए एक तश्तरी लाया। हम दोनों ही टूट पड़े। मैं खुद ही खयाल नहीं कर पाया कि उसमें एक-दो चीजें सामिष थीं। चलो आपत्तिकाले मर्यादा नास्ति। खाने में चुनाव आप तब कर सकते हैं जब पेट भरा हो...वर्ना तो जो सामने आये। जो अपना खर्च करके आये हैं, उनका क्या कहिए। आ गये क्योंकि हमारे यहाँ विदेश जाना गौरव की बात मानी जाती है। चले आये कि यहाँ आतिथेय तो मिलेगा, अब वहाँ से क्या पता था कि ऐसा होगा। पता नहीं कितने कैसे हालात में रह रहे हैं। सबके चेहरों पर हल्की कालिख थी...पर लौटेंगे तो कान्फ्रेन्स में जाने, विदेश हो आने की स्टेट्स की गमक लिये लौटेंगे...मैं खुद भी। यह मूर्खता यहाँ आने की मूर्खता से भी बड़ी है, हमारी गुलाम मानसिकता की प्रतीक है जो हमारे नये लड़कों में तो बेहद भर गयी है।

इतना-सा ही लिखने के बाद मैंने देखा कि मेरे कालिख भरे चेहरे पर रौनक आ गयी है। हाँ अब भी। लिखने से कितना नैतिक बल मिलता है।

न्यूयार्क का जिक्र करते वक्त एक बात भूल गया था—न्यूयार्क के एक हिस्से में ही गगनचुम्बी इमारतें हैं, वहाँ के उपनगरों में नहीं...वे तो

और बस्तियों जैसे हैं। यह गौरतलब है कि कैसे सिर्फ ऊँची इमारतों के बल पर शहर का कोई हिस्सा खूबसूरत हो सकता है। इमारतें एक-सी भी नहीं हैं, न कद के हिसाब से, न डिजाइन के...फिर भी वे खूबसूरत लगती हैं। सड़कों की प्लान ऐसी है कि ये गगनचुम्बी इमारतें हवा को नहीं रोकतीं, हवा खूब आर-पार होती है।

सम्मेलन में गोष्ठियों का सिलसिला चल पड़ा है। जितना गोष्ठियों से मैं बचता था उतना ही उनमें आ फँसा, फिर यहाँ तो और भी गोष्ठियों का स्तर ऐसा है कि कोई कुछ भी बोले--न विषय का पता, न उसमें किसे शामिल होना है इसकी कोई योजना। कोई पीछे से जाकर अपने को अध्यक्ष चुनवा लेता है...और फिर वह स्वयं को धन्य मानता है। जिसे बोलने को मिल गया वह परमप्रसन्न हो जाता है फिर, कल तक भले दुखी रहा हो। हर जगह अध्यापक-पत्रकार आगे, लेखक जिनके बल से हिन्दी चलेगी, वे पीछे बैठे हैं। अब असली लेखक तो कहने जायेंगे नहीं किसी से कि मुझे बुलाओ, मुझसे बुलवाओ।

यहाँ के मंत्रियों से मिलना मैं टाल गया। कुछ को शौक हो सकता है मन्त्रियों से मिलने का...लालच भी कि वे फिर शायद त्रिनडाड बुला लें। मुझे वह लालसा नहीं। लेकिन क्या यह भी वही नहीं हैं—अपने को सब तरफ से खींच लेने का क्रम? जाने क्यों मुझे अब बहुत चीजें व्यर्थ लगने लगी हैं। मेरे दोस्त डा. भानु वर्मा ने एक बात कही थी कि अधिकांश जीवन ही बेकार की चीजों से भरा होता है फिर भी उन सबसे अपने को खींच नहीं लेना चाहिए...लेकिन मैं क्या करूँ अगर मेरा बहुत आगे बढ़ने का मन नहीं करता। सोचता हूँ कि अब जो थोड़ी बहुत शक्ति बची है, कम समय बचा है उसे उन चीजों में लगाऊँ जिनमें मन रमता है। जीवन की विडम्बना देखिए कि इसी उम्र में लोगों का ज्यादा बोलना, ज्यादा खाना शुरू होता है...जबकि दोनों ही मेरे खयाल से कम होना चाहिए। मेरा बोलना तो कम हुआ है, खाने की नहीं कह सकता। यहाँ तो चभर-चभर खाता ही रहता हूँ या खाने को ललचता रहता हूँ।

विषय उठ ही गया तो चलिए इसी से भिड़ा जाये। अगर मैं स्वयं को चीजों से खींच रहा हूँ तो फिर अपने समय को किस चीज या चीजों

में लगाना चाहता हूँ और उन चीजों में नहीं लगा पाया तो फिर क्या बकवास चीजों में लगा रहना ही बेहतर नहीं है। कोई जरूरी नहीं कि मैं पढ़ने-लिखने, अच्छे लोगों से मिलने, लोगों से आत्मीय और अनौपचारिक ढंग से मिलने, उनसे प्रगाढ़ सम्बन्ध बनाने...इन या इन जैसी चीजों में ही लग सकूँ। तो फिर कहीं ऐसा तो नहीं होगा कि 'न खुदा ही मिला न विसाले सनम', दीन-दुनिया दोनों से ही गये। नहीं, मैं सोचता हूँ कि अपने का बचाए रखकर, अपने को उन्हीं चीजों में लगाये रखकर जो मुझे भाती हैं, मैं वह जमीन तैयार कर रहा हूँ जहाँ शायद कुछ उगे...

अब इसका क्या किया जाये कि मुझे कम लोग पसन्द आते हैं, ऊपर तबके के लोगों के दिखावे, आडम्बर आदि से मन उचटता है, पर शायद उनके इस दिखावे को पास से देखने के लिए उनसे मिलने जाना चाहिए।

मैं बार-बार यहाँ आने की मूर्खता पर कुढ़ने लग जाता हूँ। कुढ़ने को अब तक आदत नहीं बना पाया, न ही उसमें जबर्दस्ती आनन्द लेना शुरू कर पाया। जो मूर्खताएँ चारों ओर चल रही हैं उन्हीं में उतरो, मजा लो। इस तरह के सम्मेलन करना धन्धा हो गया है—अन्तर्राष्ट्रीय धन्धा...जिसमें जगह-जगह पर लोग चिपक गये हैं—कोई आयोजक है और उस बहाने यहाँ के प्रधानमंत्री आदि के करीब आना चाहता है, कोई प्रोफेशनल विजिटर है जो दूसरे देश जानेवालों की लिस्ट में अपना नाम जुड़वाने से लेकर यहाँ अध्यक्षता करने तक दौड़ता रहता है।

कल शाम शेषेन्द्र शर्मा (तेलगू के प्रसिद्ध कवि) से अलग एक छोटी से बैठकी हुई...कविता-कर्म और जीने के बारे में गहरी-गहरी बातचीत... अच्छा लगा। यह शख्स ईमानदार है। फिलहाल दोहरी घुटन की गिरफ्त में है...यहाँ आने, साथ में पत्नी को ले आने की डबल मूर्खता! समय नहीं गुजरता यहाँ...अपनी रुटीन नहीं है, नई बन नहीं सकी है और मन लगानेवाला नया कुछ—देखने-घूमने को कुछ उस जैसा भी नहीं है। ऐसे में समय इतना लम्बा हो जाता होगा कि काटे नहीं कटता होगा। शेषेन्द्र को अपने में इस तरह घुसे हुए देखकर डर लगता है...यह मानसिक रोग है, बढ़ सकता है।

शायद अब इस पर सोचना छोड़ ही देना चाहिए कि मैंने यहाँ आकर

मूर्खता की—चुपचाप उसका, यहाँ के कष्टों का भी मजा लो, क्यों न एक कहानी लिखना शुरू कर दूँ...दो तो दस्तक दे ही रही हैं—इनमें से कोई उठा लूँ।

अप्रैल 6 को सब ठीक हो गया। मैं उन बेवकूफियों में उतर गया, जिनसे कतराता था। गोष्ठियों में बैठा, एक में हिस्सा लिया...भीड़भाड़ में लोगों से बातचीत की—जो चिल्ला-चिल्लाकर करनी पड़ती थी। शाम को थोड़ा शौपिंग, विमल के कमरे में गप्पबाजी, थोड़ी शराब...और बस। थकान से भरा आया, पहली बार गाढ़ी नींद आई।

बकवास सही, उसी में उलझे रहो, परहेज करोगे तो अलग-थलग पड़ोगे। मैं शेषेन्द्र की तरह नहीं होना चाहूँगा। दिल्ली और आगे के जीवन के लिए भी यहाँ से यह सबक लेते चलना चाहिए। यह सोचकर कि तुम कुछ महत्त्वपूर्ण में लगे हो सब चीजों से खुद को खींच नहीं लेना चाहिए। बेशक समय की बरबादी का सोचना होगा, थोड़ा अपने स्वभाव का—जैसे तुम बेकार के लोगों से नहीं मिलना चाहते—हालाँकि वह भी क्यों नहीं। पर सवाल उठता है मूर्खताओं में कहाँ तक। शायद बात एक सन्तुलन बनाने की है। जैसे ताकतवर खाने के साथ-साथ थोड़ा बहुत भूसा जैसा भी हम पेट में डालते हैं, उसी तरह सत्व और असल की चीजें करने के साथ-साथ मूर्खताएँ करते चलना, कम से कम उनमें फँसे रहना भी जरूरी है...वर्ना जिन्दगी कटती नहीं। हमेशा यह खयाल कि आप 'यह' हैं, इसलिए यह नहीं कर सकते, नीचे कैसे उतरें—यह भी खामखयाली है। पर तभी आप गंगाप्रसाद विमल की तरह हर समय हर तरफ लुढ़कते हुए अपना असली व्यक्तिव ही खत्म कर बैठें यह भी ठीक नहीं। मेरे इस ग्रुप में एक तरफ विद्राल के विन्दु पर शेषेन्द्र हैं, दूसरी तरफ हर पल हर जगह लुढ़कता हुआ विमल है। बाकियों ने बीच में अपने लिए इधर-उधर कहीं जगह बनाई हुई है। मुझे भी इन बाकियों की तरह ही करना होगा। बहुत दिनों बाद कल शाम को शराब की महफिल में बकवास करते हुए खुलकर हँसना हुआ। उसी पल मुझे अहसास हुआ कि वह कितना जरूरी था।

कैसी मजेदार बात है—कल तक अपनी मूर्खताओं पर रो रहा था, आज उन्हीं की तारीफ कर रहा हूँ। जिन्दगी की जो खराब बात है कि चीजें गुजर जाती हैं वहीं अच्छी बात भी है कि चीजें गुजर जाती हैं और पलटकर पीछे देखो तो फिर वे उतनी बुरी नहीं लगतीं।

कल रात शेषेन्द्र को भी बाहर निकालना चाहिए था, आज कोशिश करूँगा। मैं भी पहले दो दिनों कुछ ज्यादा ही अपने में घुसा रहा था... वैसा न करता तो शायद उतनी तकलीफ नहीं होती/बहरहाल।

करीब-करीब आखिर तक पहुँच गये हैं। आज अन्तिम सत्र है। कल फिर अवसाद ने आ घेरा, फिर वही सवाल—क्यों आया, इतने दिनों की बरबादी। पर दिल्ली में भी होता तो क्या बरबादी नहीं होती? दिन तो गुजरते ही हैं। अपनों के बीच, अपने वातावरण में होने से हम बरबादी के इस अहसास से बचे रहते हैं...फर्क सिर्फ इतना ही है। शाम को गिरिराज, केदारनाथ सिंह और मैं एक गाड़ी लेकर चगौरमास समुद्रतट हो आये। 'बीच' की तरह का नहीं है, फिर भी समुद्र तो है। देश के पश्चिमी कोने में छोटे-छोटे द्वीपों को पार करता समुद्र का पानी पोर्ट ऑफ स्पेन की जमीन को छूता है। इस तरफ पहाड़ियों का सिलसिला, बीच में रास्ता और थोड़ी बस्ती। पानी उथला है। ताजगी आयी। लौटकर शेषेन्द्र को उनके दर्भे से निकाला—गिरिराज, केदार, मैं और वह गपियाए। केदार ने कुछ अच्छे किस्से हिन्दी साहित्य के संबंध में सुनाए। मैंने शेषेन्द्र को लेकर खुद से जो वायदा किया था उसे निभा दिया। आगे वे जानें।

नौ अप्रैल का दिन ही खाली मिल पाया। विमलस्वरूप और मैं सवेरे ही निकल गये। अभी तक इधर-उधर से त्रिनडाड को सिर्फ झाँक-भर पाये थे। आज थोड़ा उसमें इजाफा किया जब फोर्ट जार्ज और मोराकस बीच देख आये। फोर्ट जार्ज—यहाँ उत्तर की पहाड़ियों की एक चोटी पर बसा पुराना किला टाइप है, जहाँ अंग्रेज लोग अपना गोला-बारूद रखते थे। तोपें अब भी हैं, बेकार पड़ी हुईं। ऊपर से नीचे फैले पोर्ट ऑफ स्पेन का अच्छा नजारा मिलता है। उसके बाद मोराकस जो शायद यहाँ का सबसे सुन्दर

समुद्रतट कहा जाता है। वह भी कुछ खास नहीं है—दो छोटी-सी खाड़ियाँ हैं, पासपास...समुद्र भीतर घुसता हुआ, बस। कुछ खास सजाया भी नहीं गया, क्योंकि यहाँ पर्यटन पर जोर नहीं है। उसके बाद शागुना की बाजार पहुँचे। हर दुकान में शक्तिशाली साउंड सिस्टम लगे हैं जिनमें चलता रहता है पश्चिमी संगीत, भाँय-भाँयवाला। ऐसे में कोई क्या खरीदफरोख्त कर सकता है। एक दुकान में एक महिला और उसकी बच्ची से मैं भावतोल करने लगा। महिला ने फख्र से अपनी बच्ची को अंग्रेजी में बताया कि उसके प्रपितामह जिस देश से आये थे, मैं वहीं का हूँ। उन्होंने बच्चों की शर्ट जिस दाम में मैं माँग रहा था, दे दी। मैंने उस बच्ची के सिर पर हाथ फेरा। उसकी माँ ने मेरा हाथ गर्माहट में दबाया। हम पहली बार मिले और विदा भी हो लिये। मैंने कहा, हम तुम्हें इन कपड़ों के बहाने याद रखेंगे! उसने कहा—कैसे, जब तुम हमारा नाम तक नहीं जानते...

नाम जान भी लो तो इससे ज्यादा और क्या हो सकता है—कुछ क्षणों लिया-दिया और बस। थोड़ी कसकती पीड़ा-सी लिये मैं दुकान के बाहर आया।

हमारे ड्राइवर मोहम्मद की नानी अब भी जीवित है—हिन्दी बोलती है। ये लोग हिन्दी को अपनी बाद की पीढ़ियों तक नहीं पहुँचा पाये...पर उनमें मोहब्बत, भावुकता भारतीयों जैसी ही है—हिन्दू संस्कृति, हिन्दी फिल्में, गाने जहाँ-तहाँ चलते हैं पर न ये लोग हिन्दी पढ़ पाते हैं, न बोल पाते हैं। अपनी जड़ों को तलाशने, उनसे जुड़ने की पीड़ा है उनमें। संभवतः भारत में भी यह अगली पीढ़ी में नजर आयेगी, भले भाषा की वजह से हालत इतनी खराब न हो। बाजार के बाद हम दत्तात्रेय के मंदिर गये। एक लम्बी-चौड़ी जगह में मंदिर और आश्रम, पर आदमी एक भी नहीं। शान्ति। बाजार के शोर के बाद भली लग रही थी।

आज यहाँ समाप्त हो ही गया...वह सब जिसे मैं कोसता रहता था। क्या किया—जहाज में चढ़े, जहाज से उतरे, होटलों में रहे...बस। अब ऐसी यात्राओं पर निकलने की तबीयत नहीं होती...पर कोई गारन्टी नहीं कि मैं फिर ऐसे चक्करों में न फसूँ।

कल वापसी है। एक रात भी यहाँ पूरी नींद नहीं सो पाया। भीतर

जमा कोई दुख बूँद-बूँद रिसता रहा...शायद इस जमीन में डेढ़ सौ साल पहले आये भारतीयों की पीड़ा इतनी जमी हुई है कि अब भी जो भारतीय आता है उसमें टकराकर वह उमसती है। क्या रहा होगा वह समय जब हिन्दुस्तानी बँधुआ मजदूर बनाकर इतनी दूर लाये गये होंगे...पानी के जहाज में महीनों का सफर। उसी में आधे मर गये होंगे। कहते हैं...जब लाये गये तो यहाँ समुद्र के किनारे पकड़ी मछलियों से डाल दिये गये। सोचकर की सिहरन होती है। गनीमत कि उनकी मौजूदा पीढ़ियाँ उन्हें आज भी याद करती हैं...पर कितने दिनों तक । यह याद क्या उन लोगों के जीवन की यातना का छोटा-सा मुआवजा भी है?

कल शाम ब्रियन लारा प्रोमेनेड में समापन का सांस्कृतिक कार्यक्रम था—ज्यादातर हिन्दी फिल्मों के गाने। धुनों पर इधर-उधर से घिर आये स्थानीय निवासियों के पैर थिरकते थे...भले ही वे गानों का मतलब न समझते हों।

कल से मैं अपने परिवेश से जुड़ने लगूँगा...धीरे-धीरे। शिकागो पहुँचकर भारतीय खाना खाऊँगा, दिल्ली बात कर सकूँगा।

वापसी के दिन होटल के कमरे से सामान बाहर ले जाने के लिए ट्रौली देर से आई...इसलिए मैं पिछड़ गया, जब कि तैयार मैं चार बजे से ही था। पिछड़ना मुझे खराब लगता है—यात्रा में पिछड़ना, रेल या हवाई जहाज के लिए देर हो जाना। जिन्दगी में पिछड़ने को तो मैं दार्शनिक अंदाज से ओढ़ लेता हूँ, यात्रा में हमेशा थोड़ा पहले पहुँच जाने की आदत है...ताकि व्यर्थ का तनाव न झेलना पड़े। होटल के बाहर आये, शेषेन्द्र वगैरह दूसरे बचे-खुचे भी आ गये तो भी बस ही न चले। एक बस पहले जा चुकी थी। मैं मिशन के एक आयोजक पर बरसा। उसने कहा वह एक महत्त्वपूर्ण काम सल्टाने में लगा है, उसके बाद ही बस आगे चलेगी। महत्त्वपूर्ण क्या था...फिर वही वी.आई.पी. का काम। हम भारतीयों के लिए यही तो है जो महत्त्वपूर्ण होता है...मन में बहुत वितृष्णा पैदा हुई। कब जायेगी हमारी यह मानसिकता। गनीमत कि एयरपोर्ट पहुँचने पर एक काउंटर अलग खुल गया और हम पिछली बसवाले जल्दी सलट लिये।

मियामी उतरते ही दौड़ शुरू हुई—इमीग्रेशन और कस्टम्स की लाइन

में जल्दी लगने के लिए। सभी को जहाज बदलना था। इस जहाज से निकलने के बाद एक जगह पटरी पर दौड़ती हुई रेल के डिब्बे जैसी कार थी...यात्रियों को एयरपोर्ट की एक इमारत से दूसरी में लाने के लिए। संकेतचिन्हों के पीछे दूसरे यात्रियों के साथ या पीछे-पीछे दौड़ते हुए लाइन में लग गया! इन देशों में कर्मचारी चुपचाप अपना काम करते चलते हैं, भारतीयों की तरह जबर्दस्ती मीनमेख नहीं निकालते। तो टाइम से इमीग्रेशन आदि से निपट लिये। जब कस्टम्स के बाहर एयरलाइन्स वाला मेरे सूटकेस को सीधा शिकागो के जहाज में पहुँचाने के लिए लेने लगा क्योंकि वह शिकागो के लिए बुक्ड था तो मेरा ठेठ भारतीय अविश्वास जाग उठा। एक पल के लिए मैं हिचकिचाया—कैसे अनजाने व्यक्ति को दे दिया जाय, पर तभी खयाल आया उसमें कपड़ों-किताबों के अलावा है क्या...यहाँ के लोगों के लायक तो उसमें कुछ भी नहीं है। साधु को इसलिए चोरी वगैरह का तनाव नहीं सालता। वैसे भी अमेरिका में लोगों पर विश्वास किया जाता है, कर सकते हैं क्योंकि यहाँ सभी के पास बहुत कुछ है।

मियामी से शिकागो के लिए जहाज में फर्स्ट क्लास मिल गया। बगल में युनाइटेड एयरलाइन्स में काम करनेवाली एक लड़की थी—किसी ट्रेनिंग पर दो दिनों के लिए शिकागो जा रही थी। बातचीत में मीठी पर दिमागी स्तर स्कूली लड़की का ही। जो पूछो उतना ही बतानेवाली—होलीडे इन होटल में कोर्स है, वहीं रहना भी है। ये लड़कियाँ...इनकी आँखों या चेहरों पर हावभाव उस तरह नहीं थिरकते जैसे हमारी तरफ होता है...या शायद मुझ अपरिचित से बात करते समय ही ऐसा हो रहा था। वह हर बात का जवाब ऐसे देती थी जैसे इम्तहान में किसी प्रश्न का जवाब लिख रही हो, पीछे से एक-सी हल्की हँसी का पीछे वाला टुकड़ा, पूरी हँसी भी नहीं। इधर-उधर के किसी विषय पर बोलना नहीं आता। हो सकता है मौलनी (यही नाम था उसका) ही ऐसी हो...पर मुझे लगता है इन देशों में कल्पनाशीलता का अभाव कुछ ज्यादा ही है। पढ़ाने-लिखाने, प्रशिक्षण में हर चीज के लिए स्टैप्स बताये जाते हैं, कुछ भी करने के लिए एक-एक कदम लिखकर दे दिये जाते हैं, कल्पना के लिए जगह नहीं छोड़ी जाती...इसलिए उन्हें इधर-उधर की बातें करना भी नहीं आता।

शिकागो में एयरक्राफ्ट के बाहर ही राजन मिल गया। यहाँ दाँतों का डाक्टर है, सफल डाक्टर—माने कि कमाई अच्छी है। शिकागो के एक उपनगर में बड़ा-सा घर है, परिवार में दो छोटे बच्चे। घर में सुख-सुविधा की हर चीज। इसे ही वह अच्छी जिंदगी समझता है, उसी-उसी की बात करता है—अपने को बराबर याद दिलाता रहता है कि वह सफल व्यक्ति है, लेकिन भीतर कहीं भारत की प्यास छटपटाती रहती है।

अगले दिन राजन और मैं वाशिंगटन को चल दिये। एयरपोर्ट के पास ही कार पार्क। वहाँ से एक शटल बस एयरपोर्ट ले जाती है। अमरीकी जीवन में छोटी-छोटी चीजों के लिए भी सिस्टम्स अच्छे बिठा दिये जाते हैं—सब चीजें, सीढ़ी-दर-सीढ़ी बिना किसी रुकावट के खिसकती हैं। वाशिंगटन में किराये की कार एयरपोर्ट पर ही मिल गयी। उसी से हम होटल गये। होटल में व्यवस्था थोड़ी चरमरायी-सी दिखी—पहले कह दिया था कन्फर्म है, फिर भी कमरा नहीं। किसी तरह कह-सुनकर कमरा मिला। हम कुछ खाकर वाशिंगटन को निकल दिये। वाशिंगटन के पहले एक छोटी बस्ती पड़ती है जिसके बारे में राजन को आगाह किया गया था कि वहाँ आतंकवादी, उपद्रवी, शराब पीकर ऊधम मचानेवाले नीग्रो बहुत हैं। एक से रास्ता पूछने लगे तो एक शराबी कार की तरफ आ गया और उल्टी-सीधी बातें करने लगा। राजन ने फौरन शीशे चढ़ाकर कार आगे बढ़ा दी। उस कस्बे में वह फिर नहीं ही ठहरा, रास्ता पूछने को भी नहीं, वहाँ सुरक्षा नहीं थी। यह विडम्बना ही कहिए कि संसार का सबसे शक्तिशाली राष्ट्र सारी दुनिया में अपना प्रभाव जमाने के चक्कर में रहता है और अपनी राजधानी के इतने पास हम जैसों को सुरक्षा नहीं दे सकता!

वाशिंगटन में पार्किंग मुश्किल से मिली। अमेरिका में पार्किंग एक खासा व्यापार है...किसी इमारत में नीचे तहखाने से शुरू करके तल्ला-दर तल्ला कारें। कहीं जगह मिल गयी तो समझो भाग्य, वर्ना घूमते फिरो इधर से उधर, उधर से इधर। हमने एक बस पकड़ ली जो पर्यटकों को वाशिंगटन शहर का चक्कर लगवाती थी। ड्राइवर एक मोटी अमेरिकन महिला थी, वही गाइड भी। अच्छा बोलती थी, हँसी का पुट देते हुए। उसकी आवाज बैठ रही थी फिर भी वह धड़ाधड़ बोल रही थी। यहाँ मुझे इस देश की

दूसरी खासियत नजर आयी—ये लोग अपना काम—वह कोई भी हो—पूरी दक्षता से करते हैं, हम हिन्दुस्तानियों की तरह टालते नहीं, या उसे यों ही वों ही करके छुट्टी नहीं पा लेते। इसीलिए यह देश इतना आगे है। हमारा पूरा ग्रुप अमेरिका की यूनाइटेड एयरलाइन्स से आया क्योंकि एयर इण्डिया की स्ट्राइक थी...न होती तो इतने पैसे अपने देश की एयरलाइन्स को मिलते।

गहरे से देखना तो खैर क्या होता एक दिन में...हाँ, शहर का जायजा मिल गया। हर तरफ भीमकाय इमारतें...दफ्तर, होटल, बीच-बीच में छोटी ऐतिहासिक इमारतें भी। बीचोंबीच व्हाइट हाउस, लिंकन मैमोरियल, वाशिंगटन मैमोरियल। एक नदी भी है जो शहर की खूबसूरती बढ़ाती है। विदेशों के दूतावास शहर के एक छोर पर हैं, सड़क के दोनों तरफ आम घरों जैसे, दिल्ली के शांतिपथ जैसा विशाल प्रांगण नहीं है। हालाँकि अमेरिका के पास जमीन की कमी नहीं है, फिर भी सब कुछ पास-पास एक छोटी-सी बस्ती में समेट दिया गया है। गनीमत है कि आबादी नहीं है ज्यादा, इसलिए इमारतों के गँसाव के बावजूद वाशिंगटन सुंदर दिखता है।

रात को होटल में नीचे डिस्को पार्टी थी। होटल का बेयरा हमें भी आने का लालच दे गया था—'लौट ऑफ गर्ल्स'...उसने कहा था। वहाँ रात नौ बजे से ही भीड़ होने लगी थी—भीतर तेज म्यूजिक, एक जगह बड़े पर्दे पर क्रिकेट भी चलता हुआ, शराब और तेज-तेज बातचीत। म्यूजिक के साथ डांस...काले-गोरे सभी। हम लोग कमरे में आ गये क्योंकि राजन को अपने एक रिश्तेदार नौजवान को विवाह के लिए तैयार करना था। यह अमेरिका में पला और बड़ा हुआ है इसलिए अमरीकी से ही शादी का खतरा है। वह एक सर्जन बन रहा है तो शादी तो कोई भी अमरीकी लड़की कर लेगी...लेकिन चिंता है कि शादी के बाद क्या होगा—यहाँ तलाक बहुत होते हैं! राजन, मैं और उसका एक दोस्त उसे शादी के लिए तैयार करते रहे...मगर वह पट्ठा हिंदुस्तानी अमेरिकन है। हिंदुस्तानी भी कैसे कहा जाय क्योंकि वह तत्त्व तो दूर-दूर तक नहीं दिखता। देखने में जरूर वह दक्षिण भारतीय लगता है। उसे नहीं पता वह कैसी लड़की चाहता है, लेकिन भारतीय पत्नी की तरह एकदम आश्रित रहनेवाली, पति के लिए स्वयं को हर तरह से ढाल लेनेवाली—यह तो नहीं ही चाहता। वह एक स्वतंत्र

दिमागवाली लड़की चाहता है जो उसे पसंद करेगी इसमें संशय है...तो फिर साथ हो लेगी कोई निम्न स्तर की अमेरिकन जो इसके पैसे की लालच में थोड़े समय के लिए इससे ब्याह रचा लेगी। राजन और लड़के के माँ-बाप यह समझते हैं, इसलिए शादी अमेरिका में बसी किसी हिंदुस्तानी से ही करना चाहते हैं।

नीचे उतरे तो डिस्को हाल शोर और भीड़ दोनों में बाहर उबला-सा पड़ रहा था। एक घंटे बाद उसी जगह जब राजन का भतीजा हमें उतारने आया तब डिस्को का आलम ही कुछ और था। बाहर लड़कियाँ नशे में अस्तव्यस्त घूम रही थीं...अपने कपड़े उतारने को व्याकुल। उनके इर्दगिर्द था लड़कों का जमावड़ा। लड़के आपस में लड़ रहे थे, कुछ के माथे पर खून भी था। पुलिस लड़ाई-झगड़े, खून-खच्चर पर काबू पाने के साथ-साथ नंगी होने को आतुर लड़कियों को भी घेर रही थी। यह तो अजीब डिस्को हुआ...मैं सोचने लगा। पहले लड़कियाँ हाल में आती हैं, शराब पीती हैं, लड़के उनसे परिचय करते हैं, उनसे सटकर नाचते हैं...पीछे पागल कर देनेवाले शोर का संगीत—अगर उसे संगीत कहा जा सकता है तो—चीखता रहता है। फिर मामला तेजी से सेक्स की तरफ जाने लगता है। जिस समाज में सेक्स के लिए यों भी खासी छूट है वहाँ उसके लिए इस प्रपंच की क्या जरूरत! और हाल के बाहर जो इस वक्त आलम है वह कुतिया के लिए लड़ते कुत्तों के दृश्य से कहाँ फर्क है? कहाँ चली जाती है पश्चिमी सभ्यता ऐसे में? मुझे बताया गया कि डिस्को में नीचे वर्ग की लड़कियाँ ही ज्यादातर आती हैं। अमेरिका में सड़क पर नंगे होना, माइनर के साथ सेक्स करना...ये जुर्म हैं। पुलिस बाहर-बाहर से दंगा-फसाद पर काबू रखने की कोशिश करती है, पर हट्टे-कट्टे कांस्टेबलों का असली मकसद मनचाही लड़कियों को पकड़ना, उन्हें डरा-धमका कर कहीं ले जाना—भोगना और फिर छोड़ देना होता है। जो भारत की पुलिस के बारे में सुनते हैं, वही यहाँ भी। मन घिना आया। हम अपने कमरे में चले आये।

रात डेढ़ बजे कमरे में दस्तक हुई। दो कांस्टेबल थे...कमरे में ताक-झाँक करते हुए कि कहीं कोई लड़की तो नहीं थी। उनका व्यवहार सभ्य था। राजन से पूछताछ और इधर-उधर ताक-झाँक कर वे चले गये। सुबह हमने

होटल जल्दी ही छोड़ दिया कि कहीं और कुछ बखेड़ा न हो बैठे। बाल्टीमोर के एक रेस्तराँ में नाश्ता किया, किराये की कार वापस की और एयरपोर्ट। राजन इतने दिनों से यहाँ है, अब अमरीकी नागरिक भी है...फिर भी विदेश में असुरक्षा की जो भावना रहती है, वह उसमें अब भी है। इसी तरह वह अपनी नौकरानी माला के बयान कराने के लिए पुलिस स्टेशन जाने को लेकर परेशान था, आते समय और अब भी।

माला अधेड़ा है। गुजरात से आई है। देश में पति है, तीन लड़के हैं। एक रिक्शा चलाता है। उसकी हिम्मत कि वह अपनी बहन के मार्फत इतनी दूर आयी है। काम करती है, अच्छा कमा लेती है और अब तक चार-पाँच लाख रुपये घर भिजवा चुकी। वह बताती नहीं है, पर उसके भेजे रुपयों से उसके पति की दवा-दारू होती है, घर बन गया, कुछ खेती की जमीन भी ले ली गयी है। यहाँ तीन वर्षों तक वह एक परिवार के साथ रही। वह अमेरिका छोड़ गया तो एक गुजराती परिवार के यहाँ आयी...जिसने उस पर हार चुराने का इल्जाम लगाया और निकाल दिया। राजन परेशान था कि नौकरानी की सहूलियत तो मिली, लेकिन उसके मिलते ही बखेड़ा, दूसरे यह कि अब शक भी रहेगा कि कहीं माला यहाँ भी हाथ साफ न करे।

शिकागो पहुँचते ही हम माला को लेकर पुलिस स्टेशन गये जो काफी दूर था। बीच में एक जैसा ही रास्ता, एक जैसी बस्तियाँ वही जो यहाँ आम नजारा होता है। माला का बयान होना था, लेकिन यहाँ लगता ही नहीं था कि पुलिस स्टेशन आये हैं। साफ-सुथरा दफ्तर, शालीन अफसर...उन्होंने पहले ही माला को आश्वस्त कर दिया कि वह गिरफ्तार नहीं है, स्वतंत्र है...निर्भय होकर अपना बयान दे। राजन की भी स्थिति उन्होंने मात्र इंटरप्रेटर की रखी...मुझे इंटरव्यू से बाहर रखा इसके लिए उन्होंने राजन से 'सौरी' भी कहा। अमेरिका में आदमी की इज्जत खूब है...उतनी ही जितना भारत में आदमी को हिकारत से देखा जाता है, खासतौर से तब जब वह गरीब हुआ या किसी सरकारी दफ्तर पहुँचा।

रात को राजन और मैं मुख्य शिकागो—जिसे यहाँ डाउन टाउन कहते हैं—पहुँचे। लेक शोर ड्राइव...बड़ी झील जो समुद्र की तरह है...उसकी बराबरी

से सड़क और दूसरी तरफ टिकी खड़ी भीमकाय इमारतें। यहाँ सियर्स टावर्स है जो दुनिया की सबसे ऊँची इमारत है, (हालाँकि सुना है अब कोलालाम्पुर में इससे भी ऊँची इमारत बन गई है)। लगभग सौमंजिला इस इमारत पर ऊँचे जाकर लोग नीचे फैले शिकागो शहर का नजारा लेते हैं। वहाँ न जाकर हम जौन हैन कौक बिल्डिंग गये जो करीब-करीब उतनी ही ऊँची है, एकाध मंजिल छोटी होगी। 96वें मंजिल पर यहाँ एक बार है...उससे नीची मंजिल पर एक रेस्तराँ। नीचे फैली रोशनियाँ सुंदर दीख रही थीं। अमेरिका चाहे वह न्यूयार्क हो या शिकागो—इन्हीं ऊँची-ऊँची इमारतों के लिए मशहूर है। रात को इन इमारतों की हर मंजिल से फूटती रोशनियाँ इन्हें भव्य बना देती हैं, दिन के धुँधलके में ये ही इमारतें थोड़ा बदसूरत दिखती हैं।

अगले रोज सवेरे लेक शोर ड्राइव के रास्ते ही डैवोन एवेन्यू गये... जो यहाँ हिंदुस्तानियों की बस्ती है, जैसे लंदन में साउथ हाल। स्टोर्स में हिंदी में बात करता दुकानदार...प्रीतिकर अनुभव था। एक स्टोर्स के ऊपर इन्डो अमेरिकन सैन्टर में भी झाँका। वहाँ एक सरदारजी आदमी-औरतों के एक झुंड की क्लास जैसी ले रहे थे। अमेरिकी नागरिक बनने के पहले इन दिनों एक इंटरव्यू भी होता है उसमें अमेरिका के बारे में सामान्य जानकारी के सवाल पूछे जाते हैं, ठेठ भारतीय महिलाओं को उन सवालों के लिए तैयार कराया जा रहा था।

लौटते में झील के किनारे रुके। एक प्रोफेशनल पतंगबाज एक व्यक्ति को पतंग चढ़ाना सिखा रहा था। आदमी को अपने एकांत को भरने के लिए क्या-क्या हथकंडे चाहिए...और उसके लिए सीखना भी पड़ता है, इस अधेड़ उम्र में भी जो सीखनेवाले की थी।

शिकागो की मुख्य बस्ती में कुछ चहलकदमी के लिए रुके...भीमकाय इमारतों के नीचे साफ-सुथरी सड़कों पर चलना अच्छा लग रहा था। हवा बहुत ठंडी और पैनी थी। एक जगह एकाएक एक व्यक्ति करीब-करीब चिल्लाता हुआ आया—डोन्ट गो ओवर देयर...घंटिया टनटनाता हुआ एक पुल ऊपर उठ रहा था...नीचे नहर थी। एक छोटे जहाज को नीचे से जाने देने के लिए कौलैप्स होने वाला पुल ऊपर उठ रहा था। लोहे की बड़ी

चादर जो अभी तक पुल बनी नीचे पड़ी थी वह दो टुकड़ों में ऊपर उठ रही थी। इस तरह के पुल बहुत पहले की चीजें हैं...कोचीन में एक पुराना पुल इस तरह का है जिसे मुद्दत पहले उठाया जाता था। अब वह मुस्तकिल पुल के रूप में ही इस्तेमाल होता है क्योंकि बड़े जहाज उधर से नहीं जाते।

राजन को चिंता थी कि कहीं मैं ठंड न खा जाऊँ...कल मुझे वापसी की लम्बी यात्रा के लिए जहाज पकड़ना है...इसलिए हम ब्रैन्डी के लिए एक 'बार' में घुस गये। भीतर गर्म था, लोग काफी थे। आधुनिक मयखाने का माहौल...सजी ढेरों बोतलें, उनके सामने ऊँची कुर्सियों पर बैठे पीनेवाले...बातों-ठहाकों का शोर...सब कुछ था वहाँ। सबसे बड़ी जो चीज थी वह थी गरमाहट जो अमेरिका में है—यहाँ की समृद्धि की वजह से और आदमी की जो इज्जत है उसकी वजह से। सारी दुनिया से लोग आकर यहाँ बसते हैं। राजन कहता था स्वयं को अमरीकी नागरिक कहकर वह गर्व महसूस करता है, भारतीय नागरिक कहकर वैसा महसूस नहीं होता। मैं सोचता रहा था—ऐसा क्यों है? भारत के नाम से इतना कुछ जुड़ा है, वह सब हमें स्वयं और दूसरे को बोधित क्यों नहीं होता? हमने अपनी अच्छी चीजें धुँधला जाने दीं। अब भारतीय कहने पर जो ध्वनियाँ उठती हैं—वे हैं भ्रष्टाचार, राजनीति, लद्धड़पन, काहलियत आदि।

शाम को राजन के पिताजी से मुलाकात हुई। भारत में नौकरी से रिटायर होकर वे यहीं बस गये हैं क्योंकि दोनों लड़के यहाँ हैं। राजन ने उन्हें एक कार ले दी है जिसे उन्होंने फख्र से बताया ये मेरी कार है। यहाँ अपने बारे में बताने के लिए चीजें ही तो हैं—कार, उम्दा घर, घर में एक से एक चीजें। वे वापस जाने का नहीं सोचते...अपने को कार की मदद से व्यस्त रखते हैं। यहाँ आदमी पैदल चलते नहीं दिखाई देते—सड़कों पर तो सवाल ही नहीं, उपनगरों में भी नहीं क्योंकि वहाँ दूर-दूर मकान हैं। आदमी को चलते देखना हो तो कारों को भागता देख लो...जैसे कार ही आदमी के पैर हैं जिनके बल पर वह लगातार भागता रहता है। राजन के लिए मैंने भविष्यवाणी की कि वह जो चाहेगा पा लेगा, अमीर भी हो जाएगा, लेकिन फड़फड़ाता रहेगा...उसने माना कि फिलहाल तो वह 'बेचैन आत्मा' है ही। अमेरिका में रहना लगातार एक दौड़ में भागते रहना है—जो

मुझ जैसे आदमी के लिए तो एकदम नहीं है। क्या फायदा अगर आप कभी मंजिल पर पहुँचकर स्थिर होने, थमने, इत्मीनान में होने का सुख-लाभ ही न कर पायें। क्या फायदा ऐसी दौलत या सफलता का ? राजन इतना बेचैन रहता है कि हर दूसरे रोज भारत में अपने दोस्तों को फोन करता है—भारत उसे बुलाता है, वह भारत में जमीन-जायदाद लेने की भी सोचता है—माने कि कशिश है...हालाँकि वह अब शायद ही कभी वापस जा सके। भारत में उसके लिए कोई कैरियर नहीं है, जब कि यहाँ उसके पास सब कुछ है।

अगले रोज राजन एयरपोर्ट पर छोड़कर गया। वहाँ से फिर अकेला मैं...वापस। अच्छा लग रहा था लौटना।

कैसी रही यह यात्रा ? अजीबोगरीब। अपने किस्म की बेतरतीबी, एब्सर्डिटी और भागदौड़ लिए हुए। न ठीक से कुछ देख सके, न जमकर कहीं ठहर सके...सिर्फ यात्रा पर रहा, थोड़ा त्रिनिडाड देख आया, थोड़ी बहुत भीतर की यात्रा जरूर हुई ! चलिए, एक ऊबड़खाबड़ यात्रा भी सही !

रशा—रेड नहीं, हल्दिया

बड़े देशों में अब तक जो छूट गया था वहाँ आ पहुँचा हूँ—रूस। तब का बड़ा देश, जो आज टूटकर न केवल अपने पुराने आकार का एक हिस्सा भर रह गया है, बल्कि उसके भी बचाव के लिए संघर्ष कर रहा है। हवाई जहाज से छितरी हुई इमारतें, सड़कों पर छिटपुट कारें, सूनी सड़कें, आदमी तो नदारद ही...यह आलम दिखा था, तो काफी उदास लगा था मास्को, लेकिन पीले रंग के पेड़, बीच में इधर-उधर होती, फिर प्रकट होती, चक्कर में फैली मस्कोवा नदी...जब ये दिखे तो जान में जान आई। अक्टूबर के ये दिन पतझड़ के हैं। नमी की वजह से यहाँ पीले पत्ते डाल में भी काफी दिनों तक अटके रहते हैं और नीचे ढेर के ढेर। वे जल्दी अपना रंग नहीं खोते जैसा कि अपने देश में। सारी फ़िज़ा अजीब हल्दिया रंग में सराबोर दिखती है। मैं कभी इन दरख्तों के नीचे पत्तों के आसपास चलूँगा।

ठहरा होटल रैडीसन स्लाव्जानस्क्या में जो मस्कोवा नदी के ऊपर ही है...पार पहाड़ी पर बसी ऊँची इमारतों की कतार जिनमें एक पुरानी और भव्य आकृति वाली है। यह तो नहीं पर दूसरी यहाँ सात एक ही किसिम की इमारतें हैं जिन्हें सेवेन फुलिश—सात बेवकूफियाँ—कहते हैं। स्टालिन ने युद्ध के बाद जर्मन कैदियों से एक समय-सीमा में बनवायी थीं इसलिए नहीं कि इमारतों की जरूरत थी, बल्कि इसलिए कि कैदियों से काम कराना था...कितने काम करनेवाले मर गये थे।

अपराह्न होटल में जमने में लग गया, शाम को दूतावास के खटुवा जी के यहाँ गये, प्रोग्राम बनाने। खटुवा-दम्पति और उनका एक लड़का...उम्र दस-बारह साल। एक तो अकेला लड़का, दूसरे किशोरावस्था,

तीसरे विदेश में—तीनों की जो अलग-अलग उदासी होती है वह एकीकृत उसके चेहरे पर थी। यहाँ हम जैसे मेहमानों के साथ भी तो वह घुलमिल नहीं पाता। तीसरे खटुवा जी की विदेश सेवा के चलते उसकी पढ़ाई कभी भारत में, कभी इधर...(अभी पिछले वर्ष वह वड़ोदरा में था)। कैसे उसका जीव अपनी आकृति बनाने के लिए संघर्ष कर रहा होगा भीतर-भीतर! काफी देर मैं उसके बारे में सोचता रहा। खटुवा-दम्पति आम दम्पति जैसे ही....चुस्त-दुरुस्त, खुश-खुश...जिसके परिप्रेक्ष्य में बच्चे की उदासी और भी पैनी उछलती थी। कुछ मैं ही हर जगह उदासी गौर करने लग जाता हूँ, वरना फैशन तो यह है मियाँ कि उदासी से भागो, खुश रहो...जबर्दस्ती खुश रहो।

लौटे तो रात थी...मस्कोवा नदी में इमारतों की रोशनियों के साये...दायीं तरफ नौवुड कान्वैन्ट की इमारत जगमगा रही थी, खास तौर पर उसके हरे-हरे इस्लाम शैली के गुम्बद। सेवेन फुलिश की एक-दो इमारतें भी पड़ीं जो अपने भीतर से नम रोशनी बाहर फेंक रही थीं...शहर खूबसूरत लग रहा था, उतना ही जितना अपराह्न में साधारण लगा था। मास्को रात को खूबसूरत लगता है। मास्को को रंगों का शहर कह सकते हैं—जाड़े में बर्फीला सफेद, पतझड़ में पीला और गर्मियों में हरा। यहाँ की सड़कें देखकर हैरानी होती है कि कैसे इतना पहले ऐसी चौड़ी सड़कों की कल्पना कर ली गई। आज ये सड़कें नाकाफी पड़ती हैं। कम्युनिस्ट शासन के पतन के बाद शहर में कारों का काफी इजाफा हुआ है, प्रदूषण भी बढ़ा है। दिल्ली के मुकाबले प्रदूषण कुछ भी नहीं है पर यहाँ के बाशिन्दे कहते हैं कि मास्को में साफ हवा की कमी है। ठंड की वजह से धुआँ जम जाता होगा...इसलिए।

अगले रोज इतवार था तो जार्खोस्क को निकले—मास्को से कोई सौ किलोमीटर दूर एक कस्बा जहाँ 'द होली ट्रिन्टी सेंट सर्गी लाव्रा' की पुरानी कैथीड्रल है। निकलते हुए बैलीडोम देखा जिसे बोलचाल की भाषा में व्हाइट हाउस के नाम से जानते हैं।* मास्को के बाहरी हिस्से में वेदनक्खा है—वह

*हाल में इसी इमारत पर गोलियाँ बरसायी गयी थीं—सामने मस्कोवा के पुल पर टैंक तैनात कर दिए गए थे। इस इमारत में तब कट्टर साम्यवादी नेता छिपे हुए थे। 1917 की क्रांति में इसी तरह के वाकये दूसरी इमारतों में कम्युनिस्टों की तरफ से हुए होंगे...कालचक्र!

जगह जहाँ नुमाइशें लगती हैं, जो बाहर से काफी भव्य दिखता है। आगे चलकर आम रिहायशी इमारतें थीं—कबूतरखाने जो आज हर देश के महानगरों में दिखते हैं। मास्को से बाहर निकलने के बाद जो गाँव जैसे मिलते हैं वे बेतरतीबी से जहाँ कहीं जैसे भी बनाये गये घरों के जमावड़े हैं। इन घरों को डाचा कहते हैं। साम्यवाद के पतन के बाद खास तौर से हर रूसी परिवार में अपना एक डाचा रखने की धुन सवार है...शहर से बाहर जमीन का एक छोटा टुकड़ा लिया जो उनके अपने नाम पर हो, जहाँ वे अपने हाथों से जैसा-तैसा छोटा-सा घर खड़ा कर लेते हैं, जहाँ आसपास की जमीन में वे आलू-टमाटर-सेब आदि उगाते हैं, मुर्गियाँ पालते हैं। गर्मियों में जून से अगस्त तक होलीडे मनाते हुए यहाँ रहते हैं, जाड़ा शुरू होने तक आते-जाते रहते हैं, यहाँ उगाई चीजों को बाहर ही हाइवे की सड़क के किनारे लाइन लगाकर बेचते हैं या शहर में अपने घर जाड़े में काम आने के लिए ले जाते हैं। डाचा से उनकी जरूरतें भी पूरी होती हैं और उनकी जमीन के मालिक होने की भावना भी तृप्त होती है। हम एक डाचा के भीतर भी गए—पति टी.वी. देख रहा था, पत्नी ब्रैड के भीतर बन्दगोभी भरकर गाँववाले अपने चूल्हे में सेंक रही थी...उसने हमें बहुत प्रेम से वह ब्रैड खिलाई। गाँव और मिट्टी से सम्पर्क हमें आदमी बनाये रखता है, हमारी अच्छी चीजों को उभारता है जब कि शहर...? इन्हीं लोगों का व्यवहार शहर में कितना भिन्न होता है, चाहे वह जिन कारणों से हो।

जार्खोस्क बारह बजे तक पहुँचे। एक छोटा-सा पुराना कस्बा जिसका व्यक्तित्व मौनेस्ट्री की इमारतों से बना है। 1992 में रूस की और्थोडौक्स चर्च ने संत सर्गी की छः सौवीं वर्षगाँठ मनाई थी। जार्खोस्क में एक छोटी-सी चर्च संत सर्गी ने स्थापित की थी। संत सर्गी को माननेवालों में करीब 40 प्रसिद्ध संत हुए जिनके जमाने में इस संकुल की विभिन्न इमारतें बनती गयीं। संत सर्गी का सजा ताबूत एक चर्च में पूजा के लिए रखा है। साम्यवाद आने पर 1920 में मौनेस्ट्री बन्द करके एक म्यूज़ियम में तब्दील कर दी गयी। आजकल मास्को पैट्रियार्क द्वारा नियुक्त फादर सुपीरियर के आदेशों पर करीब 150 साधु यहाँ काम करते हैं। इतवार था तो खूब भीड़ थी। बाहर से किले की दीवार जैसी चीज़ इस भव्य संकुल को घेरे हुए है। दीवार

के भीतर वास्तुकला की उम्दा मिसालों के रूप में छोटी-बड़ी इमारतें हैं जिनके भीतर पुरानी, सोने-चाँदी से मढ़ी चीजें, प्रसिद्ध संतों की कब्रें, तस्वीरें आदि हैं। इमारतों से ज्यादा आकर्षक पेड़ हैं, खास तौर से बर्च के पेड़—जो उस समय पीले पत्तों से सजे थे, नीचे पीले पत्ते बिखेर रहे थे। बाहर के एक पेड़ के साथ मैंने फोटो खिंचवाई...वह बहुत खूबसूरत था। बर्च रूसी में बिदोजा कहलाता है जो यहाँ का राष्ट्रीय पेड़ है।

लौटते में हमारी कार को पुलिस ने संकेत देकर रोक लिया। उन्होंने पहले सैल्यूट मारी, फिर अपने परिचय-पत्र दिखाए और फिर इनके सारे कागज देखने लगे। आधा घंटा तक देखते, तहकीकात करते रहे। हमारे साथ जो रूसी महिला थीं, उन्होंने बताया, ये लोग ऐसा ही करते हैं और कुछ भी कमी निकल आयी तो फिर रिश्वत ऐंठते हैं। मज़ेदार चीज पहले सैल्यूट मारना, फिर पैसे खींचना है।

रात को गाड़ी से सेंट पीटर्सबर्ग पहुँचे जो कुछ समय पहले तक लेनिनग्राद था, बाद में नाम जनमत के आधार पर फिर से सेंट पीटर्सबर्ग कर दिया गया। शहर के नामकरण या नाम-परिवर्तन का यह बेहतर तरीका है, हमारे यहाँ जैसा नहीं कि किसी प्रान्तीय सरकार की तबीयत हुई तो मुम्बई कर दिया, मुम्बई देखा तो मद्रास को चेन्नै कर दिया। जनमत तो लो। स्टेशन पर एक घंटा परेशानी में बीते क्योंकि लेने कोई नहीं पहुँचा था। न हम रूसी भाषा जानते थे, न हमारे पास रूबल्स थे। कोई कुछ बतानेवाला नहीं, टैक्सी करें तो पता नहीं कहाँ-कहाँ भटकते फिरें...पर हर जगह सज्जन मिल जाते हैं...तो एक रूसी भाई जो थोड़ी-बहुत अंग्रेजी जानता था, हमारे लिए रुका। उसने हमें डौलर्स के रूबल्स दिलवाए और भारतीय दूतावास का फोन नम्बर ढूँढ़ लिया। फोन करने के बाद सब ठीक हो गया पर इसके पहले एक परेशान करनेवाला पर थोड़ा मजेदार वाक़या हुआ—मुझे पेशाब लग रहा था। स्टेशन में किसी तरह ढूँढ़कर टॉयलट पहुँचा तो टॉयलट के भीतर दो भारी-भरकम रूसी महिलाएँ बैठी थीं। उन्होंने मना किया तो मैं घबड़ाया कि कहीं औरतों के टॉयलट में तो नहीं आ गया, पर वहाँ आदमी निवृत्त हो रहे थे। मैं प्रश्नचिह्न बना महिलाओं के सामने खड़ा रहा तो उन्होंने मुझे रूबल्स के नोट दिखाते हुए समझाया—दो हजार रूबल्स।

बीस साल पहले पेरिस में भी मैं इससे गुज़रा था...तब किसी तरह उन लोगों को चकमा देकर निकल जाने की मंशा रहती थी...अब चुपचाप लौटा, रूबल्स लेकर गया और फिर निवृत्त हुआ।

सेंट पीटर्सबर्ग दिखाने के लिए एक बहुत ही सुयोग्य महिला एरीना मिल गयी। वह पहले पीटर द ग्रेट के समर पैलेस में बतौर गाइड काम कर चुकी थी...इसलिए करीब-करीब प्रोफेशनल थी। अच्छी अंग्रेजी बोलती थी और तारीखें तो उसे ऐसे याद थीं जैसे हमें बचपन में पहाड़े रटे होते थे। वह पहले हमें रस्त्रैली स्क्वायर ले गयी। रस्त्रैली पीटर्सबर्ग के प्रसिद्ध महलों का आर्कीटैक्ट था, उसने ही 'विन्टर पैलेस' की डिजाइन बनाई थी। इस स्क्वायर पर दो प्रसिद्ध इमारतें हैं—एक स्माल नी मौनेस्ट्री जो अब एक म्यूज़ियम है और दूसरी स्माल नी इंस्टीट्यूट जहाँ से लेनिन ने अक्टूबर क्रांति की घोषणा की थी। बाहर लेनिन की मूर्ति। लेनिन का यहाँ फ्लैट था। मार्च, 1920 तक सोवियत सरकार का यह कार्यालय रहा, अब गवर्नर का कार्यालय है। यह इमारत कभी कितनी जीवन्त रही होगी, आज एरीना बताये जा रही थी और इतिहास मेरे ऊपर से बहा जा रहा था। मैं देख रहा था सुन्दर धूप, 18वीं सदी में बनी बरोक शैली की वे सुन्दर इमारतें और सुन्दर लाइम पेड़ों की कतार जो स्माल नी से शुरू होकर काफी दूर तक जाती। पीले-पीले पत्ते लिए उन छरहरे पेड़ों की कतार जैसे भूत, वर्तमान, भविष्य सब कुछ थी। इतिहास इस तरह पीछे छूट जाता है, प्रकृति और कला आगे चले जाते हैं। आगे रैवस्ट्री स्ट्रीट पर असैम्बली हाउस है जहाँ रूस की अलग हुई इकाइयों (कन्फैडरेशन ऑफ इंडीपैन्डेन्ट स्टेट्स) की बैठकें होती हैं। कहते हैं, यह इमारत कभी पुरानी सम्राज्ञी कैथरीन के एक चहेते की थी। आगे चलकर नेवा नदी आई...इस नदी पर पीटर्सबर्ग में करीब 21 पुल हैं जो सब के सब जहाजों को निकलने देने के लिए उठ जानेवाले पुल हैं। यह शहर इस नदी के डेल्टा पर बसाया गया था। पहले यहाँ 100 द्वीप थे, अब करीब 40 हैं। साठवीं समानान्तर में स्थित होने के कारण यहाँ जून में बारह बजे के बाद रात होती है और साढ़े तीन बजे फिर सूरज निकल आता है।

दिसम्बर में सबसे लम्बी रात कोई सोलह घंटे की होती है। ज्यादातर

जगहों पर यहाँ मकानों के बीच स्पेस नहीं है...यह पीटर द ग्रेट की सूझ थी।

समर पैलेस...जिसमें पीटर द ग्रेट अप्रैल से अक्टूबर तक रहा करता था। यहाँ का बगीचा पीटर्सबर्ग का सबसे पुराना बगीचा है। एक छोटी-सी, निहायत ही साधारण गोलमटोल इमारत। बाहर बगीचे में जगह-जगह मूर्तियाँ हैं। इत्तफाक से महल खुला था और हम भीतर देख सके। जितनी इमारत बाहर से साधारण है, भीतर से उतनी ही दिलचस्प है—पीटर द ग्रेट और कैथरीन के सोने और लोगों से मिलने के कमरे, स्टडी, किचन आदि। उसी समय का फर्नीचर है। स्टडी रूम में एक घड़ी है जिससे अब भी मधुर संगीत झरता है। समर पैलेस का बाहरी फाटक बहुत सुन्दर है—एरीना ने एक कहानी सुनाई कि एक सेलर तो रेलिंग्स को देखकर ही इतना मुग्ध हुआ कि लौट गया, बोला कि यही इतना सुन्दर है कि कुछ और देखने की जरूरत नहीं। हम भाग्यवान थे कि दिन इतना उजला था। एरीना ने बताया कि ऐसे दिन यहाँ बस कभी-कभी होते हैं। मैं महल के बाहर थोड़ा पार्क में भी चला...सोचकर अजीब लगा कि ठीक उन्हीं जगहों पर जरूर कभी पीटर द ग्रेट के पैर भी पड़े होंगे। पीटर्सबर्ग में देखनेवाली जगहों में शायद यह सबसे साधारण है, पर उतनी ही स्फूर्तिदायक। पीटर द ग्रेट खुद साधारण की खूबसूरती में विश्वास करता था, कितने काम वह अपने हाथों से करता था। समर पैलेस के भीतर एक कमरा वह भी है जो उसकी वर्कशॉप थी, जहाँ वह बढ़ईगीरी और दूसरे उस तरह के क्षेत्रों में नई-नई चीजों का आविष्कार करने में लगा रहता था।

समर पैलेस के बाद हम 'अरोरा' जहाज देखने के लिए रुके। यह एक लड़ाकू पानी का जहाज है, जो 1900 में यहाँ लाया गया। लेनिन की क्रांति के समय क्रांतिकारी नौसैनिकों ने इस जहाज से आसमान में बन्दूकें दागी थीं—जताने के लिए कि सत्ता में परिवर्तन हो रहा है...बन्दूकों का रुख आसमान की तरफ अब भी था, पर वे और जहाज चुपचाप इतिहास बने खड़े थे। वहाँ से सेंट पीटर और पाल कैथीड्रल पहुँचे जिसे पीटर और पाल्स फोर्ट्रेस भी कहा जाता है। यह एक छोटे पर खूबसूरत द्वीप पर है जिस पर से इस शहर की शुरुआत हुई थी। सेंट इजाक कैथीड्रल (जिसे हमने

बाद में देखा) का सोने का डोम और यहाँ की भाले जैसी ऊपर उठती मीनार (जो सेंट इज़ाक से भी डेढ़ सौ साल पुरानी है और एक जमाने में योरुप की सबसे ऊँची इमारत थी)...ये दोनों सेंट पीटर्सबर्ग की खास पहचान हैं। यहाँ कई तरह की चीजें हैं—पीटर द ग्रेट और कई राजाओं की कब्रें, जेलें जहाँ अलग-अलग समय में लोगों को रखा गया था। उस जमाने का मिन्ट और शहर का सबसे पुराना सेंट जौन पुल जिस पर लटकती लालटेनें बहुत खूबसूरत लगती हैं। जो बाद में पुल बने उनमें भी लालटेनें लटकायी गयी हैं। मैं पीटर द ग्रेट की कब्र के पास खड़ा हुआ...सही मायने में शक्तिशाली रूस की नींव रखनेवाला यही आदमी था। तभी तो एरीना जब उसका नाम बोलती थी, उसकी जुबान में मिठास स्वतः उतरा आती थी। इसी परिसर में पीटर की एक काँसे की बनी प्रतिमा है जो 1991 में आधुनिक रूसी कलाकार शेमयाकिन ने बनायी है। खुले प्रांगण में कुर्सी पर बैठे पीटर द ग्रेट—गंजा छोटा सिर, लम्बा धड़, गले में मफलर, हाथों की उँगलियाँ जैसे लकवा खायी हुई हों—खासे हास्यास्पद दिखते हैं। मूर्ति स्थापित करते समय भी काफी आलोचना हुई थी लेकिन स्कल्पटर अर्नेस्ट नेइजवेस्तनी ने इस कृति के लिए कहा कि श्रेष्ठता पर शक होना भी किसी कृति के लिए प्रशंसा ही है। बहरहाल इस मूर्ति की स्थापना और शहर का सेंट पीटर्सबर्ग पुनर्नामकरण करीब-करीब साथ हुए थे तो उत्साह में सब कुछ खप गया था।

मैं सवेरे से ही पुश्किन और दोस्तोएवस्की के घर देखने के लिए छटपटा रहा था। पुश्किन किराये के मकान में रहते थे। 1836 में उन्होंने अपने पिता को एक पत्र में पता लिखा था—प्रिंसेज बोलकोन्स्कया का मकान, मोइका नदी पर, कोनीयूशेनी पुल। यह आखिरी जगह थी जहाँ वे रहे। उनका खयाल था वे यहाँ 2 वर्ष तक रहेंगे, लेकिन...सितम्बर 1836 में इस मकान में आये, जनवरी 27, 1837 को द्वन्द्वयुद्ध में घायल हुए और 29 जनवरी को दिवंगत हो गये। मुझे हमेशा यह अजीब लगता रहा है कि पुश्किन की जिंदगी द्वन्द्वयुद्ध जैसी बेवकूफी में अल्पकाल में यों खत्म होना थी। पुश्किन के दृष्टिकोण से द्वन्द्वयुद्ध में उतर पड़ना सही रहा होगा...शायद अपनी इज्जत बचाए रखने का वह तरीका ही गलत था, पर

यह वह युग था। अब यह देखने की चीज है कि पुश्किन की उम्र गयी पर वह जीवित रहे, आज भी हैं। जिसकी गोली से घायल होकर मरे उसे कोई नहीं जानता, पुश्किन को सब जानते हैं...तो फिर मरा कौन ! बाहर से साधारण इमारत...भीतर फैला प्रांगण जिसके बीचोबीच पुश्किन की मूर्ति है। मकान के सामने का हिस्सा म्यूज़ियम है, इसी में पुश्किन रहते थे। म्यूज़ियम में सजावट ज्यादा है। मुझे पुश्किन की स्टडी ही सबसे अच्छी लगी जहाँ उसकी करीब चार हजार किताबें, एक खूबसूरत कुर्सी और मेज, और मेज पर रखे पुश्किन की लिखावट के कुछ पृष्ठ रखे हुए हैं। मेज पर ही ताँबे का एक दवात-स्टैंड है जिस पर एक नीग्रो लड़के की तस्वीर बनी है। यह पुश्किन के दोस्त पवेलनश्चोकिन ने उसे नये साल में भेंट की थी...इस लड़के की शक्ल में पुश्किन को अपने पितामह इब्रादीन हनीबल की आकृति झलकती थी...इसलिए यह उसे बहुत प्यारी थी। म्यूज़ियम की खास चीजों में हैं—पुश्किन की आरामकुर्सी, ब्रांच का एक डिकैन्टर जो उसने खुद खरीदा था, वह वेस्टकोट जिसे वह द्वन्द्वयुद्ध के समय पहने थे, लौकेट, उनके बालों का एक गुच्छा, घड़ी जो 2 बजकर पैंतालीस पर रुकी हुई है...जब पुश्किन की मृत्यु हुई। सजा हुआ म्यूज़ियम...उजला-उजला, बाहर की साफ सड़क और छोटी-सी नहरनुमा नदी, उस पर एक छोटा-सा पुल...ये सब खूबसूरत थे लेकिन मन को विषाद घेरे रहा...कुल मिलाकर यह जगह उस चीज से जुड़ी है जिसने एक प्रतिमा को असमय ही काल के गराल में झोंक दिया।

पास में ही नदी के किनारे रिसरैक्शन कैथीड्रल है जिसे 'चर्च ऑन स्पिल्ड ब्लड' के नाम से भी जानते हैं। एक गँसी हुई इमारत—खूबसूरत शिल्प...जिसकी एक-एक चीज खूबसूरती से और सजाकर बनायी गयी है। इस चर्च में किसी ज़ार का खून हुआ था। वहाँ से मराटे स्ट्रीट पर दोस्तोएवस्की के घर पहुँचे जो दुर्भाग्य से बंद था। घर के सामने खड़े होकर फोटो खिंचाई, आसपास की उन पतली सड़कों पर चला जिन पर कभी दोस्तोएवस्की अपने तनावों को लिये चले होंगे। उस समय आना चाहिए था जब दोस्तोएवस्की की बायग्राफी पढ़ रहा था। सड़क के निचली मंजिल पर ही घर है, थोड़ा बासा बासा-सा। बाहर गेट पर दोस्तोएवस्की का चित्र टँगा है। यह भी

म्यूज़ियम है अब, पर रखरखाव उतना अच्छा नहीं दिखता जितना पुश्किन के म्यूज़ियम का।

एरीना बार-बार कह रही थी कि हम लोग भाग्यवान हैं कि दिन इतना उज़ला था...धूप ही धूप, पीटर्सबर्ग में ऐसे दिन साल में तीन-चार ही होते हैं। हम भी शहर पर इतने मुग्ध थे कि दोपहर का खाना वगैरह गोल कर देखे जा रहे थे। ठीक एक बजे मॉन्यूमैन्ट ऑफ द डिफैन्डैन्ट्स ऑफ लेनिनग्राद पहुँचे। पीटर्सबर्ग जिसका पहले नाम लेनिनग्राद था, उसे 900 दिनों तक हिटलर की सेनाओं ने घेरेबन्दी में रखा था। मुख्य स्मारक एक बड़ी अँगूठी के आकार में है। अँगूठी जो एक किनारे से टूटी हुई है। अँगूठी प्रतीक है घेरे का, जहाँ से टूटी है वह है संकेत घेरे को तोड़ने का। एरीना जो दूसरे विश्वयुद्ध के बाद पैदा हुई, बताते हुए काफी भावुक हो जाती थी। उसने करीब-करीब जिद की कि हम घेरेबन्दी की कहानीवाली फिल्म देखें। हमने फिल्म देखी। वहीं स्मारक की एक वृद्धा कर्मचारी दुगुने जोश से नक्शे में जंग का किस्सा बता रही थी। इन दोनों महिलाओं की देशभक्ति मुझे छू गई। हम हिन्दुस्तानियों में ऐसी भावना क्यों नहीं है...क्या इसलिए कि हम युद्ध की विभीषिका या सामूहिक स्तर पर तकलीफों से नहीं गुजरे?

वहाँ से हम शहर के बाहर कोई बीस किलोमीटर दूर एलिजाबेथ के समर पैलेस पहुँचे। 18वीं सदी के मध्य बारूक शैली में बना यह भव्य महल फ्रांस के वर्साइल पैलेस की याद दिलाता है। बाहर से सफेद हरे रंग की एक लम्बी खूबसूरत इमारत, भीतर रूसी जारों के जमाने की आलीशान चीजों का संग्रहालय, महल के बाहर स्कूल की इमारत जिसमें पुश्किन पढ़े थे। उस इमारत को पुश्किन संग्रहालय बना लिया गया है। दरअसल पूरे गाँव को ही पुश्किन कहते हैं। कैसे एक समाज जब स्वयं को सामन्तशाही से अलग करना चाहता है तो कवियों और लेखकों के नाम से चिपकता है, भले ही बाद में वही व्यवस्था (यहाँ साम्यवाद) लेखकों को दबाने-कुचलने में जुट जाये।

लौटे तो इज़ाक कैथीड्रल पहुँचे। डोम के हिसाब से चलें तो दुनिया का चौथा, सबसे बड़ा कैथीड्रल। लेनिनग्राद की घेरेबन्दी के दौरान शहर के लोग इज़ाक कैथीड्रल के डोम को देखकर प्रेरित होते थे—अगर वह

डटा हुआ है तो हम भी क्यों नहीं। खम्भों पर बमबारी के निशान थे। कैथीड्रल के पास होटल अस्टोरिया है जहाँ हिटलर अपनी जीत की खुशी मनानेवाला था। पास ही नदी के किनारे पीटर द ग्रेट का मॉन्यूमैन्ट है। यह शहर का सबसे खूबसूरत इलाका कहा जाता है—सामने नदी, नदी के पास 18वीं सदी की बड़ी-बड़ी इमारतें। पास ही में विन्टर पैलेस है...उसके पहले नदी के किनारे पीटर द ग्रेट की एक अजीबोगरीब मूर्ति है जिसका नाम है बढ़ई बादशाह (कारपैन्टर जार)। पीटर को इसमें बढ़ईगीरी करते दिखाया गया है...यह हॉलेन्ड सरकार का तोहफा है। उसके आगे शुरू हो जाता है हरमिटाज, इमारतें विन्टर पैलेस की ही हैं। हरमिटाज फ्रांस के लूव्र की तर्ज का एक बड़ा संग्रहालय है जिसे देखने के लिए कई दिन भी नाकाफी हैं। संग्रहालय पाँच इमारतों में है...जिनका अगवाड़ा नदी की तरफ है और पिछवाड़ा पैलेस स्क्वायर में है। स्क्वायर में हम काफी देर रुके। विशाल प्रांगण के बीचोबीच एलेक्जैन्डर कॉलम है जिसके ऊपर एक रथ है जो रूसी सम्राट एलेक्जैन्डर की नेपोलियन पर विजय का प्रतीक है। मैं फ्रांस गया था तो नेपोलियन की विजय जगह-जगह थी...यहाँ आया हूँ तो इनका अपना विजय-राग है। देशभक्ति की यही दिक्कत है कि अतिरंजना होती है, तथ्यों की तोड़-मरोड़ होती है...वरना यह भी कहा जा सकता है कि नेपोलियन लड़ाई से नहीं, रूस के जाड़े से हारा था और कौन-सी बहादुरी थी कि लेनिनग्राद 900 दिन, यानि कि करीब-करीब तीन साल घेरेबन्दी में पड़ा रहा। मैंने उस पचड़े से खुद को निकाला और विन्टर पैलेस के ऊपर बनी सुन्दर मूर्तियों को देखने लगा। इतिहास के तथ्यों पर बहस होती रहे, इस इमारत के ऊपर की मूर्तियों में अब भी कशिश थी, जैसे कि एलेक्जैन्डर कॉलम के आसपास ठंड भरी हवा। सामने एक लम्बी इमारत थी जिसमें सेना का मुख्यालय है। लंदन की पार्लियामेंट के बाद यह योरुप की सबसे लम्बी इमारत मानी जाती है। ओवरकोट की जेबों में अपने हाथ ठूँसे मैं कभी ऊँचे कालम की तरफ, कभी लम्बी इमारत की तरफ और कभी पैलेस की मूर्तियों की तरफ देख रहा था। रस्ट्रैली स्क्वायर से आज की सुबह शुरू की थी। इस पैलेस का आर्किटैक्ट भी रस्ट्रैली था। अँधेरा उतरने लगा था, उसके साथ-साथ जाड़ा। भाग-भागकर

दुनिया का एक और खूबसूरत शहर देख डाला...काफी कुछ पहले जैसा रखा हुआ। अपने पुलों, लालटेनों और रेलिंग्स के लिए प्रसिद्ध यह शहर, ऐतिहासिक शहर!

रात की गाड़ी से वापस मास्को। सवेरे से काम में लग गये। दोपहर रूसी अधिकारियों ने लंच दिया था। पहली बार रूसी भाइयों के खाने का माद्दा देखा...वोदका का गिलास तो खाली ही न हो। खाने के लिए जैसे चीजों पर चीजें आयें, वे टूट पड़ें और चल रहा है चभेर, चभेर, चभेर, चभेर। एक स्तर पर पहुँचकर तो इतना खाना खाया जाना एक अश्लील हरकत लगने लगी। कुछ यह भी है कि इन अधिकारियों को अपने घरों में तो यह सब खाने को मिलता नहीं होगा (बेहद महँगा है) तो टूट पड़ते हैं जब जहाँ मौका मिला। रूसी अधिकारियों में एक एरीन थी, उसके साथ क्रेमलिन में हीरों का संग्रह देखने जाना था। निकलने में देर हो गयी, फिर बीच में ट्रैफिक...क्रेमलिन के पास किसी तरह पहुँचे। गाड़ी छोड़कर भागे...एरीन उम्र में मुझसे बहुत छोटी पर मोटी...वह आगे-आगे भाग रही थी कि कहीं संग्रहालय का वह हिस्सा बन्द न हो जाये। पहुँच गये किसी तरह और एक ग्रुप जिसके पास अंग्रेजी बोलनेवाला गाइड था, उसके साथ हो लिये। छोटा-सा संग्रहालय है जिसमें हीरा, पन्ना, मोती और सोने के तरह-तरह के गहने, पुराने बादशाहों के स्वर्णमुकुट आदि हैं। संग्रह भव्य है पर दिलचस्प चीज है। जमीन के वे टुकड़े जिनमें से सोना निकलता है, उनके तरह-तरह के आकार, निकले सोने के तरह-तरह के आकार। एक सोने का टुकड़ा 3 किलो का है। बाहर आकर क्रेमलिन वाल की बराबरी पर थोड़ा चले और फिर रैड स्क्वायर पर आ निकले। सुप्रसिद्ध जगह...नीचे पक्की ईंटों की जगत और चारों तरफ तस्वीर जैसी इमारतें—दायीं तरफ क्रेमलिन की लाल दीवार जिसके एक छोर पर स्पास्की टावर और उस पर टँगी क्रेमलिन की घड़ी, दीवार के किनारे-किनारे जाने कितने क्रांतिकारियों की कब्रें हैं जिनके आगे एक छोटा-सा आधुनिक चबूतरा...लेनिन म्यूज़ियम है। कहते हैं यहाँ लेनिन का मृत शरीर ज्यों का त्यों रखा हुआ है...पर मुझे सारा मामला नकली लगा। मृत शरीर बीचोबीच रखा है, दर्शक जहाँ से गुजरते हैं वहाँ से काफी दूरी पर शव पर रोशनी

खास कोनों से फेंकी जाती है। जो सुरक्षा गार्ड्स तैनात हैं वे आपको एकदम चुप रखते हैं, थोड़ी दहशत में भी...कुल मिलाकर रूस की साम्यवादी तानाशाही का वातावरण...ऐसे में आप एक खास तरह की मानसिक नींद में आ जाते हैं जिसमें मृत लेनिन के पास होने के आतंक का दबाव भी होता है...साधारण व्यक्ति जरूर विश्वास करने लगेगा कि यह लेनिन का ही शरीर है। अजीब बात कि मास्को में स्तालिन कहीं नहीं है। कम से कम हिटलर पर जीत का सेहरा तो उसके सिर पर होना चाहिए था। बस उसकी याद दिलानेवाली सात बेवकूफियों वाली इमारतें हैं। स्क्वायर में स्पास्की टावर की ही तरफ एक बहुत ही खूबसूरत, छोटी-सी कैथीड्रल है, बारहवीं सदी की—कैथीड्रल ऑफ इन्टरसेसन ऑफ द वर्जिन। भीतर दीवारों पर बहुत पुरानी पेंटिंग्स चिपकी हैं। क्रेमलिन दीवार के सामने स्टेट हिस्ट्री म्यूज़ियम और गम (स्टेट यूनिवर्सल स्टोर सेन्टर) की इमारतें हैं...ये सब रैड स्क्वायर को एक खास शक्ल देती हैं। रैड स्क्वायर शुरू में एक व्यापारिक अड्डा था, पर यह वह जगह भी थी जहाँ रूस के इतिहास की प्रमुख घटनाएँ हुईं। दरअसल इसका शुरू का नाम क्रसन्या था जिसके माने थे रैड यानि कि सुन्दर। क्रांति के दिनों इस 'रैड' को खून और क्रांति से जोड़ दिया गया। असल चीज सुन्दरता थी जिसके लिए दोस्तोएवस्की ने कहा है—"सुन्दरता ही संसार को बचाएगी।" बावजूद तमाम भीड़भाड़ के जो अब रैड स्क्वायर के आजू-बाजू आ गयी है, वह भोंडापन जो क्रबों की वजह से यहाँ आ गया है, यह स्क्वायर अब भी सुन्दर है।

एक छुट्टी के दिन तोल्स्तोय के निवासस्थान यासनाया पोलयाना के लिए निकला। रूस आये और तोल्स्तोय की जगह न गये, जैसे कोई दिल्ली आये और राजघाट न जाये। साथ में फिर एक एरीना और जो तोल्स्तोय म्यूज़ियम दिखाने को मिली वह भी एरीना...जैसे कोई और नाम ही नहीं है रूस में...लेकिन ये सब एरीन / एरीना लड़कियाँ बहुत ही खुशमिजाज और उत्साही मिलीं। जो साथ चल रही थी उस एरीना ने बताया कि एरीना के मायने होते हैं शान्ति। वह शादीशुदा थी, तेरह साल का एक बच्चा है। उसके हाथ बहुत खूबसूरत थे...मैंने उससे पूछा कि क्या यह उसको पता था। उसने शालीनता से कहा—हाँ...तो सुन्दरता की परख करनेवाले संसार

में अब भी हैं, वरना मैं तो कभी-कभी दहशत में पड़ जाता हूँ कि भागादौड़ी जिस तेजी से बढ़ रही है उसे देखते जल्दी ही वह समय आने वाला है कि लोगों को थमकर किसी के हाथ, बाल, आँखें देखने का समय ही न रहेगा, उनमें डूबने की बात तो जाने दीजिए। रास्ते में ओकर नदी मिली जो मस्कोवा में मिलती है...उसके आगे शुरू हुआ दूर-दूर तक फैले लैंडस्केप का सिलसिला—ऊँची-नीची जमीन क्षितिज तक जाती है और वहाँ झुंड के झुंड बर्च के पेड़, एक तरतीब से खड़े हुए। बर्च को यहाँ बिदोजा कहते हैं जो रूस का राष्ट्रीय वृक्ष है—छरहरा, तना सफेद और काली धारियोंवाला, बुन्दों की तरह पीले फूलों वाला पेड़। यह पतझड़ का मौसम था तो डालियाँ सूनी हो रही थीं...पर अपने सूने, झाड़ियों जैसे आकार में भी ये पेड़ खूबसूरत थे।

रास्ते में तुला कस्बा मिला जो यासनाया पोलयाना के पास का बड़ा कस्बा है। यहाँ कुछ फैक्टरियाँ उग आयी हैं जो इस परिवेश में गड़ती हैं...न केवल इसलिए कि यह तोल्स्तोय का इलाका है, बल्कि इसलिए भी कि वे इस प्राकृतिक परिवेश में फबती नहीं...पर यह सब आजकल कौन देखता है।

जब तक यासनाया पोलयाना की गाइड एरीना आई, मैं सामने के गाँव में एक चक्कर मार आया, एक सेब तोड़कर खा गया। तोल्स्तोय की जमीन का कुछ तो भीतर डाल लें। यासनाया पोलयाना एक लम्बी-चौड़ी एस्टेट से भी आगे एक छोटा-मोटा जंगल कहा जाना चाहिए...इतना बड़ा है। तोल्स्तोय के जमाने की चार झीलें हैं, जिनमें से एक तो सूख गई है। तोपोल के वे आठ-दस पेड़ अब भी हैं जिन्हें तोल्स्तोय के दादा ने लगाया था। मैं इन पेड़ों से लिपटा, उनके साथ फोटो खिंचवाई। कुछ पेड़ भीतर से खोखले हो गए हैं पर उन्हें सहारा देकर खड़ा रखा गया है। तोल्स्तोय के घर के सामने लिस्तेवेनित्सा के वे पेड़ हैं जिन्हें तोल्स्तोय ने उस जगह लगवाया था जहाँ वह पैदा हुआ था, जहाँ पहले एक घर था जो अब नहीं है। यासनाया में यासीन (एश) के पेड़ बहुत हैं, इसलिए इस जगह का नाम यासनाया पड़ा।

झीलों से होते हुए हम तोल्स्तोय के घर गये। लेखक का पुस्तकालय,

उसके और परिवारजनों के पोर्ट्रेट, कई फोटो और तोल्स्तोय के समय के सामान का अच्छा संग्रह है यहाँ। तोल्स्तोय की स्टडी कोई एक नहीं थी...वे बदल-बदलकर अलग-अलग कमरों में स्टडी ले जाते थे। दिलचस्प चीजें थीं—लिखने पर बैठने के लिए छोटी कुर्सी (क्योंकि वे लम्बे थे), व्हीलचेयर, जिस पर बुढ़ापे में अशक्त हो जाने पर वे बैठते थे और लम्बी इकहरी बैड जिसमें वे सोते थे। यों ही धुन में एक सोफे पर मैं जा बैठा और संग्रहालय की महिला से डाँट खा गया—चीजों को छूने की मनाही है यहाँ। मनाही के बावजूद तोल्स्तोय के ऊपरी बैडरूम में बैड के पास जो उनका कोट टँगा था उसे मैंने छू ही लिया, चोरी-चोरी। वे यह नहीं समझेंगे कि तोल्स्तोय के जाने के इतने सालों बाद संसार से गुजर रहे भारत के एक लेखक का अपने पूर्ववर्ती साहित्यकार की चीजों को छूकर उसे अपनी आत्मा में उतारने का यह अधिकार सहज ही बनता है...तो चलो, चोरी से ही सही। घर की सबसे सुन्दर चीज बाहर-बालकनी है...इसके सामने एक पेड़ और बैंच है जहाँ तोल्स्तोय गाँववालों से मिलते थे। बाहर ही घर का रसोईघर...जहाँ अब एक दफ्तर खुला हुआ था।

घर के ठीक बाहर पेड़ों के बीच के गलियारों में चला...जहाँ तोल्स्तोय बूढ़े होने पर चले होंगे और जहाँ उनके रईस बाप-दादे उजले दिनों में पारिवारिक बैठकें करते होंगे...उस रास्ते में चला जहाँ से तोल्स्तोय नदी को जाते थे, तैरने। एस्टेट के एक छोर पर नदी है, बीच रास्ते में एक बेंच है जिस पर वह बैठते थे। एक और रास्ते में लकड़ी के डंडों की बेंच है जहाँ अक्सर आकर बैठते थे...सामने घने पेड़ों का जमावड़ा, पीछे की तरफ खुले खेत...दूर-दूर तक फैले हुए। एस्टेट की दिलचस्प चीज यह है कि यहाँ सब कुछ है...खेत, फलों के पेड़, घना जंगल, घनी छाँह के बीच गुजरते गलियारे। एक बड़ा दिलचस्प पेड़ है—ओक पेड़ से बर्च निकला हुआ। एरीना ने बताया यह प्यार का प्रतीक है—प्यार जो तोल्स्तोय के दर्शन की मूल चीज थी। वह शॉर्टकट देखा जिससे होकर तोल्स्तोय अपनी एस्टेट से पास के गाँव जाते थे। उस जमाने में जब कि गुलाम खरीदने-बेचने की प्रथा थी, तोल्स्तोय एक जमींदार रईस। उनके मन में कितनी उथल-पुथल होती होगी—लेखकीय मन सबसे बराबरी के स्तर पर मिलने का करता होगा,

जमींदार रुआब पीछे खींचता होगा। यह भी विडम्बना रही कि इतना धनी व्यक्ति आखिर मरने के लिए रेलवे स्टेशन पहुँचा। यात्रा के अन्त में मैं तोल्स्तोय की कब्र पर खड़ा हुआ...मिट्टी का एक छोटा-सा ढेर जिस पर खूब घास उगी हुई थी। तोल्स्तोय की इच्छा थी कि उनकी कब्र सादा हो, यासनाया की जमीन पर ही। कब्र घने पेड़ों के नीचे है...छोटे-छोटे पत्ते ऊपर से बराबर गिर रहे थे। इससे बेहतर जगह कोई हो सकती है किसी साहित्यकार की चिरनिद्रा के लिए? प्रकृति हर वक्त कुछ-न-कुछ अँजुली भर-भर तोल्स्तोय पर उड़ेलती रहती है...कभी पत्ते, कभी बारिश की बूँदें, कभी बर्फ। खुले लम्बे खेत के रास्ते एस्टेट से बाहर आये। इन जगहों पर लोमड़ी, खरगोश, भालू आदि का शिकार होता था। तोल्स्तोय ने 'वार एण्ड पीस' में शिकार का वर्णन किया है। गेट के बाहर यासनाया की एरीना से विदा ली...वह बोली ऐसे लोग कम आते हैं जो यों डूबकर घूमें। उसे क्या बताता जो-जो मेरे भीतर होता रहा...उन सारे तनावों-झंझावातों की छाया थी ऊपर जिन्हें लिये-लिये तोल्स्तोय यहाँ घूमते-फिरते, उठते-बैठते, सोते-जागते रहे होंगे।

मास्को में तोल्स्तोय स्ट्रीट है जिस पर तोल्स्तोय का शहरवाला मकान है...कत्थई रंग की कोठी। यहाँ अब भी बिजली नहीं लगाई गई है ताकि इमारत उस वक्त का अहसास दे सके। ड्राइंगरूम भव्य है...पीछे की ओर तोल्स्तोय की स्टडी है—यहीं उसने 'एन्ना केरेनीना' लिखी थी। गलियारे में तोल्स्तोय की लड़की का कमरा है जिसे लेखक बहुत चाहता था। वह तोल्स्तोय के खयालों की थी, यासनाया में गाँव के बच्चों को पढ़ाती थी।

एक शाम मास्को यूनिवर्सिटी के पेड़ों के नीचे चला तो यासनाया पोलयाना की याद फिर ताजा हुई। यूनिवर्सिटी के सामने वह जगह है जहाँ से मास्को शहर का उम्दा नजारा दिखता है—नीचे चक्करों में बिछी मस्कोवा नदी, इमारतें खम्भों-सी खड़ी सात बेवकूफियाँ। दिन से ज्यादा अच्छा नजारा रात को मिलता है—वह भी एक दिन लिया—लेकिन उस शाम यूनिवर्सिटी के आजू-बाजू फैले जंगल में ही चला। पीला आलम—ऊपर पीले पत्ते, नीचे पीले पत्तों का ढेर, जैसे हल्दी ही हल्दी बिछा दी गयी हो। पतझड़, इतना भी खूबसूरत हो सकता है! पतझड़ की उदासी दूर-दूर तक नहीं

थी, उल्टे था पीला खुशनुमा रंग। नीचे बिछे पत्ते भी सूखे नहीं...गीले और नम थे, जिन्दगी का रस अब भी लिये हुए।

मास्को की बाकी चीजें बस छूने को ही मिलीं—मास्को में पुश्किन का घर...यह पीटर्सबर्ग से भी ज्यादा बाजारू है। पुश्किन के नाम के अलावा कुछ भी नहीं है यहाँ। वह छोटी-सी इमारत जो चेखव के जमाने का थियेटर है...भीतर से बन्द थी तो बाहर से ही देखकर संतोष किया। त्रेत्याकोव गैलरी अठारहवीं सदी की पेंटिंग्स का अद्‌भुत संग्रहालय है। इसकी स्थापना पवेल मिखाइलोविच त्रेत्याकोव ने की थी जो दरअसल व्यापारी और उद्योगपति था। कौन कहता है कि धन से मतलब रखनेवाले लोग रसिक नहीं हो सकते। त्रेत्याकोव कला का ऐसा पारखी, ऐसा दीवाना कि धीरे-धीरे करके ऐसी पेंटिंग्स एक जगह इकट्ठा कर लीं। यहाँ ग्यारहवीं से सत्रहवीं सदी के बीच की भी मूर्तियाँ, वास्तुकला और कला के नमूने हैं, बाद के भी...लेकिन भव्य हैं अठारहवीं सदी के रूसी कलाकारों की बड़ी-बड़ी कृतियाँ। इन कलाकृतियों में सीधे-सीधे जिन्दगी के टुकड़ों को उतारा गया है, आँखों के माध्यम से जो भावनात्मकता उभरती है वह तो अद्‌भुत है—बच्चों का अकेलापन, गरीबी का दुःख। एक अद्‌भुत कलाकृति है संसार की सबसे सुन्दर स्त्री की जो कलाकार के अनुसार संसार में कभी नहीं हुई। इस चित्र की अनुकृति कम मिलती है...लेकिन सौन्दर्य का दबा-दबा दर्प जो आँखों से उभरता है...वह बेजोड़ है। कुछ कलाकृतियाँ विशाल कैनवास पर हैं। उनमें चित्रित जनसमूह की भावना खूब उभरी है—'द एपियरैन्स ऑफ मैसिहा'—क्राइस्ट टीले पर प्रकट होते हैं और उस वक्त जनसमूह की आश्चर्यमिश्रित प्रसन्नता; इसी तरह 'रिलीजस प्रोशेसन इन द कर्स्क गुबरेनिया' में काफिले में चलते लोगों की तरह-तरह की मुद्राएँ। ऐसी कलाकृतियों को देखने के बाद जब आधुनिक कलाकृतियाँ देखें तो वे बौनी लगती हैं। क्या आज के कलाकारों में ऐसी क्लासिकल कलाकृतियाँ बनाने का धैर्य है, क्यों आज की कलाकृतियाँ सिर्फ इधर-उधर मार दिये गये ब्रशों की चीजें लगती हैं।

रूस में साम्यवाद के पतन के बाद पश्चिमीकरण काफी तेजी से फैलता नजर आता है। दुकानों में खरीद-फरोक्त के लिए एक से एक चीजें आ रही हैं। नाइट लाइफ भी शुरू हो गई है। रेस्तराँ में जायजा मिला—एक

गोलाकार स्टेज पर औरतें एक-एक करके प्रकट होती हैं, धीरे-धीरे कपड़े उतारकर अपने नग्न शरीर का प्रदर्शन करती हैं और फिर वे ही चारों ओर बैठे दर्शकों की मेजों पर आती हैं, पूछती हैं—क्या वे उनके लिए नाचें? मामला पट गया तो वे अपने कूल्हे मटकायेंगी, इधर-उधर से अपने वस्त्र भी खोलेंगी, लोगों को थोड़ी बहुत छेड़खानी भी कर लेने देंगी। मैं सोचने लगा कि इस तरह तो औरतें सिर्फ कद्दू-लौकी हैं। वह जमाना जब वेश्याओं के पास नाचने-गाने की भी कला होती थी, जब वे अपने ढंग से मेहमानों को संस्कारित करती थीं, उनके जिन्दगी के संघर्ष में शरीक भी होती थीं...वह जमाना कब का लद गया। अब ईश्वर का दिया हुआ शरीर है जिसे वे दर्शाती हैं और इससे मेहमानों को सिर्फ एक क्षणिक शारीरिक फुरफुरी भर देती हैं। आदमी की जिन्दगी कितनी सिमटती जा रही है—मानसिक, भावनात्मक और आत्मिक आयाम जैसे हों ही नहीं...सिर्फ शरीर है। मास्को में जो जगह-जगह मस्जिदों की गुम्बदें जैसी सिर उठाये दीखती हैं वे दरअसल मौनेस्ट्रीज हैं जिनकी इज्जत रूस के विघटन के बाद बढ़ती जा रही है। उम्मीद की जा सकती है कि ये संस्थाएँ पृथ्वी के इस हिस्से में मनुष्य को सिर्फ शरीर में तब्दील हो जाने से बचाए रखेंगी।

सात दिनों बाद हिन्दुस्तान लौट आया। पिछले दिनों मन-मस्तिष्क पर कैसे-कैसे झोंके पड़ते रहे...पैदल चलते हुए ही साहित्य, इतिहास, अतीत से गुजरना होता रहा, साथ में रोजी-रोटी की दौड़ में इधर से उधर होते लोग। मास्को में ऊपर आदमी कम दीखते हैं...उन्हें देखना हो तो नीचे मेट्रो में उतरो। वहाँ वैसे ही इधर से उधर भागते दिखते हैं जैसे बम्बई शहर में। फर्क सिर्फ यह है कि वहाँ भीड़ उतनी नहीं, स्टेशन सुन्दर और आकर्षक हैं। एक-दो यात्राएँ मैट्रो से कीं।

इतने दिनों के तरह-तरह के क्षेपों-प्रक्षेपों के नीचे जो एक चीज बराबर चलती रही वह थी मास्को का हल्दिया रंग। किसी भी समय, शहर के किसी भी हिस्से से गुजरो वह हमेशा था...पीले पत्तों को लिए पेड़, झर-झर नीचे गिरते पत्ते...नीचे इकट्ठा होता जाता पत्तों का हल्दी के रंग का अम्बार। हर जगह ही उतरकर पेड़ों के नीचे चलते-चलते चले जाने का मन होने लगता। काश कि मेरे पास अपार समय होता...वह कूवत कि इस रंग को

अपनी आत्मा में उतार पाता। कौन जाने थोड़ा बहुत उतार भी पाया होऊँ, ले जा रहा होऊँ।

व्यर्थ ही लोग मास्को को 'रैड' से जोड़ते हैं। यह तो पीला है...कर्म करो, करते चलो, जरूरी हो जाये तो युद्ध भी करो...लेकिन सब कुछ अपने ऊपर से शान्त-शान्त गुजर जाने दो। यह अध्याय भी गुजर जाने दो जबकि रूस...पुराने रूस का टुकड़ा हो गया है। विभक्त होकर, दुनिया की बड़ी ताकत न रहकर भी रूस शान्त था...पीले पत्तों में शान्त, थोड़ा-थोड़ा मुस्कुराता हुआ भी कि जिसे लोग पतन या कि खात्मे का कोई बिन्दु कहते हैं वह भी एक दौर ही है—पत्ते गिरेंगे, पीलापन बिछ जायेगा चारों ओर...फिर यह रंग जमीन में जब्त हो जायेगा। जमीन से बाद में फूटेगा फिर दूसरा रंग...

इत्तफाक नहीं था कि इस यात्रा में मुझे एरीना ही एरीना मिली थीं।

●●●